MOMOY
La laguna del trueno

J.C. JÁCOME SÁNCHEZ

snow
fountain
press

© Juan Carlos Jácome Sánchez
© J. C. Jácome Sánchez
Primera edición, 2020

@momoyworld
www.momoybook.com

Snow Fountain Press
25 SE 2nd. Avenue, Suite 316
Miami, FL 33131
www.snowfountainpress.com

ISBN: 978-1-951484-45-3

Dirección editorial: Pílar Vélez
Diseño y diagramación: Alynor Díaz / Snow Fountain Press
Corrección y edición de textos: Marina Araujo y Pilar Vélez
Ilustración de portada: Abrahma Tansini

Impreso en Estados Unidos de América.

ABRE ANTE MÍ LAS PUERTAS DE LOS MUNDOS

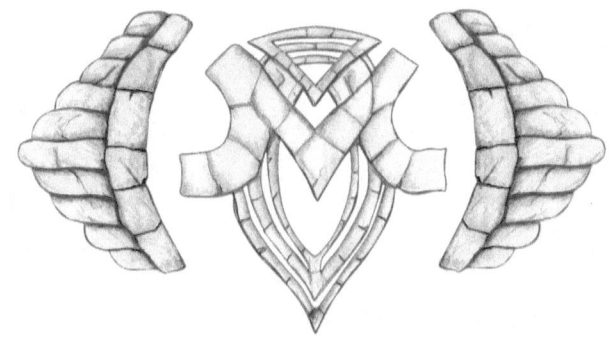

*A mi amada esposa Sonia y a mis hijos Abraham,
Sofía, Ian y Selma*; los adorables seres fantásticos
de mi propia historia.

AGRADECIMIENTOS

A veces, al escribir la nota de agradecimiénto cometemos el error de dejar a alguien olvidado, por lo que pido disculpas de antemano.

Un eterno agradecimiento al equipo editorial de Snow Fountain, en especial a Pilar Vélez por su profesionalismo, por haber hecho realidad esta obra y creer en ambos.

Un enorme agradecimiento a mi madre, Laura Jácome, y a mi hermana Patricia, por ser las primeras críticas de esta historia, además de haber tenido la paciencia de corregir el primer borrador de la obra, tal y como lo han venido haciendo desde hace muchos años con todos mis trabajos literarios junto a mi padre Carlos, quien decidió dejar, algunos años ya, este plano, para emprender su viaje sideral.

A Jorge Fernández, donde quiera que esté... gracias por las horas que pasamos en tu taller rodeados por las mágicas montañas de El Valle en Mérida, entre momoys y seres maravillosos. A ti debo la inspiración que hizo realidad esta fantástica historia y mi relación con los momoys. Tú recorrerás por siempre los senderos de esta obra junto a Dag, mi querido amigo hacedor de duendes.

A Abrahma Tansini, por su extraordinaria ilustración.

A Kelly Vizcaíno por su excelente aporte.

Gracias a todos aquellos amigos y conocidos que aportaron sugerencias y agregaron su magia a esta historia: Frederick Correa, Edgar Vivas, Jenny Paredes y Serggio Montilva.

Gracias al grupo del Hotel Caribay por haberme cedido la *suite* 709 para instalar mí estudio, y a todo su personal por las atenciones recibidas y por haberme tenido una enorme paciencia.

A todas aquellas personas que de alguna manera compartieron información, me impregnaron de su energía positiva e incentivaron con sorprendentes aportes.

Gracias a los lectores, libreros y bibliotecarios por leer estas líneas, y espero que el resto del libro y los títulos que vendrán.

CAPÍTULO I

La separación

L as pequeñas borlas de vivos colores, acompañadas de tres graciosas aves tropicales de color verde con picos naranja, giraban con lentitud mientras una tonada dulce y delicada impregnaba el ambiente de la habitación. La mirada del pequeño niño que yacía tendido en la cuna seguía con detalle esta mágica danza. Jirafas, hipopótamos y aves, entre nubes de tonalidades pastel, revelaban su presencia a través de sombras y tenues luces, decorando las paredes del cuarto. Sobre un gavetero de color blanco y estrellas doradas una lámpara iluminaba un pequeño oso de madera, con antifaz negro, ocultando diminutos ojos y una graciosa nariz. Un estante junto a la ventana, con marionetas y muñecos de madera recostados a libros y cuentos infantiles, un sillón colocado en la esquina junto a la cuna y a una pequeña mesita redonda ocupaban la habitación.

El amor rondaba por todo el espacio de la acogedora recámara. Samuel era el fruto de la magia de dos seres que se dieron cita en los corazones y decidieron compartir el amor eterno, entrelazando sus vidas para siempre.

Durante los primeros años, Roberto y Amaya tenían por costumbre pasar infinidad de horas sentados en el sillón de la habitación, narrando historias y cuentos fantásticos a su pequeño hijo, guiándose tan solo por el tiempo que marcaba un reloj de arena sobre la mesita redonda. Un pequeño y curioso obsequio que habían recibido de manos de un profesor de la universidad y amigo de la familia hacía ya algunos años, durante su época de estudiantes. Había sido su primer reloj de arena. Tenía la figura de un pequeño hombrecillo con un gran sombrero y orejas puntiagudas que sobresalían a los costados, sosteniendo dos burbujas de cristal en una de sus manos, sentado sobre un tronco de madera. Las burbujas giraban con suavidad sobre su propio eje, al rotar la mano del curioso personaje, para volver a colocar la arena blanquecina en la parte superior y dejar correr de un extremo a otro los diminutos granos de brillantes destellos que marcaban sesenta minutos con sorprendente exactitud. Lo habían considerado uno de los regalos de mayor significado que hubieran podido recibir. Roberto, como todas las noches, tomó a su hijo de la cuna y se dirigió hasta el sillón.

—Te relataré una historia que me contaron hace ya mucho tiempo. Se trata de un joven momoy que tenía una pésima memoria:

En un lugar del bosque, muy cerca de estas montañas, había un pequeño momoy que vivía en el agujero de un gran árbol de roble...

Samuel miraba fijamente a su padre en una especie de hipnosis, mientras Roberto describía con emoción aquellos relatos fantásticos que conocía desde su infancia. Al avanzar la noche, el viento golpeaba caprichoso las ventanas de la habitación, trayendo al presente al apasionado narrador mientras el pequeño Samuel recorría con la vista su acogedora habitación por última vez antes de cerrar los ojos para dejarse llevar por la magia de los sueños. Apenas consciente del tiempo, Roberto miraba a su pequeño hijo que yacía dormido entre sus brazos. Se levantaba lento y con extremo cuidado, acostaba al pequeño en su cuna y lo dejaba en la habitación, no sin antes percatarse de asegurar las ventanas y dejar la tenue luz encendida.

Después de diez años de inseparable convivencia, incluyendo seis de matrimonio, nadie se imaginaba que el timón de sus vidas daría un giro insospechado y cambiaría sus destinos. Samuel recién cumplía los cinco años de edad. La casa se sentía pesada y triste. La madre de Samuel se sentaba frente a la pequeña cama contemplando a su hijo. Permanecía inmóvil, con una marcada preocupación en su cara, actitud nada común en ella. Samuel no tenía plena conciencia de la crisis que su madre estaba viviendo. Con el transcurrir de los días, Amaya empeoraba como si la vida se le escapara entre los dedos y la brecha de la muerte comenzará a abrir un profundo surco en ella. Nacida en España, Amaya nunca conoció a su padre y su madre había decidido casarse de nuevo con un comerciante oriundo de Suecia, por lo que se mudó a vivir a un pueblo cercano a Helsinki. El día que Amaya cumplió la mayoría de edad decidió emigrar a Venezuela, entusiasmada por la invitación de una buena amiga que planificaba comenzar estudios universitarios en ese país de Latinoamérica. Con los años, el contacto entre Amaya y su madre se limitaba a una llamada esporádica en Navidad y un par de correos cada seis meses.

Una mañana, Roberto salió corriendo de la universidad para alcanzar la calle en busca de un taxi. Sus padres, Felipe y Úrsula, quienes habían venido desde Caracas, le habían advertido por teléfono móvil que se apresurara a llegar a casa. La condición de Amaya había desmejorado notablemente en las últimas horas y no quedaba mucho tiempo. Apenas podría superar ese día y los calmantes ya no mitigaban el dolor.

Roberto comenzó a entrar en un mundo de tristeza y soledad donde era incapaz de encontrar sentido a lo ocurrido a su adorable esposa. Aquel lluvioso día, Roberto entró en la habitación principal. Amaya se volvió y lo miró develando una expresión de profundo dolor en su rostro. Roberto se sobresaltó al verla: ya su esbelto cuerpo y la chispa de vida en sus ojos habían desaparecido y en su lugar una delgada, pálida y ojerosa figura yacía tendida en la cama. Su mirada revelaba el sufrimiento de un pronto e imparable final, de una obligada partida que la separaría por siempre de los seres más importantes de su vida. Roberto fue invadido por una tristeza imposible de expresar.

—Creo que llegó la hora —murmuró Amaya con enorme esfuerzo.

Por el rostro de Roberto comenzaron a rodar lágrimas imparables. Se recostó a su lado y ambos permanecieron abrazados, entretejiendo el tapiz de los buenos recuerdos, de los tiempos de mágicos abrazos y vivencias, de los caminos andados con amor y con pasión, de ilusiones y sueños que nunca dejaron de brillar con el pasar del tiempo, de la llegada de aquel hermoso y dulce niño que completó la morada e irradió como el sol en la vida de ambos.

Amaya abandonó su cuerpo y comenzó su viaje por la ruta de los destinos un lluvioso sábado por la tarde del mes de agosto.

Luego de la muerte de Amaya, a Roberto lo asaltó la duda desgarradora de permanecer en casa o de escapar de toda esa pesada historia. Una serie de factores doblegaron su ímpetu y fortaleza, obligándolo a tomar la decisión de alejarse de aquella morada. Quería dejar atrás todo lo que una vez fue su mundo y el de Amaya: la universidad, la ciudad e incluso los amigos. A las pocas semanas decidió dejar Mérida para viajar junto a su pequeño hijo a la ciudad de Caracas donde buscó el refugio de sus padres quienes lo ayudaron con la crianza de Samuel.

Un año después, durante una noche, Samuel comenzó a tener una pesadilla que, por alguna razón incomprensible, se repitió a lo largo de varios años y en diversas ocasiones. Se veía en un sendero rodeado de altos árboles, perseguido por una gran sombra que intentaba arrebatarle un rollo de papel áspero y amarillento. Aunque nunca lograba ver lo que aquel descolorido papel contenía, podía sentir un peligro mortal en aquel lugar. Se visualizaba huyendo despavorido de aquella sombra por un camino estrecho e interminable. Tan solo cuando escuchaba sus pasos a pocos metros de él y sentía aquella oscura presencia sobre su espalda, despertaba desesperado tras un grito aterrador, para sentirse seguro entre las cuatro paredes de su habitación. Alarmados por el grito los abuelos llegaban hasta la habitación para calmar la ansiedad y el temor de su nieto. Esta situación obsesionaba a los Todd, quienes intentaron ayudar al pequeño Samuel con psicólogos infantiles y hasta neurólogos. Pero siempre obtuvieron la misma respuesta: «su nieto padece un síndrome de estrés postraumático debido a la temprana y repentina pérdida de la madre, aunado a la continua ausencia de la figura paterna».

Los recuerdos que Samuel guardaba de su temprana infancia eran muy confusos. Imágenes que fluctuaban de un rostro a otro, de una casa a otra, de una habitación a otra. Desde pequeño se había acostumbrado a vivir solo en su mundo. Al entrar a la adolescencia había perdido de tal manera el hábito de conversar, que cuando de pronto se encontraba con alguna persona distinta a sus abuelos se sentía incómodo. No podía reaccionar con la suficiente rapidez a una pregunta. Esto inquietaba a los demás, incluso al abuelo Todd quien se marchaba alarmado por su nieto. Como muchos hijos de padres divorciados o huérfanos sus relaciones podían ser muy tensas con los adultos, sobre todo con sus propios padres. Samuel dejaba escapar su frustración muchas veces al verse rechazado por ciertos jóvenes de su entorno escolar, o al ponerse en duda sus decisiones. Los abuelos tendían a proteger de forma excesiva a su nieto, controlando muchas de sus actividades. Sin embargo, Samuel era por naturaleza un joven muy afectuoso, apacible e introvertido, pero obcecado y agudo a la hora de tener una idea o un plan entre ceja y ceja. La vida del joven Samuel se volvía en algunas ocasiones monótona, de la escuela a su casa y viceversa. Sin embargo, en los últimos años, de repente mostró gran interés por las artes marciales, abocando toda su enérgica edad a perfeccionar varias disciplinas orientales. Aunque el internet tiene la virtud de informarnos y comunicarnos con el mundo, paradójicamente nos aísla de las relaciones diarias con otras personas y en especial con las de la familia. Samuel no era la excepción a la regla. La rutina en el computador lo había llevado a refugiarse en su habitación durante largas horas de su vida, escapando de la realidad de su entorno, entrando en lo que denominan «el síndrome de la puerta cerrada».

Una tarde, al llegar de una práctica rutinaria de karate, Samuel entró en el estudio sin hacerse notar y apoyó la mano sobre el pomo de la puerta mientras percibía la voz del abuelo Felipe que hablaba por teléfono.

—Sí, en dos semanas... No, hijo, no es necesario que vengas hasta Caracas. Espéranos allá.

Samuel esbozó una sonrisa de agrado y se retiró a su habitación. Se lanzó de espalda sobre la cama y suspiró mientras miraba fijo el techo de la recámara.

—Creo que esta vez viajaremos a Mérida —murmuró.

Eran cerca de las ocho de la noche cuando Samuel y sus abuelos llegaron al restaurante chino que solían visitar casi todos los sábados. Estaba a medio llenar. Les dieron la misma mesa de siempre en un tranquilo rincón. No pidieron nada extraordinario. Todos permanecieron en silencio por unos segundos luego de finalizar la cena, hasta que la abuela Úrsula tomó la palabra rompiendo el silencio.

—Tu padre llamó ayer por la tarde Samuel. Y nos propu...

—No sé porque tengo el presentimiento de que me dirás algo que afectará mis planes en estas vacaciones, abuela —interrumpió Samuel mientras se terminaba el último sorbo de té helado.

Los abuelos se cruzaron las miradas buscando de alguna manera apoyo a lo que Úrsula iba a decir a continuación.

—De acuerdo, tienes toda la razón hijo es que....

Úrsula titubeó por unos segundos hasta que Felipe decidió intervenir.

—Es que tu papá quiere que a partir de ahora vivas con él. El próximo año de escuela quiere que lo hagas allá en Mérida. Incluso nos ha propuesto que estudiemos la posibilidad de mudarnos para estar cerca de ustedes. Al fin y al cabo, solo nos tenemos nosotros cuatro y no nos gustaría tenerte tan lejos.

—Ya veo —dijo Samuel, quedando sorprendido. Nunca había pensado en la posibilidad de mudarse, y menos al interior del país. Por unos segundos quedó en silencio, inmerso en muchas preguntas—. ¿Y...y que han pensado? —inquirió mientras recorría a sus abuelos con la mirada.

—Por ahora iremos a pasar las vacaciones con tu papá para evaluar la situación y el lugar. Para nosotros representa un cambio importante, pertenecemos a esta ciudad a pesar del bullicio y los niveles de estrés que pueda ocasionar —agregó Úrsula.

—Sin embargo, nos vendría muy bien un cambio, querida —exclamó Felipe colocando su mano sobre la de su esposa.

—¡La verdad que no me entusiasma la idea, si eso significa que me alejaré de ustedes! —exclamó Samuel.

En ese instante, la abuela dio un giro a la conversación procurando no arruinar los planes que su hijo con tanto entusiasmo tenía elaborados.

—¡Tienes razón, Felipe creo que a estas alturas podría adaptarme a Mérida! —dijo Úrsula con contundencia mientras esbozaba una gran sonrisa y dirigía la mirada a su nieto—. Yo tampoco soportaría estar alejada de ti, hijo —agregó mientras tomaba la mano de Samuel para acariciarla.

Los ojos de Úrsula estaban brillantes, como si las lágrimas estuvieran a punto de salir. Samuel percibió la mirada y sintió por un momento una leve tristeza en ella. Sonrió y se movió ligeramente de su asiento para acercársele y rodearla con sus brazos.

—¡Entonces fuera la tristeza, abuela! Y comencemos a planificar nuestro viaje a Mérida. Papá estará encantado de tenernos a los tres allá.

—Pensándolo bien —murmuró Felipe—. Puede que sea mejor para nosotros. Un viento de cambio renueva el espíritu a nuestra edad. ¿No lo crees así, querida?

—Sí, es muy posible —respondió la abuela secándose con la mano una lágrima que al final corrió por su mejilla, mientras se esforzaba por esbozar una sonrisa—. Además, al fin estaremos cerca de Roberto, eso me da una felicidad inmensa —agregó, mientras cerraba los ojos y asentaba con la cabeza.

—¡Vaya, creo que finalmente viviré con mi padre después de todos estos años! —exclamó Samuel con cierta inquietud, mientras volvía a su silla y recorría de nuevo a sus abuelos con la mirada.

Samuel se dirigió al mesero solicitando la carta de los postres, la abrió y describió a sus abuelos cada uno de ellos.

—Mmm abuelo, aquí hay postres dietéticos...

—¿Que dices, jovencito? ¡Ja! ¡Lo ves, Úrsula, te lo dije!

La velada continuó para los Todd, entre planes, postres y complicidades.

CAPÍTULO II

LAS MONTAÑAS DEL RECUERDO

Cerca de las cinco de la mañana, cuando el taxi llegó frente a la casa, la calle estaba silenciosa y desierta. Apenas se oía el ligero zumbido de las líneas eléctricas en los postes de luz. El vehículo partió hacia el aeropuerto con Samuel y sus abuelos dejando atrás, olvidada por un rato, la vida cotidiana de la ciudad. El muchacho, a través de la ventanilla, veía pasar ante sus ojos los altos edificios con sus luces solitarias encendidas durante la noche. Detenía su mirada en algún anuncio luminoso mientras el automóvil se le aproximaba, para luego pasar por su lado fugazmente y después perderse de vista en la distancia.

Durante el trayecto al aeropuerto se mantuvo en silencio detallando el camino, mientras repasaba en su mente la lista de cosas que debió llevar para este viaje. Tenía la sensación de haber olvidado algo importante. Por otra parte, pensaba en su próximo encuentro con su padre. Rememoraba la última vez que estuvieron juntos en casa de sus abuelos, hacía más de cuatro meses en Caracas. Trataba de evocar las pocas veces que durante su infancia había visitado a su padre en Mérida. Solo recordaba lo agradable del lugar, ya que sus visitas habían sido poco frecuentes y breves, como para que surgiera un vínculo con él.

Luego de una hora de vuelo, al entrar el avión en una especie de corredor entre las dos gigantescas formaciones montañosas andinas, Samuel y sus abuelos pudieron observar los numerosos picos nevados que coronan las altas montañas de las sierras, uno de ellos el pico más elevado del país, el imponente Bolívar. Todas las cimas se encontraban a la altura de las ventanillas, parecía que podían tocarse con las manos. En ese instante comenzó un suave descenso a través de capas de blancas nubes, que hasta entonces se habían extendido como un brillante manto de nieve bajo el ardiente sol del trópico. El vapor se pegaba a las ventanillas hasta que de pronto se abrió la capa de niebla y el avión quedó flotando con un dosel de nubes sobre él. En ese instante, cientos de techos rojos y edificaciones de mediana altura, diseminados entre la verde y brillante franja vegetal, se hicieron presentes.

Era la ciudad universitaria de Mérida que, al poseer el teleférico más largo y alto del mundo, resulta muy atractiva para los turistas que todos los años visitan este punto de la sierra andina suramericana. Un lugar de contrastes donde el tiempo parece que apenas transcurre. Desde los suburbios se alzan las montañas del norte o Sierra La Culata y más allá del borde de la meseta, en dirección contraria, la extensa cadena montañosa del sur conocida como Sierra Nevada. Ambas formaciones, sin duda alguna, hacen sentir el dominio del paisaje.

A diferencia de las construcciones adyacentes, en el casco central de la ciudad muchas edificaciones y monasterios de tiempos antiguos, que se yerguen sobrepasando los techos de las casas más sencillas, conservan aún su arquitectura original, llenas de tesoros artísticos. Las estrechas calles parecen laberintos por donde transitan vehículos que ocupan todo el espacio entre una acera y otra, tocando sus bocinas para abrirse paso a lo largo de las callejuelas de un solo sentido. El aire sobre este altiplano es tan brillante y cristalino, que las montañas que la rodean parecieran formar parte de una gigantesca acuarela que estuviese al fondo de la ciudad, contribuyendo a crear la atmósfera de un mundo distinto.

El vuelo había transcurrido sin contratiempo, por lo que arribaron a la hora pautada. Al abrirse la puerta de la sección de llegada del aeropuerto, Roberto pudo observar, a través del vidrio, tres figuras familiares esperando frente a la cinta transportadora. Los abuelos Todd y Samuel se mantenían atentos al pasar de los equipajes en espera de sus pertenecías. Samuel se adelantó a sus abuelos y fue el primero en salir. Se estaba preguntando donde estaría su padre, había mucha gente en el salón cuando escuchó un grito:

—¡Samuel, por aquí, Samuel ! —gritó Roberto mientras agitaba los brazos para llamar la atención de su hijo.

Allí se encontraba su padre, parado a pocos metros de él. Samuel dejó a un lado la maleta y lo abrazó con cierta timidez.

—¡Bienvenido, hijo! —exclamó Roberto.

—Hola, papá.

Roberto sonrió complacido y lo abrazó por unos instantes.

—¡Por fin han llegado! —exclamó excitado Roberto al tiempo que divisaba a sus padres, Úrsula y Felipe, que se abrían paso entre la gente y saludaban.

—Hola, hijo, ¿cómo has estado? —dijo el abuelo Felipe, aproximándose para darle un fuerte abrazo.

—Muy bien, papá, algo ansioso por la llegada de ustedes, pero más feliz que nunca al tenerlos a todos acá.

—Hola, cariño, te he echado de menos —dijo Úrsula mientras lo abrazaba efusiva.

—¡Madre, al fin logré que dejaras la ciudad! —exclamó Roberto dejando salir una enorme sonrisa.

—Difícil de creer, pero aquí estoy —respondió Úrsula emocionada.

Recogieron sus maletas y se dirigieron al estacionamiento para iniciar el trayecto hacia el poblado de La Azulita, a unos setenta kilómetros de la ciudad. Así comenzaron su periplo a lo largo de las serranías, internándose por la carretera entre las montañas arboladas y descubriendo enigmáticos valles ocultos y exuberantes colinas de un fulgor verdoso.

El poblado de La Azulita debe su nombre a las montañas azuladas que descansan entre la región andina y las tierras bajas del Lago de Maracaibo. Debido a esta característica geográfica la han bautizado como «El Balcón de los Andes». Sus bosques se conservan intactos en más de un ochenta por ciento, incluso hay lugares donde el hombre nunca ha logrado llegar aún. En esta zona, anidando entre sus numerosas colinas y laderas sembradas de bosques ondulantes, se encuentra una impresionante variedad de fauna, en especial de aves, hasta el punto de ser considerado el segundo corredor de aves en el mundo. Adentrándose hacia el interior de las montañas se puede encontrar una variedad infinita de paredes perpendiculares erosionadas por el paso de los vientos y el agua, que corre como hilos ramificados que provienen del deshielo. Profundos barrancos, grietas, escarpados acantilados, espolones y precipicios conforman el paisaje en las altas montañas.

Aquella tarde del sábado, como es típico en los habitantes de los pueblos de esta región, los niños, jóvenes y los no tan jóvenes se encontraban reunidos en los porches y pasillos de los establecimientos de abarrotes ubicados alrededor de la plaza principal del pueblo. Por todas las adyacencias de la plaza se dejaban oír las voces y los murmullos de la muchedumbre, relatando historias y el acontecer del día. Muchachos que, era seguro, formaban parte de la última generación de campesinos y criadores de ganado que habían poblado esa región montañosa muchas décadas atrás.

En una de las callejuelas se concentraba un hostal junto a una gran tienda de abarrotes regionales, un restaurante de «comida típica e internacional», así como una farmacia, que semejaba más una tienda de golosinas. Al final de la calle se encontraba una taberna donde los habitantes del pueblo acostumbran reunirse para discutir cotidianidades o problemas de la comunidad, pero nada más allá de las faenas del campo o la falta de interés de los jóvenes por el trabajo que requería el poblado.

La soleada tarde transcurría cuando los pobladores observaron con mirada curiosa la llegada de la camioneta blanca de Roberto y sus cuatro ocupantes que bajaron del vehículo para estirar un poco las piernas, recorrer algo el pueblo y abastecerse antes de seguir camino a la cabaña. Samuel entró en un establecimiento con el fin de curiosear y saciar la sed. Mientras aguardaba con calma que el dependiente despachara al comprador atendido en ese momento, una voz ronca se dirigió hacia él.

—¿Tú debes ser Samuel Todd si mis ojos no me engañan? Eres idéntico a tu madre, aunque también tienes algo de Roberto —inquirió un hombre de alta estatura, ya entrado en años, con barba cerrada, el cabello canoso y profundos ojos azules.

Samuel lo observó con perspicacia y le llamó la atención el mechón de cabello blanco que caía con soltura sobre su frente. Aquel individuo no parecía ser empleado de la tienda, ni tampoco tenía el aspecto de ser nativo de esa región.

—Así es, mi nombre es Samuel —respondió frunciendo el entrecejo y mostrando una evidente curiosidad.

El hombre le alargó la mano y sonrió dejando entrever su perfecta dentadura.

—Mi nombre es Horacio Coll, amigo de tus padres desde que Roberto era un muchacho de tu edad. Te conozco desde el día que llegaste a este mundo.

—¿Conoció a mi madre? —preguntó con cierta ansiedad.

—¡Claro!, fui profesor de Amaya en la universidad. Luego tus padres y yo nos convertimos en grandes amigos. Lamento que las cosas no hayan salido como debieron ser —dijo Horacio sacudiendo la cabeza—, pero estoy seguro, jovencito, que el destino te tiene deparado algo muy especial.

—Eso lo he escuchado muchas veces de parte de mis abuelos y de mi padre —respondió Samuel—, pero no estoy seguro de ello. La verdad hubiese preferido haber tenido a mi madre a mi lado estos años.

—Lo sé, muchacho, me lo puedo imaginar, conozco muy de cerca ese sentimiento de frustración, vacío y dolor que provoca la ausencia del ser querido. —Horacio quedó por un momento pensativo—. Sabes... Me gustaría invitarte a mi cabaña algún día y mostrarte los tesoros que estos bosques ocultan con celo. Además, me visitará mi nieta para pasar las vacaciones del verano, juntos podríamos organizar varias excursiones a lugares que, estoy seguro, tus ojos jamás han visto.

—Está bien, hablaré con mis abuelos y mi padre. Podría ser...

Horacio se sonrió de nuevo.

—¡Sé que te divertirás! Te advierto que por tus venas corre la sangre de esta región, ya verás cómo, poco a poco, apreciarás pisar estas tierras por donde transitaron tus antepasados. Tu padre sabe donde está mi cabaña, además tiene mi número de teléfono móvil. ¡Pronto nos veremos!

Tras estas palabras dio vuelta y, al salir de la tienda, desapareció entre la multitud de turistas y pobladores de la zona. Samuel volteó al escuchar que el empleado del local le habló. Pidió el pan y las bebidas que le habían encargado y cuando lo despacharon se despidió con amabilidad y se marchó en dirección a la camioneta.

Cuando llegó al vehículo, un grupo de personas estaba en torno a él, murmurando entre sí. Samuel disminuyó el paso al ver que su padre y sus abuelos no se encontraban en el interior; en ese instante escuchó la voz de Roberto que se encontraba justo frente a él, del otro lado de la calle. Al llegar al lado de su padre preguntó:

—¿Por qué nos observan de esa manera, papá? Pareciera que nunca han visto visitantes.

—No es eso, hijo —respondió Roberto al tiempo que se disponía a encaminarse hacia la camioneta—, lo que ocurre es que son personas muy curiosas y en realidad son pocas las veces que me han visto bajar al pueblo, aunque te aseguro que saben con exactitud donde vivo.

Muy cerca se escuchaba detrás de ellos la voz de la abuela Úrsula apresurando a Felipe.

Para el joven comenzaba a ser un cambio desapacible, prestaba atención a todo lo que sucedía a su alrededor, entonces escuchó a lo lejos el estrépito de un trueno y, apenas un segundo después, el fragor de otro de mayor intensidad. Roberto advirtió que debían apresurarse para llegar a la cabaña antes de que se desatara la tormenta. Samuel corrió hacia la camioneta sintiendo un viento frío y húmedo que de pronto lo sorprendió.

Tras dejar el poblado, la camioneta subió por una empinada pendiente. Continuaron por una carretera que rodeó una pequeña laguna y se internó, perdiéndose de vista, dentro de una densa arboleda por una carretera de grava. A los pocos minutos cruzaron un corto puente sobre un riachuelo y comenzaron a subir una pequeña colina. Las hileras de árboles a los lados de la carretera terminaron de repente, dejando ver la cabaña al final de la explanada.

Al bajar de la camioneta, Samuel se detuvo por un instante y alzó la vista en dirección a la cabaña de su padre. Había olvidado lo grande y rústica que era en realidad. La cabaña tenía dos pisos y una torrecilla a un costado del techo que indicaba el lugar de la chimenea. Roberto y los abuelos adelantaron el paso entrando por la puerta principal con las maletas y las compras. Unas pequeñas gotas, impulsadas por una ráfaga de viento fresco, irrumpieron en la serenidad de la tarde. Samuel se colocó la chaqueta, se alzó el cuello y se dirigió a recorrer los alrededores del jardín con la escasa luz que aún quedaba del atardecer.

Al regresar de su recorrido subió las escaleras, acompañado de su padre, hacia el segundo piso de la cabaña, haciendo crujir los peldaños de madera. Se dirigieron por un pasillo alfombrado hasta llegar casi al final de este y se detuvieron frente a la penúltima puerta del lado derecho del pasillo.

—Espero que te guste, hijo. Creo que aquí estarás cómodo, era tu antigua habitación —dijo Roberto mientras abría la puerta y se introducía en la estancia seguido de Samuel .

Samuel la vislumbró con detalle. Era espaciosa y confortable. Había un escritorio con algunos libros de antropología e historia y uno empastado en cuero le llamó la atención. Decía «Simbología antigua». Samuel se sentó en la silla de madera y se deslizó hasta el otro extremo donde se encontró con una estantería repleta de literatura y curiosas figuras en arcilla; un closet, donde podría colocar toda su ropa; además de un gran armario de madera en una de las paredes. Contaba con una cama y una pequeña mesa a un costado. Su mirada se posó de inmediato en una fotografía sobre la mesa de noche. Samuel rodó hasta un costado de la cama y la tomó. En ese instante sintió cómo el corazón se le agitaba, Ahí estaban Roberto y Amaya, sonrientes, sentados en una banca y entre los dos el pequeño Samuel mirando fijamente hacia la cámara.

—No recordaba esta foto —murmuró Samuel

—Nos la tomamos cuando recién cumplías los cinco años, pensé que te gustaría tenerla junto a ti —dijo Roberto observando la fotografía desde el umbral de la puerta—. Creo que esa fue la última fotografía que nos tomamos juntos —añadió con nostalgia.

Colocó la fotografía de vuelta en la mesita y se dirigió hasta la estantería para tomar una de las curiosas figuras que ahí reposaban.

—¿Qué figura es esta, papá? Me parece haberla visto antes.

—Es la figura de un momoy hecho en arcilla, hijo —respondió Roberto.

—¿Momoy? —preguntó Samuel frunciendo el ceño.

—Son criaturas de una leyenda de estas regiones, pequeños individuos que cuidan las montañas y a todos los seres vivos que habitan sus bosques. Dicen que muchos viven en cavernas y grutas, incluso algunos llegan hasta los poblados para mezclarse con los habitantes comunes, participando de las celebraciones y diversiones de los campesinos. Cuando estabas recién nacido pasé horas relatándote historias sobre ellos —dijo Roberto.

—La verdad es que no recuerdo esos relatos —respondió Samuel mientras regresaba la figura al peldaño del estante.

—Me imagino, eras muy pequeño para poder recordarlos después de tantos años, hijo.

Al caer la noche se instalaron en la sala principal frente a la chimenea encendida. La cabaña era muy placentera por dentro: en el sofá había cojines multicolores, .en la pared sobre la chimenea, un lujoso tapiz de lana bordado con la imagen heráldica del apellido Todd cubría la superficie, y sobre este colgaban dos enormes sables enfundados en grandes envolturas de plata reluciente con imponentes grabados. Roberto y Samuel conversaron durante un buen rato en la sala mientras degustaban unos suculentos crêpes con fresas y crema. La sala era la habitación más iluminada y espaciosa de la cabaña. Dos grandes ventanales permitían la entrada de luz durante las mañanas irradiando por completo la estancia. El suelo era de madera pulida, pero estaba cubierto en su mayoría por una gran alfombra de colores en ocre, azul y trazos rojos. Al igual que la cabaña, casi todos los muebles eran de madera antigua pero muy bien conservados.

Las voces fueron apagándose con lentitud y el crepitar del fuego ganó protagonismo, mientras la noche se cernía por cada rincón. La luz de los pequeños faroles, colgados del techo y las paredes, creaban una atmósfera cálida y acogedora. En ese momento la voz melodiosa de Úrsula anunciando la cena, irrumpió el silencio.

Decidieron pasar al comedor donde había una gran mesa ovalada de madera. En las paredes colgaban algunos cuadros de paisajes al óleo y algunas fotografías en blanco y negro de pueblos y tribus indígenas.

Luego de la cena, Samuel se despidió de su familia para retirarse a descansar y la curiosidad lo condujo a revisar el viejo armario que se encontraba en su cuarto. En uno de sus lados se encontró con varias gavetas y estantes de madera carcomida y roída por el paso del tiempo y el olvido; estaban repletos de papeles, fotografías y algunos cuadernos de notas. Colocado en el fondo encontró un pequeño y viejo baúl por el que sintió un gran interés y el impulso de registrar su contenido. Lo extrajo del armario con sumo cuidado y lo abrió encontrando en él fotografías y cartas que sus dedos tanteaban con suavidad. Pudo observar, de inmediato, que se trataban de retratos de sus padres, imágenes que albergaban recuerdos de otras épocas, ajenas a él, pero que, sin duda, tenían que ver con su pasado y su historia.

Cogió con sumo cuidado aquel manojo de fotografías y viejos papeles y se sentó en la cama. Durante largo rato comenzó a viajar entre la espesa neblina de los recuerdos de su remota infancia a territorios extraños, acompañado de rostros jamás vistos. Sin embargo, por alguna razón que no podía explicar, sentía que comenzaba a descubrir lugares y personas olvidadas. El ambiente calmo parecía detener el tiempo en la habitación hasta que el sonido producido por un búho lo hizo levantar de la cama. Se asomó a través de la ventana y observó al remoto cielo por completo estrellado. Era la primera vez que veía la inmensidad del firmamento y todas sus estrellas.

Volvió a sentarse y siguió indagando entre cartas e imágenes por un largo rato. Finalizó, entrada la medianoche, con la fotografía de sus padres en la universidad entre las manos. Cogió el montón de papeles y los volvió a colocar en el baúl, y este en el mismo lugar del viejo anaquel. Decidió que era hora de acostarse, sintió entonces cómo la lluvia comenzaba a repiquetear de manera incesante contra el tejado. En segundos, se desató un gran aguacero que se podía escuchar con más fuerza en el desván. Samuel se levantó para contemplar la impetuosa lluvia y, absorto, observando a través de la ventana, sintió haber dado un paso dentro de un mundo extraño, por completo ajeno, a cientos de kilómetros de lo que había sido por años su hogar, lejos del tránsito y sus filas de automóviles rodeados por los grandes edificios de concreto y cristal de la gran ciudad. Recordó de forma fugaz la cena de los sábados en el restaurante chino con sus abuelos, los paseos a parques y lugares de atracción que solía visitar los domingos.

El sonido de la lluvia y el cansancio lo vencieron poco a poco hasta que volvió a su cama y el agotamiento le hizo perder la consciencia.

Más allá de la medianoche abrió los ojos y se incorporó sobresaltado en su cama, la habitación estaba a oscuras, tan solo la leve luz de su teléfono móvil indicaba la ubicación de la pequeña mesa de noche a un costado. Con inquietud se levantó y se dirigió a la ventana y bajo la luz de los faroles del jardín divisó la figura de una mujer de cabello claro y largo, cuyo brillo deslumbraba, y de piel tan clara que se fundía delicadamente con la gran bata que la envolvía por completo. Caminaba entre las flores rozándolas con su mano derecha mientras llevaba una hermosa flor de tonalidades entre rojo y naranja en su mano izquierda. Por un momento se detuvo y elevó su mirada. La luz detalló su delicado rostro, en ese momento posó sus ojos en la figura del joven que yacía en la ventana, levantó la flor acercándola a sus labios y sopló con sutileza hasta que la flor se desintegró, terminando en un destello de luz naranja que alcanzó a Samuel cubriéndolo por completo.

—¿Mamá? —murmuró mientras los párpados de sus ojos caían con pesadez para volver a cerrarlos y entrar de nuevo en un profundo sueño.

Al amanecer, los primeros rayos del sol cruzaban el firmamento, el viento del noreste resonaba con tenacidad y se podían ver las cimas de las montañas rodeadas por densas nubes. A pesar de que las cortinas se hallaban cerradas, la luz se colaba en la habitación anunciando el nuevo día. La fresca brisa, proveniente de las altas montañas, refrescaba el ambiente del lugar haciéndolo más agradable.

Cuando Samuel despertó lo había olvidado todo, sin embargo la almohada estaba húmeda, como si hubiese llorado en sueños.

Luego del desayuno, decidió hacer su primera incursión por los alrededores. Las briznas de la hierba, salpicadas aún por las pequeñas gotas de rocío, remarcaban los bordes de un camino muy poco transitado, incluso con telarañas que en ese momento parecían estar formadas por hilos de plata. El olor a humedad se hacía sentir debido a la lluvia que se había desatado casi toda la noche. El bosque, horas antes oscuro y tétrico, estaba invadido por la luz que penetraba a raudales por todos los rincones. Sus oídos comenzaron a acostumbrarse al murmullo de los insectos, al trinar de los pájaros y al silbido del viento que batía las ramas de los árboles.

Continuó adelante cerciorándose de memorizar la ruta de vuelta. Tras una gran maraña de ramas y bejucos, que ocultaba el serpenteante camino que atravesaba aquel lugar, llegó hasta un espacio más abierto, salpicado por grandes troncos de enormes alturas cuyas copas, apenas visibles, a duras penas permitían el paso de los rayos del sol en pleno recorrido hacia el cenit del firmamento, creando un bello juego de luces y sombras. Caminó unos minutos hasta llegar a un enorme claro desde donde podía ver, a la distancia, pequeños grupos de labriegos trabajando en sus sembradíos. A lo lejos, sobre una colina a la derecha de aquel claro, una cabaña junto a un gran molino de enormes aspas llamó la atención del joven Samuel. En ese momento sus oídos percibieron el sonido de unos pasos atrás de él. Una voz irrumpió el lugar haciendo sobresaltar al joven.

—No te asustes, hijo, soy yo —exclamó Roberto mientras se acercaba— Lamento haberte asustado, solo quería advertirte que debes andar con mucho cuidado por estos bosques, los caminos suelen ser muy traicioneros a la hora de querer regresar.

—¿Quién vive en esa casa allá arriba? —preguntó Samuel.

—¡El viejo Horacio!, no creo que lo recuerdes. La última vez que te vio eras muy pequeño. Un profesor de la universidad que decidió retirarse a estas montañas para seguir unas investigaciones sobre algunos fenómenos que ocurren en los bosques andinos, además de ser un gran amigo de tu madre y de mí. Tu mamá le decía con cariño «El viejo» y así se quedó —dijo Roberto mientras observaba la cabaña.

—Sí, sé de quién me hablas. Lo conocí ayer en la tienda del pueblo. Por cierto, me invitó a su cabaña, al parecer quiere enseñarme algunos lugares de interés en esta región.

—Pues deberías aprovechar la invitación. Ese hombre conoce cada rincón de estas montañas y, además, maneja información importante y muy curiosa. Te podría interesar.

En ese momento, a un lado del claro, crujió la hojarasca. Ambos voltearon en simultáneo pero lo único que observaron fue el movimiento de la hierba por la brisa.

—Vamos, hijo. Regresemos —sugirió Roberto emprendiendo el camino de vuelta. ¿Qué te parece si llamo a Horacio para ir a su casa esta misma tarde? Me gustaría llevarte. ¿Estás de acuerdo?

—Está bien, me gustaría —respondió Samuel adelantándose por el sendero.

Ambos se adentraron en la espesa maleza. En ocasiones Samuel miraba hacia atrás, pero tan solo veía la figura de su padre, no obstante, tenía la sensación de que algo o alguien los estaba siguiendo. Atravesaron el bosque hasta que lograron divisar de nuevo la cabaña. Cuando cruzaban el jardín Samuel se detuvo por un instante fijando su mirada en las flores naranjas que pululan en el lugar.

—¿Ocurre algo, Samuel?

—¿Cómo se llama esta flor, papá? —preguntó, al tiempo que detallaba una de ellas minuciosamente.

—Son hermosas —respondió Roberto mientras rozaba con una de sus manos algunas de ellas—. Eran las favoritas de tu mamá, su nombre es caléndula. Siempre mencionaba que son flores que poseen propiedades mágicas. Al parecer te mantienen protegido de los malos espíritus. Tu mamá y yo sembramos muchas de estas flores alrededor de la casa.

En ese instante Samuel recordó vagamente la visión en el jardín la noche anterior.

—Anoche... creo haber visto a mamá en este mismo lugar con una flor en sus manos. Quiero decir, me pareció que era ella. Ni siquiera estoy seguro si estaba despierto o soñando.

—¿A qué te refieres, hijo?

—Nada, olvídalo, es una tontería —respondió Samuel con sequedad.

—¿Crees que alguien como tu madre nos podría abandonar del todo? Yo no lo creo, una parte de ella vive en cada uno de nosotros, hijo.

—Cómo me gustaría poder verla de nuevo —murmuró Samuel.

—Yo a veces la veo en mis sueños, y te puedo confesar que mantenemos largas conversaciones.

Por un instante, la nostalgia acariciaba con un aire tibio aquel lugar. Roberto viajó al pasado recordando aquellos momentos junto a Amaya en el jardín. Escuchó su voz y hasta pudo sentir por un instante el aroma de su perfume.

El muchacho dio vuelta sobre su eje y dirigió a su mirada hacia su padre, sin mucho esfuerzo pudo notar la tristeza que lo embargaba en ese momento.

—¿Estás bien, papá?

Por la mirada de preocupación de Samuel, Roberto regresó al presente.

—Sí, estoy bien, hijo, solo recordaba —respondió Roberto con serenidad tratando, con un gran esfuerzo, de retener las lágrimas.

—¿No sentiste como si alguien nos estuviera siguiendo? —preguntó súbitamente Samuel para cambiar el tema.

—La verdad, no. Quizás era el viento entre las ramas. El bosque está lleno de ruidos —respondió Roberto encogiendo los hombros. —Vamos, busquemos a tus abuelos para ir a la ciudad, hay algunos lugares que quiero mostrarles.

—Es probable —murmuró Samuel, mientras retomaban el paso hacia la puerta de la cabaña, preguntándose si en realidad los habían seguido o habría sido una jugada de su imaginación.

CAPÍTULO III

EL VIEJO DE LA COLINA

Samuel salió de la cabaña algo nervioso y se subió a la camioneta todoterreno de su padre sintiendo cierta incomodidad. Era la primera vez que iría de excursión con un perfecto extraño para él, aunque fuese amigo de sus padres, y desconocía como sería la experiencia; sin embargo, ya lo había prometido y no podía echarse para atrás.

Cerca del hogar del profesor Horacio había manantiales de agua fresca y cristalina que corrían a lo largo de la carretera. La casa era de tres plantas y su estructura, artísticamente diseñada, se integraba con gracia al paisaje. Estaba pintada con colores claros combinados con ladrillos rojos creando una propuesta simétrica y poco común. Los enormes ventanales se integraban al conjunto con grandes techos a dos aguas de color verde oscuro. La camioneta aún no había detenido su marcha cuando vieron la figura del propietario salir por la puerta principal para recibirlos. Al llegar, ambos bajaron del vehículo para saludar a su viejo amigo.

—Pensé que no vendrían tan pronto —exclamó Horacio al tiempo que adelantó el brazo para ofrecer un fuerte apretón de manos.

—Pues la verdad quiero que mi hijo aproveche cada minuto de este viaje. Además, sé que en tu compañía aprenderá cosas interesantes y de mucha utilidad.

—¿Cómo estás, Samuel? —preguntó Horacio extendiéndole la mano para saludarlo—. ¿Cómo te has sentido en tu segundo día en estas montañas?

—Pues, la verdad, con mucho frío, fuera de eso, adaptándome —respondió Samuel al tiempo que encogía los hombros.

—Por favor pasen adelante —dijo Horacio mientras indicaba el camino.

—Adelántense ustedes —dijo Roberto—. Iré un momento a casa de tu vecino ya que le he traído un sobre desde Mérida.

—Seguro, te estaremos esperando —respondió Horacio.

—Y seguro nos quedaremos esperando —refunfuñó Samuel.

Samuel caminó junto a Horacio por una entrada empedrada en dirección a la puerta, mientras la camioneta se alejaba del lugar. Al pasar bajo el umbral y dejar la fuerte luz del sol tras él, sus ojos tardaron un poco en adaptarse a la penumbra del interior. Cuando pudo ver mejor el salón principal, se encontró con un gran mural de ilustraciones abstractas y una enorme alfombra de cálidos colores en ocre, que cubría por completo el suelo de aquella estancia. Había unos cuantos libros sobre la enorme mesa de madera que se hallaba frente al sofá y las butacas. Todos los rincones de aquel salón estaban atestados de extraños y místicos objetos provenientes de varias partes del mundo. En otro extremo de la sala una biblioteca, con cientos de libros, cubría toda la pared. Los libros estaban organizados con esmero y divididos por secciones. Samuel repasó las estanterías y leyó en voz alta: Ingeniería, Sociología, Arquitectura, Antropología, Política, Historia, Arte y Mitos y Leyendas. Desde donde estaba, Samuel podía observar el estudio que tenía la puerta entreabierta, se encontraban allí dos grandes monitores sobre un escritorio saturado de papeles. Sonaba, de fondo, una música instrumental muy agradable que creaba un ambiente fascinante y mágico a la vez.

Durante unos minutos Horacio quedó ensimismado deleitándose con la pieza musical de buen jazz, perdido en sus notas; Samuel aprovechó la ocasión para darle un vistazo a cada rincón de aquella sala. Notó muchas cosas que sondeó con la mirada en ese instante.

—Te agradezco que hayas venido, Samuel —dijo Horacio mientras se inclinaba para bajar el volumen del equipo de sonido.

—Gracias a usted por la invitación —respondió al tiempo que se dirigía hacia la biblioteca. A mí también me gustan los libros.

Fue entonces cuando Samuel dio un traspié al fijarse en un objeto, colocado sobre una pequeña mesa a un costado del sofá, que le llamó la atención. A pesar de que habían pasado muchos años, reconoció enseguida el pequeño hombrecillo con el reloj de arena en sus manos.

Durante sus primeros años de vida, a lo largo de días y noches, su mirada siempre buscaba la pequeña figura que reposaba sobre la mesa junto al sillón donde sus padres pasaban largas horas contándole historias y relatos mágicos.

Impulsado por las imágenes que se acumulaban sin cesar en su cabeza, guardadas muy en lo profundo de su mente, Samuel viajó por el laberinto de viejos recuerdos en fracciones de segundo; su memoria dibujaba cada rasgo, algunos detalles de su habitación: los animales ilustrados en la pared, el viejo oso de antifaz y el pequeño momoy con sus burbujas de cristal conteniendo los miles de granos centellantes de blanca arena. No salía de su asombro ante aquel objeto. No sabía qué hacer con sus emociones en ese momento, le costaba asimilar esa coincidencia hasta que escuchó la voz de Horacio.

—Veo que el reloj de arena te es familiar. No me extrañaría que lo recordaras, a tus padres les obsequié una réplica hace muchos años, incluso antes de que tú nacieras.

—Así es, ahora lo recuerdo —respondió con voz entrecortada—. Siempre estuvo en mi habitación. Un día simplemente dejé de verlo, hasta hoy.

Mientras explicaba, sus dedos rozaban la pequeña figura y recordaba su textura; en ese instante se sentía como si hubiese atravesado el portal del tiempo para trasladarse a su infancia.

—¡Es tuyo! —exclamó Horacio—. Creo que estuvo sobre esa mesa esperando el día que pisaras esta casa. Esas dos piezas las encontré en una pequeña tienda del pueblo, cuando apenas contaba con dos callejuelas y una humilde casa que pretendía venderse como una posada. Les regalé una de las piezas a tus padres y yo me quedé con la otra. Hasta hace algunos años la tuve guardada en una gaveta. Pero, por alguna razón, tuve la necesidad de sacarla y ponerla sobre esta mesa. Ya me doy cuenta que estaba destinada a ir a tus manos.

—Gracias —exclamó con voz entrecortada y ocultando su emoción mientras observaba con interés la figura, como cuando se contempla un valioso tesoro.

Con el pasar de los minutos logró sentirse en confianza y relajarse lo suficiente para continuar conversando con su nuevo amigo.

—He escuchado que te has convertido en una especie de ermitaño —dijo de repente y sin tapujos.

Horacio no pudo evitar reír a carcajadas.

—Exageran, muchacho, exageran. Son solo rumores de pasillos universitarios, hay profesores que no logran asimilar la profundidad de mi trabajo entre estas montañas. Además, por nada en el mundo cambiaría la tranquilidad y el extraordinario paisaje que me ofrece este lugar.

—La verdad es que yo tampoco saldría de una casa como esta, es muy bonita, pero pienso que estaría muy aislado de lo que ocurre allá afuera, en el mundo.

—Gracias por el cumplido de la casa, pero sígueme, te mostraré.

Ambos recorrieron un pasillo que conducía hacia el jardín trasero de la cabaña, y llegaron hasta la base de una larga torre.

—El que esté viviendo en estas colinas, mi querido muchacho, no quiere decir que me encuentre aislado del mundo. Antes de decidir venir acá, era ingeniero graduado con altos honores en la universidad. Quiero mostrarte uno de los «juguetes tecnológicos» que me hace la vida un poco más confortable.

—Este es un molino aerogenerador —dijo Horacio mientras tocaba con la mano la blanca base metálica de la torre—. Consta de una torre tubular de cuarenta metros de altura, con un generador interno y una hélice instalada en la parte superior de la misma.

—¿Y cómo funciona? —preguntó Samuel con curiosidad.

—La hélice, que es movida por los fuertes vientos que cruzan esta colina, está integrada por esas tres largas aspas que poseen un diámetro de giro de cuarenta y cuatro metros. El generador tiene una curva de poder que determina el valor instantáneo de potencia a entregar a determinados valores de velocidad de viento en el centro del eje de la hélice. Con él tengo la energía que necesito para todos mis aparatos eléctricos. Tomo la electricidad de estas grandes baterías que almacenan la carga y, ¡voilà!, tenemos electricidad a partir del viento.

Emocionado por la explicación que acababa de dar se dirigió de nuevo a Samuel

—¿Entendiste?

—Digamos que... gran parte —respondió Samuel mientras asentaba con la cabeza y observaba la enorme hélice en la torre.

—Por este lado tengo varias celdas solares —añadía Horacio al tiempo que señalaba con el dedo una hilera de paneles de vidrio oscuro selladas por bordes de láminas metálicas—. Estas, en especial, me dan agua caliente y me mantienen el *router* del internet siempre funcionando para poder estar comunicado con el mundo exterior.

—¿Internet? —preguntó Samuel dejando escapar en su rostro un ligero rasgo de sorpresa.

—Exacto, internet. Como podrás ver tengo lo mejor de dos mundos, un gran escenario natural con una envidiable tranquilidad y, a la vez, puedo investigar y mantener comunicación con colegas de otras partes del mundo, además de solicitar lo que se me antoje en línea. Ah... y otra cosa, hijo, no dejo de estar informado de lo que ocurre fuera de estas montañas. ¿Qué te parece? Como verás no eres el único con juguetitos tecnológicos en estas remotas montañas de los Andes, mi querido Samuel —explicaba Horacio mientras se dirigían de nuevo al interior de la casa.

—Pues la verdad nunca lo hubiese imaginado —respondió Samuel al tiempo que Horacio le mostraba los computadores y los enormes monitores en el estudio. ¿Yo todavía no entiendo por qué mi papá no usa internet en casa?

—Quizás porque pasaba más tiempo en la universidad que en casa, Samuel. Pero ahora que has llegado, te puedo asegurar que no pasará mucho tiempo antes de que tengas internet en tu cuarto. —Hizo una pausa y luego prosiguió en un tono más eufórico—: Bueno, como verás, esta es mi ventana al mundo. Si en algún momento necesitas internet no dudes en decirme —añadió mientras colocaba su mano en el hombro de su joven vecino.

En ese instante, Samuel reparó en una fotografía ubicada en un peldaño del estante a un costado de la habitación. Tomó la fotografía enmarcada donde aparecía un grupo de gente frente a una laguna. Observó con detenimiento el rostro de cada una de las personas que estaban allí, hasta que su mirada se posó sobre la cara de su padre al reconocerlo, a pesar de ser mucho más joven. Junto a él se hallaba una mujer de cabello claro, algo inclinada, con una hermosa sonrisa y mejillas sonrojadas y, como por instinto, deslizó sus dedos sobre el rostro de ella.

—Esa es Amaya, tu madre. En esa fotografía tendría unos veinte años a lo sumo. Esto fue durante el segundo año de universidad. Tienes la misma mirada desafiante de tu madre.

—Ella era hermosa —murmuró Samuel cuando el sonido de la camioneta de Roberto irrumpió el silencio.

—Creo que llegó Roberto —señaló Horacio mirando a Samuel, quien colocó con cuidado la fotografía sobre el estante y se dirigió hacia la puerta tras los pasos de su anfitrión, no sin antes tomar el reloj de arena de la mesita de la sala.

En el estacionamiento se pusieron de acuerdo y decidieron ir al pueblo en busca de víveres y carnada para la pesca de truchas. Habían acordado ir de pesca al día siguiente a la laguna de La Fuente y requerirían abastecerse para tal fin. Aún contaban con suficiente tiempo antes de que los establecimientos cerraran sus puertas. Roberto se sentía complacido de que su hijo aceptara la invitación de Horacio para ir de pesca al día siguiente.

Al llegar al pueblo, entraron a un café para sentarse a planificar la excursión a la laguna. Durante la plática Samuel acotó lo ocurrido en el bosque el día anterior. Roberto no le dio mayor importancia, pero Horacio quedó pensativo y el silencio sobrevino en ese momento. Lo mismo ocurrió con un viejo del pueblo que, sin ellos saberlo, estaba sentado en la mesa contigua desde antes de ellos llegar, y había escuchado con atención cada palabra. En ese momento se dirigió a los tres, quienes levantaron, de manera instintiva, sus miradas. Mostrando un ligero síntoma de embriaguez, el hombre se apoyó en la mesa y murmuró:

—Sí es cierto lo que dices, los seres del bosque andan tras de tus pasos, jovencito. Algo tienen que entregarte, pero ten cuidado, a cambio podrían pedirte algo que quizás tu no estés dispuesto a dar.

Los tres quedaron paralizados ante aquellas palabras, pero no emitieron ninguna opinión, quizás por no entrar en detalle ante la embriaguez del viejo campesino o quizás por temor de aceptar la veracidad de lo dicho por él.

Luego el hombre trató de mantener el equilibrio y se alejó de aquel lugar zigzagueando hasta la entrada del establecimiento, donde desapareció entre la muchedumbre que en ese momento transitaba por la calle principal durante el desfile que conmemoraba el día de la cosecha en el pueblo de La Azulita.

—Historias de campesinos de la zona. Las usan para asustar a los turistas, ¿supongo? —irrumpió Samuel dejando escapar una ligera risa nerviosa.

—Son solo leyendas de taberna, hijo —intervino Roberto—. Cuentos de estas montañas. En ese instante detonaron varios cohetes y se dio inicio a la marcha de la banda municipal.

—No todos son cuentos. Yo podría mostrarte una gran cantidad de pruebas que demuestran que, por estos bosques, deambulan criaturas fantásticas y además ancestrales —intervino Horacio que no lo tomaba de la misma manera.

Horacio comenzó en ese momento a hablar más de prisa y a relatar las historias contadas por los viejos campesinos de las montañas alrededor. Él creía en la existencia de portales que unían estas tierras con otro mundo, con otra dimensión habitada por vida distinta a la nuestra.

—Pues si eso es cierto, Horacio, revolucionarías muchas teorías de la física, del espacio-tiempo y hasta la religión —exclamó Roberto llevándose la taza de café a la boca.

—Lo sé. Como también sé que es difícil de creer —respondió Horacio mirando hacia la multitud que pasaba por la calle frente a ellos.

—Solo sé que debes andar con cuidado por el bosque, Samuel —dijo Roberto—. En estos bosques no hay animales peligrosos, pero debes andar, aún así, muy alerta. El verdadero peligro es perderse en él.

—Muy alerta, jovencito —repitió Horacio—. Mantén tus ojos bien abiertos.

—Hablando de abiertos, ¿no deberíamos ir a la tienda por los víveres y las carnadas? —preguntó Samuel cortando el tema de inmediato.

—¡Así es, casi lo olvidaba! —exclamó Horacio—. Deben estar a punto de cerrar.

Horacio se levantó con premura y adelantó el paso hacia la tienda de abarrotes, mientras Samuel acompañaba a su padre a pagar el servicio al dependiente del lugar.

El despertador sobre la mesa de noche irrumpió el silencio de la habitación, retumbando por todas las paredes. Samuel se levantó esa mañana con cierta carraspera en la garganta debido a la baja temperatura de la noche anterior. En la cocina, la abuela Úrsula decidió hervir agua para prepararle un té caliente con limón y miel de abeja. Los labios del muchacho no habían saboreado el tercer sorbo cuando un tono muy familiar, proveniente de su teléfono móvil, notificó la recepción de un mensaje. Sacó el aparato de su bolsillo y leyó: «Buenos días. ¿Estás listo para ir a pescar?», lo que le hizo esbozar una ligera sonrisa.

—Es Horacio, hoy iremos a pescar. —Apresuró el paso para tomar el desayuno, cayendo en cuenta que su padre no se encontraba por los alrededores—. ¿Dónde está papá?

—Tu padre tuvo una llamada de emergencia y salió hacia la compañía en Mérida. Dejó dicho que fueran a pescar sin él. De tener tiempo los alcanzará en la laguna.

Samuel tomó como un desaire aquellas palabras. La molestia le hizo perder el apetito y se levantó apartando la silla con tal rudeza que la misma cayó hacia atrás golpeando el espaldar. Decidió marchar a la cabaña de Horacio por su cuenta.

—¿No terminarás tu desayuno?

—Olvídalo, abuela, ya no tengo hambre y se me está haciendo tarde.

Úrsula percibió una mezcla de molestia y terquedad infantil en la reacción de Samuel. Enfadado tomó su mochila, preparada la noche anterior, y abrió la puerta de la cabaña. En ese instante escuchó la voz de la abuela.

—¿Cómo piensas llegar hasta la casa de Horacio?

—Caminaré por el bosque, desde un claro que está después de los árboles se puede ver con nitidez el camino hacia la colina. Es sencillo.

—No lo creo prudente, hijo. No conoces este bosque y...

—Abuela, no soy un niño. Te dije que es fácil llegar hasta la casa de Horacio, no me pasará nada. Adiós.

En ese momento salió de la cabaña dejándose oír un leve portazo. Se detuvo por un instante para escribir un mensaje a Horacio... «Mi papá salió, llegaré por el sendero del bosque hasta la cabaña. Samuel». Lo pensó un par de veces antes de dar el primer paso, se subió el cuello de la chaqueta y se quedó observando el camino hacia las colinas que se elevaban tras la arboleda.

Rígido y con el frío viento del noreste golpeando su rostro hasta enfriarle las mejillas y sonrojarlas, bajó los escalones y se alejó. Desde una de las ventanas frontales, la inquieta abuela observaba inmóvil la figura de su nieto que iba desapareciendo entre las sombras de los árboles del denso bosque.

Desde la cabaña de su padre le tomaría unos quince minutos llegar a la cima de la vistosa colina, cubierta en toda su base por el denso bosque. Durante el recorrido visualizó con facilidad ardillas, algunos pájaros carpinteros llamando la atención desde las copas de los árboles y sintió la presencia de pequeños venados que perturbaban el silencio entre los matorrales. Tras llegar al claro observó a la distancia la cabaña de Horacio y el camino que debía tomar. Continuó, internándose de nuevo en la floresta, hasta llegar a la base de la colina, cuando advirtió que algo de mediano volumen se movió a sus espaldas obligándolo a voltear con rapidez.

Intuyó una presencia entre la alta vegetación y, mientras se disponía a voltear para seguir su camino, un trozo de rama pasó rozando su cabeza, golpeándole el hombro. El no haber volteado por completo lo ayudó a esquivar sin mayores consecuencias aquel pedazo de madera proveniente de los matorrales. Aturdido por lo inesperado de aquel golpe, logró dar unos pasos hacia atrás para precisar al sujeto que le había arrojado aquella rama, tropezando con algunas raíces y rocas. Apenas pudo percibir una pequeña sombra que se deslizó entre la maraña de pastizal que bordeaba el sendero. En ese instante aguardó impávido la aparición de aquella sombra. Samuel no era consciente del temblor en su cuerpo, sin embargo, adoptó, como por instinto, la posición de combate que aprendió durante años de entrenamiento en la escuela de artes marciales, para evitar el *bullying* de sus compañeros de escuela.

—¡Sal de ahí! —gritó nervioso y desafiante al mismo tiempo.

Sintió entonces, frente a él, el sonido de arbustos apartándose con violencia en sentido contrario, así que decidió correr colina arriba sin voltear atrás. Al subir por la colina se encontró con que el camino se bifurcaba en forma de *Y*; la ruta de la izquierda bordeaba el inmenso bosque de árboles, era una subida bastante fuerte, con una parte del camino alfombrada por piedras de todos los tamaños cubiertas de líquenes, desde donde se dominaba, con la vista, todo ese lado de la montaña y el bosque a sus espaldas. El camino de la derecha era menos inclinado, pero se internaba en la espesura de aquella frondosa capa vegetal en las laderas de la colina.

En la medida que se acercaba a la cima vio a lo lejos la pintoresca cabaña que contrastaba con el celeste intenso de una resplandeciente mañana. Tuvo que ascender aquella extensa colina para poder llegar allí. Sus pensamientos y el nerviosismo caminaban con él, recordando lo ocurrido minutos atrás y la conversación del día anterior, en el café, sobre los misterios que encierran estos bosques. El fuerte viento hacía bailar su cabellera castaña y, en ocasiones, fuertes y frías ráfagas provenientes de las altas montañas, intentaban tumbar al delgado cuerpo del pequeño explorador.

Desde el borde de la colina Horacio seguía el trayecto de Samuel a través de los binoculares.

Al finalizar la inclinada cuesta, y después de dejar el bosque atrás, Samuel descubrió un jardín cercado por gran variedad de arbustos de múltiples colores. Como no eran demasiado altos, pudo saltarlos y llegar al otro lado al momento en que Horacio salía con un vaso de té frío en sus manos.

—Bienvenido, te traje esto para refrescarte. Te ves exhausto, aunque es comprensible, es tu primera incursión por estos bosques. Con seguridad el camino se te hizo interminable. Esto por lo general crea ansiedad. Ya verás que con los días será como caminar en el parque.

—Hola, Horacio, en realidad estoy más inquieto que agotado —dijo Samuel mientras terminaba de tomar una bocanada de aire para llenar sus pulmones.

El muchacho narró lo sucedido abajo en el bosque, mientras tomaba sorbos de té y su ritmo cardiaco volvía a la normalidad.

—¿Quién o qué crees que me siguió allá abajo? —le preguntó Samuel, aún respirando agitadamente.

—A ver muchacho, la verdad no vi a nadie seguirte mientras subías la montaña —respondió Horacio intentando no desacreditar la historia de lo sucedido a Samuel, al tiempo que observaba con detalle la ruta de la ladera.

Ambos caminaron por las inmediaciones de la cabaña hablando por un buen rato de lo ocurrido, hasta que decidieron ponerse en marcha hacia la laguna donde pescarían.

—Llegar allá nos tomará como una hora —dijo Horacio mientras se colocaba el morral en la espalda.

—Pues, ¡pongámonos en marcha! —exclamó Samuel con entusiasmo.

—Hablé hace unos minutos con tu padre por teléfono, lamentó no haber podido acompañarnos.

—Sí, una emergencia... como siempre —comentó Samuel con acritud.

—Recuerda que todo tiene su proceso, hijo, todas las personas tienen que vivir cambios, pasar por procesos, unos más rápidos, otros más lentos. Tu padre ha vivido sin ti por muchos años en una profunda soledad, intentando reconstruir su vida.

—¡Sin mí! —exclamó Samuel.

—Pensó que era lo mejor para ti. No quería arriesgarse a que pasaras dificultades mientras él salía adelante por sí solo. Recurrió a tus abuelos, que por suerte estuvieron dispuestos a acogerte sin condiciones. Él sabe que cometió un error y lo ha pagado con creces todos estos años. Ahora quiere enmendar lo sucedido.

—Pero creo que ya es un poco tarde —exclamó Samuel con rabia.

—Nunca es tarde cuando se trata del amor entre padre e hijo, Samuel. Tu sistema familiar y todo lo que ocurra en él, siempre afectará tu destino, por lo tanto, es importante perdonar y vivir en armonía a través del reencuentro con aquellas personas que hemos apartado de nuestro lado y que seguimos amando. Tú tienes el poder de perdonar a tu padre y solo tú puedes cambiar las cosas que ves y lo que vives a diario, hijo. El tiempo va pasando ante nuestra vida como la arena que se escapa entre los dedos. No esperes unos años para lamentarte por haber perdido la oportunidad de escoger el camino correcto.

—Nadie antes me había hablado de esta manera, Horacio. Te lo agradezco.

—Creo que ahora te contaré un poco sobre estas montañas de los Andes, mi amigo —exclamó Horacio mientras observaba la gran extensión del valle que se anunciaba a sus pies, y señalando con el dedo, prosiguió—. ¿Ves aquella cima? Es allá donde está la laguna.

»Existen lugares maravillosos y mágicos entre estas montañas, Samuel. En ellos he pasado momentos inolvidables. No es difícil encontrarlos, es ver lo que en realidad quieres ver y poner tu atención en ello. Es lograr ver entre estos densos bosques de aspecto aterrador y donde ocurren misteriosos acontecimientos, los innumerables instantes colmados de bellezas y magia. Caminos que, aunque llenos de obstáculos en su inicio, nos guían hasta parajes y vivencias, dignos de un sueño.

El silencio se hizo presente y una profunda soledad comenzó a desplegar su manto por todo aquel lugar.

Luego de una hora de camino, Horacio hizo un alto para descansar.

—El camino ha sido duro —comentó—. Tomemos un minuto para descansar, creo que los setenta y un años están haciéndose sentir

—Pero te recuerdo que tú mismo querías venir a este sitio —respondió Samuel esbozando una ligera sonrisa—. Aunque no te ves tan mal. Creo que mi papá podría verse peor.

—Bueno, no podemos competir con la energía de un chico de quince años —respondió Horacio mientras se llevaba las manos a la cintura y tomaba una respiración profunda—. Por ahora descansemos un poco.

Ambos se sentaron junto a un tronco y apoyaron sus espaldas en él, los rayos del sol, que se colaban entre las hojas, calentaban sus entumecidos músculos. Poco a poco un relajante cosquilleo recorría sus piernas cansadas.

—Hay gente que cree que hay poco que apreciar acá arriba, muchacho, pero lo que se siente, dice más que lo que se puede escuchar en muchos otros lugares —afirmó el viejo Horacio, mirando hacia la lejanía de aquel fantástico escenario.

—¿Quién crees que me haya seguido en el bosque? —preguntó Samuel, rememorando su tránsito hacia la casa de Horacio.

—Existen criaturas sigilosas que habitan estos parajes, Samuel, son los únicos testigos de este momento. Cuentan que en los bosques, en su más profundo y sombrío interior, el más mínimo movimiento, como la caída de una simple hoja, quiebra la paz que en ellos se respira, se siente, se vive. Es por ello que quienes los habitan se mueven con sigilo, valorando y respetando la placidez de un lugar en el que el sosiego es el mayor de los tesoros y es allí donde descansan todos esos seres de cuentos y leyendas que, invisibles, forman la esencia de los bosques.

—Pero aquello que me siguió y arrojó la rama contra mí, al parecer se le olvidó seguir las reglas del bosque —exclamó Samuel llevándose la mano hasta el hombro para examinar el lugar donde la rama lo había golpeado.

—La verdad que es muy extraño lo que me has contado. Te repito que el tiempo que te observé no vi a nadie que te estuviera siguiendo. Sin embargo, por seguridad te llevaré a casa en el auto cuando regresemos. Además, sospecho que llegaremos muy entrada la tarde y no me gustaría que te cogiera la noche en el bosque. Eso me recuerda, por cierto, que tenemos que proseguir.

Ambos se incorporaron y ajustaron las mochilas a sus espaldas emprendiendo de nuevo la marcha. En el camino, Samuel tocó un tema que tenía en la punta de la lengua desde el incidente en el café y lo ocurrido en la mañana en el bosque.

—Hábleme un poco más de estas criaturas del bosque... de los momoys —dijo mientras se acomodaba la mochila—. ¿Me imagino que ha sido parte de tu investigación?

—Así es. Si quieres saber de ellos te contaré, aunque no estoy seguro de que sea una buena idea en este momento —respondió Horacio, observando a su alrededor, como si estuviese hurgando con la mirada, entre los rincones ocultos del camino.

—No veo cuál sería el problema —dijo Samuel esbozando una leve sonrisa.

—En fin...—respondió Horacio—. Hace muchos, muchos años había regiones de la tierra donde el hombre aún no había llegado. Este lugar fue una de estas regiones donde los seres fantásticos del bosque decidieron establecerse para gozar de las bellezas del lugar, mientras la naturaleza les daba lo necesario para vivir. —Narraba Horacio mientras rozaba con sus manos las hojas que bordeaban el camino y avanzaban entre los árboles en dirección a la laguna—. Los momoys son criaturas de la zona andina, ellos habitan las cercanías de los ríos y las lagunas. Pequeños seres, mucho más bajos que tú y que yo, que se desplazan entre los bosques a gran velocidad. Se les reconoce con facilidad ya que llevan un enorme sombrero sobre su cabeza que les cubre por completo los ojos y por donde sobresalen unas puntiagudas orejas, además de largas barbas en el caso de los mayores.

—Entonces son fáciles de reconocer —respondió Samuel—. Me gustaría ver alguno.

—Estas criaturas son muy esquivas, mi amigo, además de silenciosas y rápidas. Muy rara vez son vistas por nosotros. Ellos existen en las leyendas e historias de nuestros antepasados, desde que los primeros pobladores pisaron estas tierras, solo que hoy la televisión y tantos aparatos que anhela la actual civilización, como ese que cargas contigo pegado a tu oreja y que no te permite conectarte con el mundo que te rodea, han robado el protagonismo de estas criaturas.

»El llamado progreso y las avanzadas edificaciones de las nuevas urbes de nuestro mundo han encerrado al hombre en bloques de concreto en las grandes ciudades. Y, aunque la mayoría ha perdido la agudeza visual para poder detectar a los espíritus de la naturaleza, no nos conviene olvidar a estas criaturas.

—¿Pero yo jamás había sabido de ellos? —intervino Samuel interrumpiendo el relato de Horacio.

—Te creo, muchacho. Criado en la ciudad es difícil conocer de estos temas. Sin embargo, hay que tenerlos en cuenta, sobre todo si vives en estas tierras. Ellos han estado en milenaria convivencia con hadas y otras criaturas fantásticas de estos misteriosos parajes. Sabemos que habitan en grutas, cuevas, árboles centenarios y en peculiares y pequeñas chozas que podrían pasar desapercibidas entre la maleza.

»Todos ellos poseen una presencia misteriosa, muchos son conocedores de tesoros ocultos y de ciertas magias. No los vemos porque pertenecen a otro mundo, a otra dimensión; la segunda, según dicen los entendidos en la materia, pero participan del nuestro desde sus comienzos. Ellos están ahí, aunque no los veamos, haciendo de las suyas cada vez que pueden, jugando con nuestra limitada capacidad de oír, ver y oler. —En ese momento Horacio volteó hacia Samuel y comentó con voz firme—: Cuando se niega la existencia de estos seres guardianes del bosque, es el comienzo hacia el desprecio de la naturaleza, hijo... un paso que nuestras sociedades han dado con mucha rapidez.

Hacia el mediodía, Horacio y Samuel llegaron hasta la laguna de La Fuente, donde prepararon sus carnadas y comenzaron a pescar. Samuel observaba la inmensidad de las serranías y los valles ocultos entre las montañas: abajo, en lo más profundo, el valle que precede al poblado de La Azulita; arriba, el final del camino serpenteante que recorrieron hasta la cima.

—Desde acá arriba, el bosque se ve más pequeño —comentó Samuel.

—Aunque no lo parezca, estamos en este momento a una altura considerable, más de 2500 metros sobre el nivel del mar. En estos parajes, entre las montañas, rocas, riachuelos, lagunas y cuevas erosionadas y esculpidas por el tiempo, habita la magia de los Andes.

»A esta altura, donde nacen los ríos, se hallan los secretos más ocultos, habitan las criaturas más bellas y fantásticas jamás imaginadas en cuentos y relatos, pero también las más misteriosas y algunas hasta maliciosas.

Poco a poco, el atardecer fue alcanzando la colina. Solo el perceptible quejido del viento podría ocultar cualquier otro sonido que intentará hacerse notar. Luego de haber capturado una docena de hermosas truchas, retornaron a paso más apresurado. Ya por las cercanías de la cabaña el móvil de Samuel comenzó a tener cobertura. En ese momento el tono de llamada entrante hizo detener a Samuel para buscar el dispositivo en su mochila. Al ver la pantalla iluminada comentó:

—Es papá. —Acto seguido respondió—: ¡Aló!

—Hola, hijo, ¿cómo les ha ido? Tu abuela ya está nerviosa por la hora.

—Hola, papá, nos fue muy bien, apenas estamos llegando a la casa de Horacio.

—Pues iré por ti en unos minutos, ya está oscureciendo y pronto cenaremos. ¿Te parece?

—Seguro, aquí estaremos, no puedo dar un paso más.

—Está bien, me pondré en camino —finalizó Roberto.

Cuando llegaron a la cabaña, que durante muchos años había servido de acogedor refugio para Horacio y su soledad, aún no había caído por completo la noche. Prepararon chocolate caliente y dejaron caer sobre el sofá sus cuerpos molidos por la fatiga.

Los cristales de algunas ventanas temblaban ante el embate de las ráfagas de viento que, veleidosas, no encontraban mejor lugar para intentar pasar de largo, mientras el gélido aire de la montaña se colaba por las rendijas. La tenue luz de la chimenea del interior competía con la negrura del exterior, el despejado cielo que precedió a la noche, dio paso a nubarrones cargados de lluvia. Samuel, con sus pies helados, apenas podía sentir la calidez de un fuego que comenzaba a tomar cuerpo ante un ambiente en extremo frío. El sol, lejano y apenas perceptible en el horizonte, anunciaba una nueva noche en la serranía andina de La Azulita.

CAPÍTULO IV

LA TRAICIÓN

E
l día estaba por completo nublado y la tierra mantenía la humedad de la fuerte lluvia de la noche anterior. La atmósfera olía a rocío y hierba y por las laderas de las montañas se exhibían las numerosas redes interminables de agua, provenientes de las cumbres, algunas terminando en largas cascadas que se deslizaban sobre lajas y paredes erosionadas.

Un aire de serenidad y majestuosidad dominaba aquel extenso bosque más allá del poblado de La Azulita y sus valles circundantes. Un paisaje de silencio solo interrumpido por el sonido constante de las gotas chocando contra el suelo y la capa vegetal de la inmensa arboleda, y por los ramalazos de viento que desplazaban el frío y la niebla a lo largo y ancho de aquella región.

No muy lejos de allí, en pleno corazón del bosque, entre las afluencias de dos grandes ríos, se eleva una cadena de grandes montañas que albergan en su interior una gran cantidad de cuevas ocultas, entre la maraña arbustiva de la vegetación que tapiza toda la superficie del terreno, e imperceptibles a simple vista. En sus profundidades, estas cuevas tienen una enmarañada red de túneles conectados entre sí, los cuales convergen hacia la vieja mina en la montaña de Golgork. Estos túneles, cámaras, pasadizos y galerías vieron mejores tiempos cuando el transitar de los mineros, en las tierras de Núrisil, era constante. Grandes tesoros ocultos en su interior fueron extraídos, trabajados y resguardados con celo por los miembros del linaje Mordreg, de las siete castas de Árminas, una antigua aldea enclavada en el corazón del bosque, a varios kilómetros de ahí.

En la actualidad, su latir interior se limita a esporádicas incursiones de inspección por parte de Muki, el líder del clan Mordreg, linaje integrado por los mineros de la región, y responsables del resguardo de los tesoros de Árminas. Ningún miembro de la aldea había vuelto a pisar la vieja mina en más de seis décadas. Sin embargo, esa mañana, por la superficie rocosa de la red de laberintos en el interior de Golgork, resonaban los ecos de voces que poco a poco iban tornándose en matices de mayor intensidad. El jefe Muki no estaba solo esa mañana en la mina, frente a él, un individuo cruzaba impaciente el túnel de un lado a otro.

—Yo no tendría problema de compartir el botín contigo, Muki. ¿Qué opinas? —preguntó.

Por un momento hubo un silencio profundo y pesado en todo el lugar. Muki ordenaba en su cabeza todo lo que este individuo le había expuesto durante un buen rato esa mañana, mientras esperaba impaciente una respuesta del viejo minero.

—¡Vamos, Muki, no tengo todo el día! ¿Dónde lo tienes oculto? —preguntó encolerizado.

—¡No pierdas el tiempo tratando de que me una a tu nefasto plan! —respondió Muki.

—Creo que harías bien en unirte a mí y ayudarme con el plan. Podrías disfrutar más allá de lo que nunca has disfrutado en toda tu vida en el tercer mundo. No te imaginas lo que los humanos pagarían por nuestras piedras y metales preciosos. Podríamos tener riqueza y poder —dijo el hombrecillo mientras observaba con agudeza al jefe minero.

—¿De qué rayos estás hablando? ¿Estás perdiendo la razón? Jamás seré parte de tu locura para tomar las riquezas de nuestros hermanos de Árminas con el propósito de beneficiarnos —exclamó enojado—. Además, ¿qué tienes que ver tú con el tercer mundo? ¿Qué tratos has estado haciendo? De seguro Roin y los venerables ignoran tus actividades del otro lado del portal. Tendré que denunciarte ante el Consejo. Has roto las leyes sin importar las consecuencias que esto pueda acarrear a nuestra aldea —reclamó mientras blandeaba su pico al ritmo de sus palabras y evadía al sujeto que bloqueaba su paso—. Me veré obligado a denunciarte y pagarás por esta traición.

—Sí, podría ser —respondió el hombrecito bloqueando de nuevo el paso de Muki—, siempre que se enteren de lo que aquí va a suceder, pero no te ilusiones viejo necio, nadie sabe que estamos aquí, por lo tanto, nadie llegará en tu ayuda.

En ese momento el sujeto desenfundó su enorme cuchillo arremetiendo contra Muki. Este detuvo el ataque golpeando el arma con el pico de minero. El largo cuchillo de su atacante golpeaba con rapidez arriba y abajo. Muki, con ambas manos en la varilla de madera, evadía los continuos ataques hasta que en dos ocasiones su enemigo logró herirlo en el abdomen. Muki reflejó en su rostro el inminente dolor, pero reaccionó y dirigió el puntiagudo extremo del pico hacia la cabeza de su oponente. Este evadió la punzante arma agachándose con rapidez, e incorporándose a tal velocidad que embistió con brutal fuerza el rostro de Muki haciéndolo retroceder varios metros. En su nuevo asalto el agresor sujetó el arma del viejo minero de un golpe y el brazo de este pareció resentirse. En ese momento aquel individuo clavó la punta de su cuchillo en la pierna de Muki. El salvaguarda de los tesoros de Núrisil dejó escapar un grito de dolor que retumbó en sus propios oídos, indicando a su oponente que comenzaría a bajar la guardia y su resistencia.

Su agresor extrajo la punta del cuchillo a una velocidad sorprendente y volvió a lanzar otra estocada, esta vez directo al pecho de Muki. El grito resonó en todo el corredor de la vieja mina. Al retroceder, el mal herido momoy tropezó con un listón de madera y rodó hacia atrás, cayendo sobre un montón de rocas, haciéndose daño en la espalda, pero su fuerza lo ayudó a incorporarse de inmediato y en cuclillas, utilizó el pico como asidero pudiendo ponerse de nuevo en pie.

—¡Debiste aliarte a mis intenciones, viejo imbécil! —le gritó el implacable agresor.

Muki comenzó a marearse por el gran dolor que punzaba en su pecho y en su pierna. Escuchaba el zumbido de las pulsaciones del corazón en sus oídos mientras la sangre le brotaba sin parar. Sacando fuerzas de todos los rincones de su maltrecho cuerpo se abalanzó hacia su oponente, distraído por un instante, y le propinó una patada en el abdomen que lo hizo volar por los aires un par de metros, cayendo de forma estrepitosa sobre su espalda.

El viejo minero aprovechó la ocasión para abalanzarse apuntando al cuerpo de su enemigo con todas sus fuerzas, sabía que no tendría otra oportunidad como esa. Su malévolo adversario se encontraba desorientado en el suelo, tratando de ponerse de pie, pero logró ver por el rabillo del ojo el contundente ataque que se cernía sobre él y, utilizando el enorme cuchillo, detuvo la embestida bloqueando el pico que se proyectaba de manera peligrosa hacia él. Al caer de nuevo al piso por el impacto, Muki repitió su ofensiva, pero su enemigo rodó hacia un costado evadiendo la punta del pico que terminó clavándose en el suelo. Al tratar de incorporarse, el sujeto se encontró con el puño certero del minero en su rostro, partiéndole la nariz y haciéndolo trastabillar hacia atrás. En ese momento, el sombrío atacante tenía dificultad para respirar debido a la sangre que manaba sin detenerse.

Muki observó el pico que yacía clavado en el suelo, pero decidió no perder ni un solo segundo enfrentando a su recio enemigo, sabía que no tendría oportunidad de salir con vida de ahí y sentía que sus fuerzas lo abandonaban cada segundo. Optó por correr hacia la salida del túnel, a la velocidad que sus heridas lo permitían. Sin embargo, oculto entre las sombras, una sorpresa esperaba por él unos cuantos metros más adelante.

A sus espaldas, su enemigo bañado en sangre pudo recuperarse lo suficiente para lanzar un grito estremecedor que rebotó por todas las paredes rocosas del túnel, ocasionando una avalancha de ecos interminables que tapizaron cada centímetro de la vieja mina.

—¡Kubrenthil!, ¡Kubrenthil!

Aunque el herido Muki no comprendía el significado de las palabras, presentía la amenaza y el terror que contenían. Y así fue, se detuvo de repente reflejando en su rostro una expresión de espanto. Ante él, una enorme criatura de dos metros y medio se hallaba plantada entre las sombras, solo tuvo tiempo para observar las enormes garras que de inmediato se proyectaron sobre él, sintiendo como aquellas puntas óseas, poco a poco, desgarraban su piel y perforaban sus entrañas. Lo último que el viejo minero pudo mirar fueron los fríos y extraviados ojos de una enorme criatura que abarcaba gran parte del túnel. La bestia poseía una grotesca y torcida nariz. A los lados, grandes y puntiagudas orejas le daban un aspecto diabólico. Su cabeza terminaba en dos enormes cachos que se dirigían hacia atrás. La espalda estaba cubierta en la zona central por una hilera de pequeños cachos cubiertos por rígidos pelos de tonalidad cobriza que descendían hasta terminar en una pequeña cola. Su cuerpo, desproporcionado y gris, presentaba una enorme panza minada de verrugas sostenida por dos largas piernas huesudas que terminaban en grandes patas planas con tres garras al frente y otra detrás del talón. Sus largos brazos concluían en unas enormes manos con cuatro punzantes garras en cada una de ellas, las mismas, sostenían la tambaleante y moribunda figura del valiente minero. El troll, de descomunal tamaño, observaba sin inmutarse la expresión del rostro del momoy, antes de que el último aliento dejara su cuerpo. Después que la criatura extrajo las puntiagudas garras ensangrentadas de su cuerpo ya inerte, este cayó de rodillas para luego quedar tendido sobre el polvoriento suelo del túnel de la vieja mina.

Muki, el gran jefe de la casta de los Mordreg, guardián de los tesoros de Árminas y todas las riquezas del bosque de Núrisil, había muerto.

Mientras la bestia yacía a un lado del cuerpo sin vida, la siniestra figura que se encontraba observando lo ocurrido desde el otro extremo del túnel llegó hasta el lugar. Se inclinó sobre el cadáver y lo revisó con prolijidad. Introdujo sus manos en el interior del saco tejido, polvoriento y ensangrentado. Por un instante mostró inquietud, al no encontrar lo que buscaba, hasta que sus dedos hallaron, en un bolsillo secreto del pantalón, lo que esperaba conseguir. Una leve sonrisa de satisfacción se dibujó en su macabro rostro.

—Aquí estás —murmuró al tiempo que limpiaba la sangre y observaba en detalle aquel objeto.

—Buen trabajo, criatura del infierno —exclamó dirigiéndose con desprecio hacia el amenazante troll que se encontraba inmóvil frente a él, como en una especie de estado de trance.

No había duda de que aquella bestia se hallaba bajo los efectos de algún tipo de maleficio o encantamiento.

—No eres tan estúpida, después de todo —exclamó el siniestro personaje mientras observaba con el rabillo del ojo a la grotesca bestia de cuyas garras aún goteaba sangre—. ¡Andando, debemos irnos de aquí!

Ambos fueron desapareciendo entre las sombras del túnel de la vieja mina. El cuerpo de Muki quedó abandonado sobre un gran charco de sangre, al tiempo que las antorchas, que apenas alumbraban aquel laberinto subterráneo en el interior de la montaña de Golgork, extinguieron sus últimas flamas dando paso al denso y frío manto negro de la oscuridad, ocultando el escenario del mortal encuentro.

CAPÍTULO V

EL HALLAZGO

Con el paso de los días, el recorrido entre la cabaña de su padre y la casa de Horacio se había convertido en un trayecto sencillo y rutinario. Esa tarde, cuando el sol comenzaba a tocar el horizonte, Samuel dejó atrás la cabaña del viejo Horacio y emprendió el camino de regreso a casa atravesando el bosque, guiado por los exiguos rayos de luz del atardecer y sintiendo cómo la brisa que soplaba desde el noreste traía un viento frío que calaba sus huesos.

Caminaba absorto en sus pensamientos y a un paso ligero, pues ya se encontraba muy cerca de la cabaña de su padre, cuando reparó que a unos cuantos metros más adelante se encontraba la figura de un hombre sentado en un tronco caído a un costado del camino. Este aún no había notado la presencia de Samuel, ya que se podía ver que estaba por completo abstraído contemplando un objeto que sostenía entre sus manos. Aunque por su tamaño parecía tratarse de un niño, se podía observar la gran barba de color gris que contrastaba con su naciente calvicie. A un lado sobre el tronco se hallaba un gran sombrero café, que tomó en ese momento y se lo puso en la cabeza. De súbito, volteó en la dirección donde se encontraba Samuel. Era evidente, por su reacción, que estaba sorprendido. Ambos se observaron a la distancia por un ínfimo instante. Al percibir que el muchacho se acercaba, el hombre saltó del tronco para ponerse de pie y de inmediato desaparecer a una extraordinaria velocidad hacia el interior de la densa arboleda. Samuel, al contrario, se detuvo por unos segundos al ver su reacción.

Aunque no pudo detallarlo con exactitud, le produjo curiosidad su pequeña estatura, pero concluyó que a lo mejor se debía a la distancia y la irregularidad del terreno. Cuando llegó hasta el tronco, aquel extraño hombre había desaparecido sin dejar rastro alguno. Giró para continuar su camino cuando golpeó con el pie un objeto que se hallaba en el suelo y que llamó su atención. Era una pieza de piedra muy lisa en forma de rombo y de color negro brillante, de unos ocho centímetros. Por todas sus caras estaba labrada con delicadeza la figura de una mujer.

—Tal vez se le cayó al hombre que estaba sentado en el tronco —murmuró Samuel, al tiempo que levantaba la vista tratando de divisarlo y advertirle de la pérdida del objeto.

Por un momento cruzó por su mente la idea de que aquel hombre podría haber sido la pequeña sombra que le arrojó la rama el primer día en el bosque. Fue entonces cuando una nube oscura se posó sobre el camino, ocultando casi por completo la poca luz aún existente. Corrió con gran esfuerzo para alcanzar el último trayecto del sendero hacia la cabaña de su padre, dejando atrás la oscuridad del bosque y el quejido del viento que, poco a poco, iba opacando cualquier otro sonido del lugar. No se detuvo hasta que divisó la cabaña a lo lejos. Fue hasta ese momento que tuvo la sensación de que alguien lo seguía. Por un momento, creyó escuchar el crujir de la madera seca a sus espaldas. Volteó en un par de ocasiones, pero no observó a nadie en el camino. Sin embargo, no logró despojarse de la sensación de estar siendo observado, hasta que llegó a la cabaña y entró con rapidez, no sin antes girar y echar un último vistazo hacia el camino que había dejado atrás.

Al entrar a la cabaña, abrió el gran armario del salón y colocó la llamativa pieza dentro del bolso de pescar que su padre le había obsequiado días antes. El exquisito aroma proveniente de la cocina indicaba que Úrsula lo esperaba con una deliciosa cena.

—¡Hola, abuela! Creo que llegué a tiempo, muero de hambre —exclamó Samuel mientras entraba en la cocina y besaba a Úrsula en la mejilla.

—Hola, hijo —respondió Úrsula—. ¿Dónde has estado? Habías dicho que llegarías temprano hoy para ayudarme con el huerto de tu padre.

—Lo sé, abuela, pero la laguna que visitamos hoy estaba algo lejos de la cabaña de Horacio. Nos tomó mucho tiempo ir y venir. Te prometo que mañana por la mañana lo haré, no te preocupes.

—Estoy segura, hijo —respondió sonriente la abuela mientras preparaba la mesa para la cena.

—Subiré a darme un baño para la cena.

—No tardes, tu padre y tu abuelo fueron al pueblo a comprar algunos víveres y ya no tardarán en llegar. Llamaron hace un minuto.

Cruzó la sala en dirección a las escaleras para dirigirse a su cuarto donde tomaría un baño y se cambiaría para la cena. Veinte minutos más tarde todos se encontraban en la mesa. Mientras Samuel seguía narrando sus pequeñas incursiones del día, la abuela le colocó un plato de sopa a cada uno y volvió a la cocina para buscar algunos panecillos.

—¿Qué es esto, abuela? —preguntó Samuel.

—Crema de auyama, y más vale que se la tomen —exclamó desde la cocina.

—Es bueno para ti —añadió el abuelo—, sobre todo ahora que estás todo el día por estos montes.

—¿Debo? —preguntó Samuel frunciendo el ceño, intentando eludirla.

—¡Así es! —respondió con fuerza Úrsula al tiempo que entraba en el comedor y miraba directo a los ojos de Samuel—. No creas que te escaparás esta vez jovencito.

—¿Y cómo está Horacio, hijo? —preguntó Roberto.

—Bien, hoy fuimos a pescar a una gran laguna... algo lejos, pero valió la pena.

—Recuerda las normas del bosque, hijo —dijo Roberto—, ahora que estás incursionando más allá de los límites de esta zona. Tu abuela me comentó que has llegado tarde, casi en la noche.

—Descuida, papá. —Movió la cabeza reprochando la situación—. Sé que debo ir con los ojos bien abiertos y con precaución. No salir del camino principal. Evitar las cuevas y senderos oscuros y llegar a casa antes de que caiga el sol.

—Exacto —asintió Roberto mientras observaba con una sonrisa la obcecada actitud de su hijo—, y en especial llegar a casa antes de que caiga el sol. Caminar por el bosque de noche sería un error.

—Horacio ha estado toda la tarde contándome historias interesantes de estos bosques. Respecto a eso, ¿qué de cierto hay en relación con los seres que habitan estos lugares? Habla de animales fantásticos y de seres pequeños, los llamados momoys —continuó Samuel.

—Eso depende de lo que quieras creer —señaló el abuelo apartando la vista del plato para posar la mirada en su nieto.

—Son solo cuentos, hijo —dijo la abuela—. Viejas historias inventadas por los campesinos de estas montañas.

—Pero Horacio sí cree que existen.

—Creo que Horacio ha pasado mucho tiempo encerrado en estas montañas —respondió Úrsula mientras terminaba de cenar—. Ha estado muy alejado de la civilización.

—Pues la verdad no lo creo, abuela, él está más conectado con el mundo exterior que muchos de ustedes. Deberías ver su estudio, sus aparatos e inventos. Utiliza celdas solares para captar la energía del sol y un gran molino para obtener electricidad de manera permanente.

—Esa leyenda de los momoys ha recorrido estas tierras desde que el hombre las colonizó —intervino Roberto—. Desde hace muchos años hemos hecho investigaciones en la zona. Hemos encontrado petroglifos y...

¿Qué son petroglifos, papá? —preguntó Samuel con profunda curiosidad.

—Son símbolos tallados en piedra, hijo, hechos por culturas antiguas como pruebas de que existieron en algún momento en estas tierras. Muchos de estos petroglifos representan simbología sagrada. Aún no hemos podido encontrar su significado ni sus orígenes.

En ese momento, Samuel recordó la piedra tallada que había encontrado en el camino. Sin embargo, no quiso hacer mención de ella hasta no investigar en los libros de su padre el significado de la imagen. Quería darle una sorpresa. El tema comenzaba a apasionarle desde que vio el libro en el estante de su cuarto. Tampoco quería hacer mención del sujeto que encontró en el camino. Lo que menos deseaba es que le prohibieran salir al bosque y mucho menos si eso significaba visitar con menos frecuencia a Horacio, por quien sentía mucha admiración.

—¿Crees que puedas llevarnos a conocer esos petroglifos, papá?

—Claro que si, hijo. Pero ¿a quién más te refieres cuando dices llevarnos?

—A Horacio y a mí, por supuesto.

—Pues Horacio ya los conoce desde hace mucho más tiempo que yo. Pero supongo que querrá acompañarnos. Será divertido además de interesante, ya verás.

—¿Internet? —interrumpió la abuela—. ¿Allá arriba en la montaña? Quién lo diría...

En ese momento Úrsula miró a Samuel y le guiño el ojo.

—Por cierto, hablando de internet —dijo Samuel—, papa, ¿crees que...

—No te preocupes, hijo, ya hablé con la compañía para que pronto instale una antena y podamos tener en casa señal.

—Pero volviendo al tema de tus caminatas por el bosque —insistió Úrsula— sea como sea, debes tener cuidado al andar por ahí, Samuel, no importa si estás acompañado o no.

—Seguro que sí, pierde cuidado —respondió Samuel mientras colocaba su mano sobre el brazo de la abuela y esbozaba una sonrisa.

Pensativo se introdujo la cuchara en la boca. De pronto soltó la cuchara sobre el plato, salpicando la sopa sobre la mesa, la ropa y levemente su rostro.

—¿Qué te sucedió, hijo? —preguntó inquieto su padre.

—No sé papá, creo que no me encuentro bien, tengo como fatiga, siento el cuerpo muy pesado.

—Quizás fue la caminata —respondió Úrsula—. Debes tomarlo con más calma.

—Descuida, abuela, esto no tiene que ver con las caminatas. Siento mucho cansancio. Creo que me iré a la cama. Buenas noches a todos.

—Te llevaré una taza de leche caliente para que puedas dormir —dijo Úrsula, al tiempo que abrazaba a su nieto que se disponía a dejar el comedor.

Samuel comenzó a subir las escaleras, dejando a su familia aún sentada en el comedor. Debido al malestar había olvidado por completo el artilugio labrado que encontró en el camino. El joven Todd no podía imaginar lo que le depararía el destino al haberse cruzado esa tarde con el talismán y su misterioso portador.

Ya en el interior de su cuarto, Samuel escuchaba el sonido de los vientos helados que pasaban de largo perdiéndose en la oscuridad de la noche. A lo lejos, el retumbar de un trueno hacía estremecer los parajes cercanos a la cabaña, mientras la fuerte brisa anunciaba la tormenta que estaba por llegar. Su mente tomaba distancia en la medida en que sus párpados se cerraron cayendo en un profundo sueño.

A pesar de que el frío se colaba por las ranuras de la ventana,

Samuel se encontraba profundamente dormido en la penumbra de su habitación, cuando algo interrumpió su plácido sueño. Por segundos se mantuvo inmóvil hasta que sus ojos se adaptaron a la oscuridad, luego encendió la lámpara que se encontraba a un lado de su cama, observó la habitación, pero no vio nada inusual.

—Sería algo que estaría soñando —murmuró en voz baja.

En ese momento sonaron las doce en el reloj del salón de la chimenea, un antiguo artefacto recuerdo de los abuelos de su padre. Su ritmo era pausado, pero se escuchaba desde cualquier rincón de la cabaña, avisando la hora, la medianoche.

Sus abuelos y su padre se habían ido a dormir desde temprano. Samuel, ahora desvelado y tendido en su cama boca arriba, escuchaba la interminable lluvia, al parecer la tormenta que comenzó a formarse desde el atardecer lo iba a acompañar toda la noche. Sintió enormes deseos de buscar algo de comer en la cocina. Durante unos minutos se contuvo, pero se armó de valor. Recorrió el angosto pasillo hacia las empinadas escaleras que rechinaban tan solo con verlas. Comenzó a bajar con sumo cuidado, evitando hacer el menor ruido posible. Había recorrido casi la totalidad de los escalones cuando, faltando los últimos dos peldaños para terminar de llegar a la estancia frente a la cocina, las notas del reloj irrumpieron la quietud del momento, para indicar el avance del cuarto de hora. Sintió que el corazón se le saldría del pecho. Antes que el reloj dejara salir su última nota, el fogonazo de un rayo entró por las ventanas y las tenues luces que iluminaban en ese momento las escaleras se apagaron, quedando todo bajo el manto de una densa oscuridad. Casi de inmediato, el estruendo del trueno que siempre lo acompaña hizo temblar los cristales y casi toda la cabaña. Un sonido aterrador invadió por entero el lugar, luego volvió la calma junto con el caer de la lluvia y el rumor de la tormenta.

Incapaz de moverse comenzó a visualizar en su mente lo difícil que sería entrar en la cocina y buscar entre la oscuridad algún bocadillo. Por un instante, lamentó haber tomado la decisión de bajar por el capricho de saciar su estómago; se preguntaba cómo haría para regresar a su habitación sin tropezarse con los muebles del pasillo y sin hacer ruido. En ese momento escuchó algo diferente a las gotas cayendo sobre la cabaña: ruidos provenientes del porche de la entrada. Percibía que el sonido iba de un lado a otro, como si alguien o algo tratara de forzar las ventanas o la puerta para acceder al interior. Cuando logró distinguir una pequeña sombra, que intentaba alcanzar una de las ventanas de la fachada frontal, sintió como se le erizaba todo el cuerpo. Entre el miedo y la oscuridad, era en realidad un reto para el asustado Samuel, poder distinguir de quién o qué se trataba.

Se abalanzó de nuevo hacia las escaleras, alcanzando en cuatro zancadas la estancia superior y llegando hasta la puerta de su habitación en segundos. Pensó en la posibilidad de despertar a su padre y los abuelos, pero dudó. Se preguntó si lo que había visto habría sido fruto del pánico o una jugada de su imaginación.

Ya en su cuarto aseguró la puerta con cerrojo, saltó a la cama, cogió las sabanas junto a la gran manta y de un tirón se tapó por completo hasta la cabeza. Cerró sus ojos y abrazó la almohada mientras los ruidos y extraños sonidos comenzaron a multiplicarse alrededor de la cabaña. De repente, un olor desconocido comenzó a llenar la habitación. Aunque no estaba seguro, Samuel percibió un ligero murmullo desde una de las esquinas cerca de la ventana. Sintió cómo un ligero escalofrío recorría su cuerpo. No podía notar en ese momento, por estar oculto bajo la manta, que un vapor rojizo comenzaba a cubrir con una capa muy delgada toda la cama.

Comenzó a marearse, a sentir su cuerpo con gran pesadez, un cosquilleo invadía sus piernas hasta llegar al punto de no sentirlas. Empezó a percibir ruidos extraños en varias direcciones de la habitación, escuchaba como registraban con rigurosidad las gavetas de los muebles. Pudo notar la presencia de más de una persona en un costado de la cama. Quería gritar, pero su voz moría en el intento, advertía una agobiante presión en su garganta. Sus manos buscaban algo a que aferrarse, mientras reparaba que sus brazos comenzaban a paralizarse. Por un buen tiempo, Samuel luchó entre el miedo y el sueño. Sintiéndose adormecido, percibió que algo halaba un extremo de la manta. Sin duda alguna aquella presencia del porche había penetrado y rondaba en el interior de su habitación. Insistió en gritar de nuevo, pero no podía emitir sonido alguno, le era imposible mover algún músculo del cuerpo para incorporarse y escapar de ahí. Por un instante le pareció ver dos sombras que estaban quietas a su lado y lo miraban fijamente.

—Lo vas a asfixiar —susurró uno de ellos, mientras Samuel seguía inmóvil en la cama sin poder hacer nada al respecto.

Continuó escuchando como movían algunos muebles, incluso logró oír que abrían la gaveta de la pequeña mesa a su lado. De pronto sintió una pequeña y gélida mano que recorría su cuerpo indagando en los bolsillos de su pijama. Luego le tomó su mano derecha y comenzó a moverla hacia el borde de la cama con la intención de arrojarlo al suelo. Samuel, en un extraordinario esfuerzo producto de la desesperación, logró mover con fuerza su brazo para liberarse, al tiempo que pateo con ímpetu a una de las sombras que yacía cerca de él, arrojándola hacia un rincón de la habitación. Recordó que su teléfono móvil sobre la mesa tenía una pequeña linterna, tanteó con sus dedos por segundos hasta sentir la superficie del dispositivo que encendió con prontitud. En ese instante, sintió un fuerte tirón que lo hizo desplomarse hacia un lado de la habitación, quedando por unos minutos inconsciente. No supo cuánto tiempo pasó en el suelo, poco a poco fue recobrando el sentido y la movilidad en el cuerpo hasta que pudo incorporarse despojándose de la manta que lo cubría por completo. Ubicó su móvil, aún encendido en uno de los rincones, y alumbró cada centímetro del cuarto. Su corazón latía con fuerza y la cabeza comenzaba a darle vueltas impidiéndole mantener las imágenes fijas en un solo lugar. A pesar de sus esfuerzos no pudo observar a ninguno de los intrusos que se hallaban en su habitación.

Por alguna razón no podía mantenerse en vigilia, los párpados parecían pesarle hasta el punto de perder la consciencia.

Cuando volvió a abrir sus ojos, la claridad de la mañana se colaba en su habitación a través de las cortinas que se movían con el vaivén del viento que entraba por la ventana entreabierta. No recordaba lo ocurrido la noche anterior y las escasas imágenes que llegaban a su memoria no le parecían reales, se lo atribuía más bien a una pesadilla. No obstante, observó que la manta se encontraba lejos de la cama en el suelo y las ventanas a medio abrir; y si de algo estaba convencido, era de haberlas cerrado y pasado el pestillo antes de iniciarse la tormenta.

CAPÍTULO VI

ELENOR

El cielo comenzaba a diluir la capa oscura de la noche. En el jardín alrededor de la cabaña, donde reinaban exquisitas especies vegetales, flotaba ya el aroma dulce de las flores. Como cada mañana, Úrsula recogía lo necesario para preparar el desayuno, mientras disfrutaba el maravilloso amanecer y veía las siluetas de las montañas, que con sus tonos de luz traían vida cromática al jardín.

De la densa niebla comenzaba a surgir, con el avance de la luz, el rojo de los geranios, el esplendor del rocío adherido a las hojas de las magnolias que trepaban junto a una de las paredes de la cabaña, así como el intenso color de las violetas que se apiñaban en los bordes de los senderos y caminerías del jardín.

El resplandor naranja del cielo hizo su aparición y Úrsula tomó una respiración profunda para deleitarse con las fragancias. Cerró los ojos un instante mientras el aire llenaba por completo sus pulmones. Al abrirlos, detalló cómo, sobre las flores, comenzaba a relumbrar el dorado barniz de los primeros rayos del sol que asomaban tras las colinas. Aquel lugar se convirtió por un momento del día, en un fantástico caleidoscopio con reflejos multicolores. El profundo silencio traía con claridad el sonido de los arroyos al salpicar los pastos y bosques que tapizan las laderas de aquel fascinante enclave.

Úrsula regresó al interior de la cabaña dirigiéndose a la cocina para comenzar su ritual de todas las mañanas, allí estaba el abuelo Felipe, junto a los fogones, batiendo sin cesar el chocolate caliente, cuyo aroma invadía toda la planta baja.

El motor de un vehículo se comenzó a escuchar a lo lejos rompiendo con el silencio de la cabaña y sus alrededores. Un murmullo de voces surgió luego en dirección a la puerta. Los toques fueron suaves pero insistentes. Úrsula dejó la cocina para abrir la puerta.

Era Horacio con algunas bolsas de víveres en las manos, junto a él, una hermosa joven de unos catorce años le esbozó una radiante sonrisa.

—¡Hola, Úrsula, buenos días! —dijo Horacio ceremoniosamente apenas cruzaron sus miradas.

—Buenos días, Horacio. ¿Cómo has estado? —dijo Úrsula en voz alta— creo que ha pasado mucho tiempo desde la última vez que nos vimos...

—¡Así es, ha pasado mucho tiempo! —respondió Horacio— He estado muy bien, gracias, los años me han tratado bien.

—¿Y esta hermosa joven? —preguntó, mirando a la muchacha directamente a los ojos—. ¿Es una de tus nietas?

El viejo de la colina giró levemente hacia su izquierda

—¡Te presento a Elenor, mi nieta!

—Mucho gusto, señora Todd —respondió Elenor algo tímida ante la presencia de Úrsula.

—Mucho gusto, querida, es un placer —contestó la abuela mientras los invitaba a pasar y recibía la bolsa que cargaba Elenor en sus manos— ¡Llámame Úrsula, por favor!

Samuel abrió los ojos, inmóvil en su mullida cama. La neblina del sueño se diluía con lentitud mientras su mente se aclaraba. Extendió los brazos bostezando cuando detectó las voces provenientes de la cocina, indicándole que tendrían invitados para el desayuno. El murmullo terminó por levantarlo de la cama, saltó con impulso para incorporarse en el suelo, sintiendo la textura de la madera pulida en la planta de sus pies. Avanzó hasta el cuarto de baño para abrir la ducha y dejar correr el agua hasta que llegará a la temperatura ideal. Se despojó del pijama y se apresuró a bañarse antes de que el frío entumeciera su cuerpo. Después, al terminar de vestirse, salió de su habitación y bajó las escaleras con paso lento mientras encendía su teléfono móvil y colocaba los auriculares en el dispositivo. Cuando llegó a la planta baja se encaminó hacia la cocina, pero quedó paralizado bajo el umbral de la puerta. Una voz familiar logró sacarlo de su evidente estado de fascinación.

—Buenos días, Samuel, ya al fin se nos unió otro miembro en nuestras excursiones de los próximos días —exclamó con entusiasmo el viejo Horacio—. Te presento a mi nieta Elenor.

Samuel no pudo dejar de reflejar la sorpresa en su rostro al ver a la joven sentada en la cocina de la cabaña. Se acercó hasta Elenor con cierta timidez y un leve rubor. Le extendió la mano y apenas pudo oírse un murmullo.

—Hola —fue lo único que apenas alcanzó a decir el extasiado joven quien se sintió intimidado por la belleza de aquella adolescente.

—Hola. Soy Elenor, mi abuelo me ha hablado mucho de ti.

En ese momento se acercó Úrsula.

—Ya estás por acá, muchacho, justo a tiempo —dijo, mientras terminaba de preparar la mesa para el desayuno.

Samuel se acercó hasta la abuela y le dio un beso. Roberto y el abuelo Felipe llegaron en ese preciso momento con cestas de frutas que habían recogido en la huerta.

—¡Buenos días a todos! —exclamó Roberto, en tanto colocaba las fresas bajo el grifo para lavarlas—. Veo que ya se conocieron —continuó, al tiempo que dirigía su mirada a ambos jóvenes.

—Buen día, papá, buen día, abuelo —respondió Samuel apartando la mirada de la joven recién llegada.

—¡Estimado Horacio! —dijo el abuelo Felipe acercándose y dándole un fuerte abrazo—. ¡Es bueno volver a ver caras conocidas! —El abuelo dio un paso hacia atrás y volteó directamente a ver a la joven que estaba a su espalda—. ¿Y cuál de tus nietas es esta bella señorita? No puedo reconocerla.

—Soy Elenor, señor Felipe. ¿Cómo ha estado?

—Muy feliz de estar de vuelta en estas montañas, jovencita. ¿Y dónde está tu hermana? ehh ¿María?

—Margaret —respondió Elenor dejando escapar una leve sonrisa—. Comenzó la universidad este año. En España.

—Ciertamente, Felipe, me alegro que los tres estén de vuelta por estas tierras —dijo Horacio—. Eso me recuerda que la última vez olvidaste las truchas que pescamos aquella tarde.

—¡Así es, vaya memoria!—exclamó Felipe al tiempo que alzaba ambas manos hacia arriba.

—¡Se estuvo lamentando todo el camino hasta llegar a Caracas! —interrumpió Úrsula mientras levantaba la mirada y movía ligeramente la cabeza de un lado a otro terminando de colocar el último plato sobre la mesa.

Elenor volvió a su silla y tomó asiento junto a su abuelo. Samuel quedó sentado justo frente a ella. La contempló, detallándola. Era una jovencita preciosa de cabello negro largo que caía sobre sus hombros, sus ojos de un verde claro, con mirada cálida y tierna, las mejillas tersas y sonrosadas, producto de una emoción que, a pesar de la aparente indiferencia que su cara quería demostrar, no podía ser disimulada. En ese momento Samuel pensó que era la muchacha más hermosa que había visto alguna vez.

Elenor y su hermana Margaret habían perdido a sus padres en un accidente de tránsito unos cinco años atrás, cuando Elenor contaba con apenas nueve años y Margaret catorce. El abuelo había quedado con su custodia. Los tres tuvieron que aprender a cuidarse entre ellos hasta que Horacio decidió enviar a Margaret a estudiar en el exterior y a Elenor a un internado en la ciudad de Mérida para terminar su educación. Desde entonces, cada dos fines de semana al mes y durante las vacaciones de verano y Navidad, Elenor visitaba la cabaña de su abuelo.

Úrsula se aproximó a la mesa llevando una bandeja en la que se amontonaban huevos revueltos, salchichas ahumadas y cebolla, todo cocido en mantequilla. Desprendía un aroma delicioso e irresistible.

—Huele delicioso, Úrsula —exclamó Horacio.

—Estoy de acuerdo con él, abuela —dijo Samuel mientras olisqueaba con placer y la abuela sonreía orgullosa.

Elenor observaba con disimulo cualquier movimiento de Samuel. En varias oportunidades, sus miradas se encontraron. La mañana transcurría apacible entre historias, temas de actualidad, proyectos y noticias. Al finalizar el desayuno, Horacio se dirigió a Samuel.

—Mañana pensamos ir a pescar a la laguna de los Venados, nos gustaría que nos acompañaras. ¿Qué te parece?

—Sería genial, hace días quiero ir hasta allá.

—Pues entonces debemos ir al pueblo a comprar carnada para las truchas —dijo Horacio.

—¿A qué hora abre el negocio de Alfredo? —preguntó Roberto dirigiéndose a Horacio en ese momento—. Yo también debo comprar algunos víveres.

—Cerca de las nueve. Por alguna razón, que nunca lograremos dilucidar, ese hombre es el último en abrir la única tienda de abarrotes que tiene carnada para pesca —exclamó en forma de reproche.

—Entonces creo que debemos partir —finalizó Roberto

levantándose de la silla para dirigirse en busca de las llaves de la camioneta—. ¡Yo los llevaré!

Con el transcurrir de los días, la relación entre Elenor y Samuel se hizo cada vez más estrecha. Una tarde, Elenor observaba con detalle a Samuel mientras hablaba sobre historias vividas durante su niñez. Ya había pasado mucho tiempo desde que su madre partió, por lo que él confesó no recordarla mucho, apenas guardaba vagas imágenes en lo más profundo de su memoria.

—Ya han pasado diez años desde entonces, solo tengo el recuerdo de mis abuelos Felipe y Úrsula. Ellos me han protegido y criado. Mi padre debió separarse de mí mientras se recuperaba de la muerte de mi madre y retomaba sus estudios universitarios para terminar su carrera.

—¿Y dejó de verte por muchos años?

—No, él nos visitaba en Caracas cada cierto tiempo, pero fue más el tiempo que viví con su ausencia que con él —dijo Samuel mientras dejó escapar un par de lágrimas que rodaron por sus mejillas.

Elenor se acercó en ese momento y extendió su mano para rozar la mejilla de Samuel y secar sus lágrimas.

—Me alegra estar aquí contigo —dijo Samuel mientras tomaba con su mano la de Elenor.

—Y a mí —afirmó Elenor mientras acariciaba con su otra mano las mejillas del joven Todd.

—Cuéntame de tus padres. ¿Qué recuerdas de ellos? —preguntó Samuel.

Recuerdo perfectamente a mamá. Se llamaba Isabel. Una mujer muy bella, de cabellos largos y oscuros. Los ojos verdes como la esmeralda. Siempre cariñosa, sonriente. Le gustaba tocar el piano. Papá era un hombre alto, muy apuesto, de cabello castaño. Muy intelectual, lo recuerdo siempre con sus anteojos y un libro bajo el brazo. Siempre daba discursos en la universidad, aunque nunca supe de que se trataba. Yo apenas tendría como siete años en esa época. Pero con Margaret y conmigo era muy juguetón. Pasábamos horas divirtiéndonos en la casa o en el parque. Siempre nos contaba historias fantásticas antes de dormir.

—¿Cómo se llamaba? —preguntó Samuel

—David, David Coll —respondió Elenor mientras miraba fijamente sus retratos como si estuviese reviviendo esos momentos—. Un día salieron de viaje, nos dejaron en casa de mis abuelos. Se suponía que volverían al día siguiente, pero eso nunca ocurrió. Para mis abuelos fue devastador, no solo el haber perdido a su hijo y a mamá, sino saber que tendrían que darnos la noticia y hacernos entender lo que significaría para nosotras.

Ambos quedaron en silencio por un momento. Aunque no hubo ni un rastro de lágrimas en el rostro de la joven Coll, Samuel podía sentir la tristeza en su interior. Por primera vez, veía el dolor en su rostro. Lentamente, Samuel se acercó a ella y la rodeó con sus brazos. Ella correspondió a su abrazo. Ambos estuvieron por unos minutos sintiendo el latir de sus corazones. Ella apoyó su rostro en el pecho de Samuel.

—Sabes, es curioso que hasta ahora no me has preguntado mi edad —comentó Elenor rompiendo con el silencio mientras apartaba su rostro y subía la mirada para encontrarse con la de Samuel.

—La verdad, nunca le he prestado importancia al tema de las edades. Pero ya que tocas ese punto, ¿cuántos años tienes? —preguntó Samuel al tiempo que dejaba escapar una leve sonrisa.

—Quince años, aunque en unos meses voy a cumplir dieciséis.

—¡Genial! Pronto tendremos una fiesta entonces.

Samuel paseaba por la sala de la casa de Horacio tocando y mirando todos los artefactos y objetos curiosos en su biblioteca y escritorio, mientras ella continuaba escuchando atenta las sugerencias de su joven amigo para celebrar su próximo cumpleaños. Samuel era una persona sensible, pero la mayoría de las veces actuaba haciendo un gran esfuerzo para no demostrarlo. Siempre había sido un muchacho solitario, aislado y de muy pocos amigos en la escuela y fuera de ella.

Pero en el fondo tenía un carácter fuerte y decidido.

—La verdad, pensé que no me adaptaría a este lugar, pero con los días de alguna manera siento que fue lo mejor que pudo ocurrir. Además, mi padre quiere que a partir de ahora estemos juntos y recuperemos el tiempo que hemos perdido.

—Pues me alegra por él y por ti. Es importante que le des el valor al hecho de tener un padre. Ya ves como extraño a los míos cada día que pasa —dijo Elenor.

—Sé lo que sientes, yo extraño a mi madre. Pero la verdad, desde que he llegado acá, de alguna manera me siento más cercano a ella que nunca.

—Sin duda, volver al lugar donde naciste y estuviste con ella, te ha traído muchos recuerdos y sensaciones —dijo Elenor siguiendo con la mirada el desplazamiento de Samuel por la estancia.

Pienso que debe ser por las fotografías que he visto en la cabaña de mi padre. Además, Horacio me habla mucho de ella y de la época en la que era su profesor en la universidad, supongo que también ha ayudado un poco —explicaba Samuel.

—¿Y ya le has dicho a tu familia que estás de acuerdo con la propuesta de tu padre de quedarte, en definitiva, acá? —preguntó Elenor.

—La verdad, no, aunque el plan de mi padre es que todos vivamos acá en Mérida, incluyendo a mis abuelos, pero ellos no están muy seguros de hacer ese cambio en sus vidas en estos momentos. En realidad, yo no deseo volver a Caracas. Además, creo que no me agradaría la idea de alejarme de ti.

Tras las palabras de Samuel, el rostro de Elenor se ruborizó por un instante.

—Echaré de menos solo a un par de amigos de la escuela —añadió haciendo una mueca con la boca.

—Pues aquí ya has comenzado a tenerlos —dijo Elenor mirando a los ojos de Samuel y esbozando una sonrisa en su angelical rostro.

El repentino sonido de una llamada entrante al teléfono móvil de

Samuel lo hizo apartar la mirada por un momento para atenderlo.

—Hola, abuela. Sí, estaré allá en pocos minutos. No, no dejaré que me oscurezca en el bosque. Adiós.

Elenor se acercó en ese momento para salir y acompañar a Samuel hasta el sendero. Al salir al exterior notaron que todo alrededor parecía más oscuro, una gran nube comenzaba a formarse sobre sus cabezas. Samuel, sin perder tiempo, sacó la gorra del bolso que portaba consigo y se despidió.

—¡Hasta luego, Horacio! —gritó al tiempo que se disponía a despedirse de Elenor con un beso en la mejilla. Pero ambos instintivamente rozaron sus labios.

—¿Quieres que te lleve? —exclamó Horacio desde el jardín.

—No, no te molestes, en menos de cinco minutos estaré entrando en la cabaña.

—Bueno, pero date prisa o te agarrará la tormenta, hijo.

—Vete ya, queda muy poca luz —murmuró Elenor.

Samuel asintió con la cabeza, giró sobre sí y comenzó a descender la colina. Elenor permaneció al borde del camino mientras observaba desde la cima cómo Samuel se alejaba sendero abajo entre la neblina que comenzaba a acompañar el fin del atardecer. Cuando lo perdió de vista se encaminó hacia el interior de la casa, embelesada entre sentimientos y sensaciones. No había duda de que Samuel logró despertar en ella más que una simple sensación de amistad. Pensó que tampoco le agradaría la idea de alejarse de él. Esa tarde, Elenor Coll se dio cuenta de que estaba enamorada de Samuel Todd.

A lo largo del camino, se oía el silbido del viento rozando las copas de los altos árboles. El sonido del agua de un arroyo cercano, cuya humedad podía sentirse, llegaba de forma leve a sus oídos, gracias a la profunda calma que había en el interior del bosque tras la vertiginosa bajada de la montaña.

Mientras tanto, en la cocina de la casa de Samuel, las estufas emitían continuas oleadas de calor con exquisitos aromas que invadían cada rincón de aquel espacio haciéndolo cálido y acogedor.

—¿No ha llegado Samuel, aún? —preguntó Roberto algo inquieto.

Úrsula volvió a colocar una de las tapas sobre la cacerola donde hervía un consomé y giró para mirarlo.

—Hablé con él. Ya ha salido de la cabaña de Horacio —respondió ella.

—Creo que lo agarrará el mal tiempo si no se apresura.

Había un tono de preocupación en la voz de Roberto mientras observaba el cielo por la ventana. Se encontraba cubierto por completo con una enorme nube que impedía el paso de los últimos rayos del atardecer. Roberto se volvió hacia su madre.

—¿En que estará pensando mi hijo cuando se deja agarrar la noche en el bosque?

Ella hizo un gesto con las manos.

—Yo se lo he dicho —exclamó con voz nerviosa— pero pareciera que no escucha. Creo que está muy entusiasmado con Elenor estos últimos días.

Roberto asintió con la cabeza en señal de comprensión. Él también lo había notado y se alegraba de ello. En muy pocas ocasiones habían visto alguna muestra de entusiasmo en él.

—La verdad, me alegra que esa niña haya aparecido en la vida de mi nieto. Además, siento que es de muy buenos sentimientos.

—¿Qué quieres decir con eso? —preguntó Roberto dejándose caer en la silla frente a la mesa pantry donde se hallaba servida una taza de café.

Los ojos de ella buscaron los suyos.

—La vida ha sido un poco injusta con él, ahora ha encontrado a alguien con quien puede compartir su dolor y su soledad. Somos sus abuelos y tú su padre, y Dios sabe que todos estos años hemos tratado de hacer lo mejor para él, pero no nos engañemos, hijo, él ha construido un muro impenetrable para nosotros, poco sabemos lo que ocurre dentro de él.

—Es por eso que sugerí que todos se mudaran a Mérida —respondió Roberto—. No sería capaz de separarme de él otra vez. No puedo seguir viviendo alejado de mi hijo, él necesita de mí.

—Y tú de él, hijo. Creo que ya has sacrificado lo suficiente para conseguir la estabilidad que buscabas, ya es hora de que comiences a pensar en ti y en tu hijo.

—Así es, tenerlo a mi lado es una responsabilidad que debí asumir desde el principio.

Úrsula se acercó y le colocó la mano en la mejilla.

—Ya no es el momento de reproches, hijo. El pasado ya dejó de existir. Ahora es el momento de que comiences a conocer más a tu hijo y recuperes todos estos años de ausencia.

El rostro de Roberto se tiñó de alegría dejando a un lado los tristes recuerdos en su mente.

—Por eso, lo que a Samuel le está ocurriendo en este momento es perfecto para él y debe serlo para nosotros también. Y si Elenor es parte de esa alegría que he visto en mi nieto estos días, pues bienvenida sea. Además, hay que reconocer que es una joven hermosa —añadió Úrsula.

Roberto pensativo ante las palabras de su madre, asentaba con la cabeza. El consomé hervía a borbotones y Úrsula, al percatarse de ello se dirigió a la cacerola. Tomó el cucharón y comenzó a agitarla. Prosiguió su conversación con Roberto por encima del hombro. Los trazos oscuros del firmamento anunciaban que se avecinaba la lluvia. En ese instante, la puerta principal de la cabaña se abrió al tiempo que la voz de Samuel anunciaba su llegada.

CAPÍTULO VII

EL RESCATE

Una huella en el fango y varios arbustos aplastados era todo lo que había quedado después que Zenzo disparó contra un oso y este escapó; el disparo solo logró asustarlo. Pero aquella cacería no iba a terminar allí; él y Alder, su compañero de muchos años de cacería, se reunieron en la periferia del denso bosque para tomar una decisión.

—Hay que esperar a que se sienta seguro y llegue hasta el lugar donde toma su descanso —comentó Zenzo con tono de molestia y resignación.

—Pero eso podría tomar varios días, lo mejor es ir sobre su rastro —respondió Alder que, como buen conocedor de los animales que moran las serranías andinas, sabía que el animal estaba de paso—. En este momento debe ir camino a su guarida.

Ambos se internaron con determinación en la espesura, en búsqueda de su huidiza presa. El tiempo era apacible y bajo las sombras del frondoso dosel, el frío se hacía sentir. Era difícil avanzar por la concentrada maleza sin hacer ruido, no obstante, entre la yerba, encontraron las claras huellas del oso. En algunos trechos daba la impresión de haberse hundido entre los altos matorrales y haber escapado con dificultad. Las amplias marcas que dejaba a su paso mostraban sin equivocación el camino a seguir en lo más profundo del bosque.

Recorrieron varios kilómetros antes de tomar la decisión de hacer un alto para descansar. Sentados, se percataron que, a poca distancia de ahí, el rastro se dividía en dos direcciones. Se miraron sorprendidos, el rastro de la derecha continuaba abriéndose paso entre la espesa maleza, mientras que el rastro de la izquierda se dirigía hacia una senda de baja vegetación. Tomaron la que les pareció la mejor opción y la menos complicada, ya que abrirse camino entre el matorral, retrasaba en extremo el paso y los agotaba hasta extenuarlos.

Tomaron el camino de la izquierda, deslizándose con sigilo. Unos pasos más adelante se tropezaron de nuevo con las huellas. Habían acertado en su decisión. Luego de un largo recorrido, comenzaron a sentir el cansancio que se apoderaba del ritmo de la caminata, haciéndolos tropezar cada cuanto con algunos troncos y arbustos que encontraban por el camino. Se sentaron no muy lejos de un pequeño riachuelo para mitigar el cansancio, la sed y el hambre.

—Es necesario descansar un poco —aconsejó Alder, mientras se secaba con un pañuelo la transpiración de la cara.

—Aprovechemos para comer algo —añadió Zenzo, mientras se sentaba y sacaba unos pasteles de la mochila, así como una botella de licor dulce—. Creo que estamos cerca del poblado de La Azulita

—Sí, debemos estar a unos pocos kilómetros —afirmó Alder, mientras se llevaba la botella de licor a la boca—. ¿Crees que ese enano cumpla lo que prometió?

—Ya lo sabremos, ha pasado una semana desde que nos prometió el oro. La próxima vez no lo dejaremos irse hasta que no nos lleve con él y nos entregue todo lo que dice que tiene en su poder.

—No lo sé, a pesar de su tamaño siento escalofríos cuando se me acerca. No confío en él —dijo Alder.

—Solo bastará con apuntarle con el cañón de este rifle para que toda sus intenciones se vayan al demonio —exclamó Zenzo mientras acariciaba su arma.

A través de los árboles se filtraba aún la intensa luz del sol. Zenzo aprovechó para improvisar un lecho de hojas y se tendió con las manos bajo la cabeza, para caer en un profundo sueño por unos instantes.

Al cabo de unos quince minutos reanudaron la marcha. La densidad del silencio podía tocarse con las manos, solo se oían sus pisadas, los esporádicos golpes de ramas que caían al suelo o el impactante crujido de algún árbol que retumbaba por todo el bosque. De repente, percibieron un movimiento muy próximo entre la maleza; pensaron que sería el oso que estaría descansando, pero se trataba de un coatí, una especie de gato con nariz alargada de gran tamaño, que se encontraba cazando unas pequeñas lagartijas.

Siguieron su paso por el sendero. Llevaban casi dos kilómetros recorridos cuando percibieron un movimiento y ruidos de ramas entre los árboles. Alder le señaló con gestos a Zenzo la dirección desde donde provenía el ruido, este ocupó un lugar adecuado y miró entorno a la arboleda. Hacia su costado derecho se extendía una hilera de árboles muy altos, la vegetación era bastante baja por lo que permitía observar a gran distancia. Con mucha calma adelantó unos pasos asegurando sus pies sobre la yerba; revisó su rifle, le quitó el seguro y lo sostuvo con firmeza entre sus manos, apoyando a ras su mejilla derecha sobre la superficie del arma y observando a través de la mira telescópica el gran bulto de color negro que rasgaba el tronco de un árbol.

Zenzo continuaba sosteniendo el rifle, inmóvil, en silencio, sintiendo tan solo el latir de su corazón y su pausada respiración, cuando un profundo crujido se produjo sobre su cabeza. Al dirigir su mirada hacia arriba observó con alarma que una enorme rama se estaba desprendiendo y caería sin remedio sobre él. En fracciones de segundo apuntó de nuevo al oso, disparándole y, sin perder tiempo, saltó sobre los matorrales para escapar del impacto de la monumental rama. La bala hizo blanco en un árbol y el oso, sin resultar herido, corrió de nuevo a esconderse en la espesura.

Alder, desanimado, gritaba en tono de reclamo a su compañero, cómo había podido, por segunda vez, perder una gran oportunidad, al tiempo que emprendió a toda velocidad una persecución tras el oso.

Al incorporarse, Zenzo, ya a salvo de la caída de la rama que apenas lo rozó, y viendo a su compañero quien corría por el sendero cargando el arma con una mano y una red con la otra; cargó de nuevo su rifle y procedió a seguirle a toda carrera para apoyarle, pero vio que Alder, ocultándose detrás de algunos arbustos, le hacía señales para que no irrumpiera con brusquedad.

Fue entonces cuando el rezagado cazador observó, con extrema sorpresa, que por un recodo del aquel camino aparecía la pequeña figura de un hombrecillo no más alto que un niño, con un enorme sombrero puntiagudo, deambulando confuso, como si fuese ajeno a esos predios. Al darse cuenta el pequeño caminante de la presencia de ambos hombres volvió sobre sus pasos con una extrema rapidez, perdiéndolos de vista en un santiamén. Los dos cazadores emprendieron una veloz persecución con la convicción de que esta vez no dejarían escapar a tan valiosa presa.

El pequeño reloj de cucú del salón principal de la cabaña marcaba las 12:30 *p. m.* Luego de las notas del pequeño pájaro anunciando su habitual y mecánico canto, solo se escuchaba el tintinear de algunas gotas de agua que aún rodaban por el tejado hasta caer al suelo. El despertar del bosque después de la lluvia fue alejando poco a poco el ensordecedor sonido de aquel chubasco. De pronto, el sol brilló con gran intensidad dando paso a un resplandeciente mediodía.

Luego de que Samuel terminara sus labores, tomó rumbo a la casa de Horacio para encontrarse con Elenor, como todos los días. Durante el trayecto, y próximo a la colina donde se hallaba la cabaña, percibió un inusual movimiento que llamó su atención. Siguiendo los pasos de su curiosidad se desvió de su habitual camino internándose entre las sombras de la densa floresta. Sus ojos, acostumbrados ya a la oscuridad del bosque, lograron distinguir el movimiento rápido de una figura entre la frondosa vegetación, apenas una sombra caminando en la distancia por el estrecho camino.

El curioso joven apresuró su paso tratando de hacer el menor ruido posible para no delatarse. Durante unos minutos siguió, sin ser visto, a un pequeño hombrecillo que llevaba consigo un extraño y gran sombrero. En ese momento se escuchó, en el aire quieto y tranquilo de aquel paraje, la detonación cortante y seca de un disparo de rifle, no muy lejos de ahí. Sin embargo, no pudo determinar de dónde provenía. El pequeño caminante se detuvo para indagar su procedencia, obligando a Samuel a ocultarse rápido entre la yerba que bordeaba aquel sendero.

No transcurrió mucho tiempo para que el portador misterioso del sombrero prosiguiera su trayectoria. Samuel, entonces, se levantó con cuidado percatándose de que el camino estaba despejado por completo. Apresuró el paso al ver que había dejado pasar mucho espacio entre aquel curioso niño del sombrero y su persona. Ya no podría alcanzarlo. Al seguir por un recodo del camino, donde había perdido por un instante al pequeño individuo y sin poder hacer nada al respecto, sintió con sorpresa como chocaba contra un menudo pero fuerte bulto de color rojo que logró tumbarlo al suelo.

Ambos se encontraron frente a frente tendidos sobre sus posaderas. Era evidente que el pintoresco personaje, que nunca se imaginó que venía siendo seguido por Samuel, emprendería una huida inmediata.

Aquella figura no podía pasar de los noventa centímetros de estatura, portaba un enorme sombrero de color verde oscuro cuyo extremo superior finalizaba en punta. A los costados de aquel enorme sombrero sobresalían, entre unas aberturas, dos enormes y puntiagudas orejas. El accesorio sobre su cabeza se veía desproporcionado con respecto al volumen de su cuerpo y sus ojos quedaban ocultos bajo la sombra del borde frontal. Su cabello de color castaño caía hasta sus hombros. Su rostro estaba parcialmente cubierto por una barba del mismo tono castaño, incipiente y moderada. Su vestimenta consistía en un enorme camisón tejido de color rojo que cubría hasta donde deberían estar sus rodillas, con unos pantaloncillos ceñidos de color gris plomo, terminando en un par de graciosas zapatillas de cuero del mismo tono que finalizaban en punta. A pesar de su pequeña estatura, se podía ver que bajo ese camisón se encontraba un cuerpo voluminoso y fornido. Sus enormes manos buscaron con rapidez un pequeño bolso de color verde que yacía a un lado.

El hombrecillo se incorporó en forma brusca y con mucha energía, mientras Samuel, atónito —no solo por el impacto de aquel violento encuentro sino, además, por el aspecto de aquella criatura que tenía frente él—, tardó unos segundos en recuperarse. Intuyó que algo fuera de lo normal estaba ocurriendo y así era.

Aquel pequeño huía desesperado de dos cazadores que notaron por igual su presencia e iban tras él. La pequeña víctima hubiese podido escapar sin problema de sus perseguidores, pero su inesperada colisión con el muchacho frustró toda posibilidad de lograrlo. Con destreza, aquellos cazadores salieron del recodo de la estrecha senda al tiempo que arrojaban una enorme red sobre la enigmática criatura. Luego, en medio de un largo y fuerte forcejeo, los dos hombres lograron dominar la situación, uno de ellos le propinó un fuerte golpe en la cabeza lo que permitió al segundo amarrar con fuertes nudos las manos de la pequeña víctima. Tan aturdido quedó por el repentino golpe, que durante unos instantes debió haber estado a punto de perder el sentido. Samuel, casi paralizado por lo que ocurría frente a sus ojos, solo pudo emitir un grito suplicando que no maltratarán más al misterioso ser.

—¡Oigan, déjenlo en paz! —gritó Samuel asustado mientras se incorporaba.

Ambos cazadores se voltearon hacia él y por un momento quedaron quietos mirándolo fijamente. Zenzo levantó la escopeta apuntando a Samuel con firmeza.

—Adelante —lo retó—. ¿Crees que puedes rescatar a tu amigo?

Samuel observó detenidamente al cazador, tenía su cabello y su barba negra, larga y descuidada, sin embargo, podía verse claramente la cicatriz que predominada en una de sus mejillas. Su rostro redondo denotaba el tiempo que había estado expuesto al sol y al maltrato. Sus ojos oscuros revelaban ira y sentimientos muy oscuros. Al igual que su compañero, vestía ropas desgastadas y sucias. El joven Todd sintió en ese momento que el pánico le oprimía el pecho, le costaba respirar. Los dos orificios del cañón de la escopeta apuntaban directamente a su rostro.

—¡No intentes nada! —gritó el pequeño individuo que estaba siendo amarrado por Alder en ese momento.

—¡Ya lo oíste, mocoso, es mejor que sigas su consejo y te alejes!

—¡Llamaré por ayuda! — exclamó Samuel mientras tanteaba en su bolsillo para tomar el teléfono móvil

—¡Eh eh eh eh, ni lo intentes, muchacho! —respondió amenazante Zenzo.

De pronto, Samuel observó cómo el cazador haló hacia atrás el percutor de la escopeta; se escuchó, entonces, el sonido metálico que indicaba que el arma estaba lista para disparar.

—¡Espera!, ¿qué vas hacer? —intervino de inmediato Alder, dejando a su presa fuertemente atada y acercándose a su compañero.

—¡Este muchacho como que quiere conocer nuestros métodos de persuasión! —exclamó Zenzo.

Repentinamente se quedó en silencio, y desviando levemente su mirada del objetivo.

—Espera un poco —murmuró Zenzo en tono reflexivo— Ahora que lo pienso bien ¿Qué fue lo que dijo el otro enano que se ofreció a pagarnos una bolsa de oro?

—Quería que capturáramos a un muchacho que vive en la cabañ...

—Y que encaja precisamente con la descripción de este —interrumpió Zenzo en baja voz.

Samuel no alcanzaba a entender con claridad lo que conversaban, pero en el momento en que ambos cazadores se vieron entre sí, aprovechó la oportunidad para emprender una rápida carrera en dirección a la cabaña de su padre. Sintiéndose desvalido e impotente., tenía un rebullicio en su cabeza, lo sucedido atropellaba su lógica y opacaba las ideas. No sabía cuál camino tomar ni qué hacer primero. El pánico aún se apoderaba de sus acciones, nunca le habían apuntado con un arma. Cuanto más trataba de pensar en lo sucedido, más confuso y ansioso se sentía para hallar una solución.

Luego de deambular por un largo tiempo se detuvo para prestar suma atención a cualquier ruido y observar con sigilo el camino.

—¡Tengo que pedir ayuda! —exclamó en voz alta. Se registró los bolsillos para dar con su teléfono móvil, pero estaba fuera de señal. No tenía cómo avisar a su familia sobre lo que estaba ocurriendo, sin embargo sabía que para cuando encontrara ayuda, sería demasiado tarde. Tomó la decisión de volver sobre sus pasos, para seguir a los dos cazadores y a su extraño prisionero. Por alguna razón que desconocía, sentía la imperiosa necesidad de ayudarlo. Una fuerza interna que él mismo desconocía, emanaba en ese momento por todo su cuerpo impulsándolo a seguirlos y buscar la manera de rescatarlo.

Durante unos minutos el camino estaba solo, no existía señal de ellos por ningún lado; por lo que apresuró su paso. A pesar de la amenaza y de la tosca y ruda apariencia de los dos hombres, Samuel estaba decidido a intentar cualquier cosa para liberar al hombrecillo de sus captores. Lejos estaba de imaginar que habían ofrecido una cantidad en oro por su captura. Al salir de un recodo del camino pudo detectar las tres figuras que, a lo lejos, caminaban con prisa. De sus hombros colgaban sus rifles junto a los bolsos, mientras uno de ellos llevaba un extremo de la soga con la que habían maniatado a su presa. Samuel tenía que mantener una distancia prudencial para no ser detectado, pero a la vez no podía ubicarse muy lejos para no perderlos de vista.

—No podemos llegar al pueblo con él —dijo Zenzo—, será mejor que te adelantes y busques el Jeep. Nos veremos al pie de la colina en la finca de café.

—Pero eso me tomará por lo menos una hora.

—¡Prefiero esperar una hora internado en este monte que arriesgarme a que alguien del pueblo vea nuestra presa! —exclamó Zenzo frunciendo el ceño y mirando a los ojos de su compañero. Además, tenemos que ir por el muchacho, no dejaré escapar esa bolsa de oro por nada en este mundo.

Hay que tener cuidado —dijo Alder—. El otro parecía muy peligroso, no me gusta su mirada

—¡Tonterías! —exclamó Zenzo—. Ve por el vehículo.

—De acuerdo, pero vigílalo bien, no confío en estos enanos, dan la impresión de ser muy escurridizos y tramposos.

—Lo sé. Ahora sí tendrá que cumplir con el pago que prometió si quiere que le entreguemos a este —respondió Zenzo de mala gana.

—¿Estás seguro que es el enano que el otro quería que atrapáramos? —preguntó Alder mientras se alistaba para partir.

—Es el único que hemos visto merodear por estas montañas, tal y como él nos advirtió. No hay duda de que debe ser él.

—¡Pues hoy la suerte nos ha sonreído! —exclamó con cierta alegría el otro cazador—. Hemos encontrado las dos presas que nos han solicitado.

—Aún falta atrapar al muchacho. Pero al menos sabemos cómo es... y ya tenemos una garantía a nuestro favor con este que tenemos acá. Sin embargo, con el muchacho se me ocurre que voy a subir el precio por su cabeza. Entre estos dos nos haremos ricos —dijo Zenzo, mientras empujaba con su rifle al prisionero—. ¡Ve y busca de una vez el Jeep, no pierdas más el tiempo!

Tras las palabras de su cómplice, Alder se internó por el sinuoso camino, perdiéndose tras la enmarañada cortina vegetal. El solo hecho de la partida de uno de ellos le daría una única oportunidad a Samuel de poder liberar al prisionero y aunque no tenía la menor idea de cómo hacerlo decidió acercarse. Luego de mucho arrastrarse y gatear por el humedecido suelo, llegó hasta un tronco caído donde se ocultó tratando de no hacer ruido y desde donde pudo apreciar la severidad con la que Zenzo vigilaba a su presa, lo que hacía su rescate bastante complicado.

Los minutos transcurrían con lentitud y los sonidos de los insectos, el soplar del viento y el correr del agua, invadían aquel paraje junto al riachuelo, creando un escenario de reposo. A este se le sumó el cansancio, el calor y el alcohol, por lo que Zenzo abandonó su estado de alerta: se despojó del rifle, colocó el bolso a un costado y se recostó en un tronco. Apoyó la espalda y cerró los ojos para dejarse llevar por un ligero descanso, un sueño que, según su percepción, podría dominar sin dificultad. «Solo unos minutos de descanso», pensó, mientras daba tiempo a su compañero de regresar con el vehículo para transportar su valiosa presa hasta el punto acordado.

Por su parte, Samuel se iba acercando cada vez más al pequeño claro donde se encontraban, lo que permitió escuchar lo que el cazador hablaba en ese momento.

—Aún tenemos tiempo para llegar a la colina con buena luz. ¿Se puede saber cómo te llamas, enano? —preguntó Zenzo, mientras se acomodaba para reposar sin obtener respuesta alguna—. ¿Cómo se llama tu amigo, el muchacho? —insistió.

—Él no es mi amigo, no lo conozco —respondió el momoy.

Zenzo se limitó a observar a su prisionero con el rabillo del ojo. El cazador tiró de la cuerda haciendo caer de costado al hombrecillo que se encontraba sentado a unos metros de él.

—Más vale que tu paisano cumpla con su parte. Nos prometió

mucho oro y piedras preciosas a cambio de ustedes dos. Así que no me digas que no lo conoces —dijo Zenzo, en tono agresivo

El cansancio hizo su parte y provocó que el rudo cazador no advirtiera los movimientos de Samuel, quien se acercó con cuidado tratando de no hacer ruido. Su pie derecho, adelante; el otro, un poco más atrás; y su cuerpo algo inclinado, para mantenerse a nivel de los matorrales. No le quitaba la vista a la figura tendida en el suelo. Su mano derecha sostenía con fuerza un madero que encontró entre los restos de un viejo roble seco, mientras su corazón se aceleraba.

El pequeño prisionero, atado justo frente a la vista del cazador, sabía que Samuel estaba entre los matorrales. Al detectarlo entre unos arbustos, comenzó a seguir con detenimiento los movimientos del arriesgado joven que horas antes había tropezado con él en su infructuosa huida. Por lo que comenzó a distraer a su captor.

—¡Debe haber un error! —exclamó el prisionero sorprendiendo al hombre y opacando la posibilidad de que pudiera detectar cualquier ruido extraño.

—¡Hasta que decidiste hablar! —exclamó—. No hay ningún error. Ustedes dos son los que estamos buscando.

—¿Y cómo se llama? —preguntó el prisionero.

—No creo que nos haya dicho su nombre y la verdad no me interesa, solo quiero echarle mano al oro y a las piedras que prometió. El otro enano se viste muy parecido a ti, a excepción de su barba y la calvicie de aquel, yo diría que parecen familia. —Tras unos segundos de silencio, el cazador apartó el gorro de su cara y miró directamente al momoy—. A menos, claro, que tú sepas donde encontrar ese oro y las piedras preciosas de las que él nos habla...

—No sé a qué oro te refieres, pero será mejor que me sueltes y dejes que me marche, de lo contario ve...

—¿Vendrán a rescatarte? No te hagas ilusiones. Nadie vendrá a ayudarte. Al contrario, el único que conozco que se interesa por ti, al parecer te quiere muerto. ¡Así que tú no vas a ningún lado, enano! No hasta que el viejo aparezca con el botín. Por eso te recomiendo cerrar la boca, quiero descansar unos minutos antes de seguir.

Zenzo estaba cada vez más a merced del profundo sopor que embriagaba todo su cuerpo, y Samuel sabía que el golpe tenía que ser certero y con la suficiente fuerza como para neutralizarlo. Mientras repetía este pensamiento, Zenzo movía su cuerpo tratando de conseguir una posición más cómoda para descansar. Solo tendría una oportunidad. De fallar, las cosas se complicarían de tal manera que estaba seguro de que su vida correría un gran peligro, no tendría como defenderse de la ira de aquel hombre.

Logró llegar a la distancia indicada sin ser detectado, pues el sonido de los insectos apagaba cualquier pequeño ruido que pudieran emitir sus pisadas. Por un momento, Samuel se mantuvo pensativo ante aquel hombre, comenzó a dudar, pero sabía que no podía permitirse esa debilidad, su vida estaba en juego.

Con gran determinación, Samuel avanzó hacia su oponente, su frente sudaba al igual que sus manos, aferraba con fuerza el madero. A escasos metros del cazador, la hojarasca seca bajo el pie de Samuel crujió. En ese instante sintió que todo a su alrededor se paralizaba, su corazón latía como un tambor y sentía que se le saldría del pecho. Zenzo tuvo una reacción lenta ante el ruido que provenía a un costado. Adormitado y con movimientos torpes trató de sentarse. El prisionero de inmediato buscó distraerlo.

—¡Creo que puedo saber dónde encontrar ese oro que mencionas! —gritó el momoy

El cazador volteó en dirección a la voz, al tiempo que se lograba sentar sin notar aún la presencia de su atacante que se hallaba a poca distancia. Fue entonces cuando Samuel dio un par de pasos con lentitud para luego tornarse tan vertiginoso que fue casi imperceptible cuando propinó el primer golpe a la cabeza de Zenzo. Este abrió los ojos reflejando un fuerte dolor y su rostro fue a parar al suelo. El segundo ataque fue en el costado derecho, directamente a

MOMOY. La laguna del trueno

las costillas. Samuel resbaló al retroceder y cayó al suelo soltando el madero. Zenzo gritó fuertemente del dolor.

—¡AHHHH! ¡MALDITA SABANDIJA!

Samuel se levantó con rapidez y buscó de inmediato la escopeta que se encontraba recostada en el tronco. Por su parte, Zenzo había logrado arrodillarse mientras intentaba coordinar sus movimientos. El hombre trató de alcanzar a su joven atacante con un brazo, pero este saltó hacia atrás y se colocó nuevamente en posición de ataque.

—¡Voy acabar contigo, rata asquerosa! —gritaba desesperado el cazador al no poder alcanzar al muchacho.

Pero el hombre de alguna manera pudo reunir fuerzas y, para sorpresa de Samuel, logró pararse ante él. Aunque se encontraba tambaleante y desorientado, Samuel se dio cuenta de que un par de golpes no serían suficientes para derribarlo, así que tomó la escopeta con sus dos manos y la alzó. Recordó por un segundo sus continuas prácticas en artes marciales con las espadas y otras armas utilizadas en la disciplina oriental. La trayectoria de la escopeta la realizó con tal destreza y potencia que logró, rasgando el aire frente a él, estrellarla sobre el robusto cuerpo del cazador. El muchacho se movía veloz, serpenteando alrededor del cuerpo de Zenzo para evitar que este pudiera tomarlo por sorpresa. Cuando Zenzo intentó levantarse, en un esfuerzo casi sobrehumano, el muchacho le propinó un fuerte golpe en una de las piernas, lo que hizo que emitiera gritos de dolor y maldiciones a su atacante al tiempo que se movía de un costado al otro presionando sus manos en la pierna herida.

Tumbado a un costado, con tierra en la boca y tratando de recuperar el aliento, Zenzo sintió otro agudo y fuerte golpe en la cabeza, percibió por un instante un resplandor fugaz y perdió el conocimiento. Samuel, de inmediato, se dirigió hacia el prisionero para desatarlo, pero no pudo destrabar los nudos, por lo que volvió hasta el hombre sin sentido en el suelo para registrarlo.

En efecto, este llevaba en el cinturón una funda que contenía un filoso cuchillo. Volvió para cortar las ataduras y liberar, de una vez por todas, al prisionero.

—¡Rápido, tenemos que huir antes que despierte! —dijo Samuel mientras cortaba la soga.

—¡Gracias por lo que has hecho! —exclamó el momoy al tiempo que terminaba de retirar la soga de sus manos.

Emprendieron la huida. Samuel llevó la escopeta consigo hasta que a cierta distancia la arrojó entre la espesura de los matorrales. Ambos cruzaron corriendo un riachuelo para tratar de distraerlos y no dejar huellas. Luego tomaron el camino de vuelta hacia donde se habían encontrado la primera vez. Corrieron sin parar durante un largo trayecto con la certeza de que el cazador los seguiría al recuperarse. Además, su compañero aparecería en cualquier momento al ver que no había llegado con el prisionero al lugar acordado, y ambos emprenderían su cacería con una gran carga de furia y venganza circulando por sus venas. Corrieron sin parar a la velocidad que su resistencia les permitió.

Por unos minutos se detuvieron para tomar bocanadas de aire.

—Mi...mi nombre...es Da...Dag —dijo con voz extenuada el compañero de Samuel.

—Sa...Samuel es mi nombre —apenas pudo responder el joven Todd mientras buscaba, con apremio, llenar los pulmones de aire.

Como se lo esperaban, no habían transcurrido diez minutos cuando escucharon al cazador gritar a sus espaldas y a todo pulmón varios improperios. Sin duda alguna era un hombre con extraordinaria fortaleza. Sin embargo, la juventud de los que huían tuvo su recompensa y, poco a poco, aquellos gritos fueron alejándose.

Samuel, jadeando, con el habla entrecortada por el cansancio y la ansiedad por escapar, exclamó:

—¡Supongo que podremos encontrar algún lugar donde podamos escondernos!

—¡Sígueme, yo sé por dónde escapar! —respondió Dag.

Ambos corrían a la velocidad que se podían permitir, la ropa de Samuel estaba empapada de sudor, sus músculos comenzaban a resentirse por el gran esfuerzo y el corazón latía a un ritmo descontrolado, comenzando a producir un agudo dolor en su pecho. Dag, por su parte, esperaba encontrar en cualquier momento algún sendero conocido que se internara por un costado del camino entre los arbustos por donde seguir huyendo. Hasta que al fin apareció.

—¡Rápido, amigo! ¡Rápido!, ¡tomemos este camino! —exclamó Dag—. Ahora cada momento cuenta. ¡Date prisa o estaremos perdidos!

Huir, estar lo más alejados del cazador era para ellos, en ese momento, su único propósito. Sabían que si eran atrapados sus vidas estarían perdidas. Por un momento, una repentina niebla les sirvió de camuflaje, ayudándolos a perderse cada vez más de la vista de su perseguidor. Sin embargo, la enmarañada vegetación y la poca visibilidad, obligó a bajar la velocidad de ambos, oportunidad que aprovechó Samuel para recuperar el aire.

—Creo saber de un lugar seguro —dijo Dag, a la vez que tomaba impulso para treparse y observar desde una gran piedra en dirección a un pequeño sendero que se perdía entre los árboles.

—¡Sigamos!

Samuel se vio por un momento corriendo con desenfreno por el bosque detrás de una desconocida figura, sin saber dónde estaba. Ambos se desplazaban escabulléndose por entre lo más espeso de la vegetación volteando, en ocasiones y con temor en sus ojos, para cerciorarse de que no estuviesen siguiéndolos. Tenían que decidir cuáles serían sus próximos movimientos. Estaba ya oscureciendo y ambos perdían el rastro con frecuencia.

Por su parte, Dag sabía que no podría volver en compañía de su joven salvador, las leyes de su pueblo jamás permitirían que volviera a su hogar. En ese instante, Samuel reconoció parte del camino.

—¿Regresaremos por ahí? —preguntó Samuel señalando el camino hacia la casa de Horacio.

—No. Creo que es muy arriesgado, ellos deben estar rastreando esa zona —respondió Dag.

—Escucha, pienso que lo mejor es tomar por el mismo camino de la casa, ahí tengo unos amigos que pueden ayudarnos —insistió Samuel—. Debo volver antes de que mis abuelos y mi padre se inquieten por mi ausencia. Además, ellos pueden ayudarte y...

—Olvídalo —exclamó Dag, mientras apresuraba el paso hacia unos arbustos—. Dejemos de discutir, sea lo que sea, si alcanzamos la colina, estaremos seguros.

—Entonces, ¿para dónde iremos? —preguntó Samuel extenuado y con la voz entrecortada por la falta de aire.

—También conozco a unos amigos que pueden ayudarnos en este momento —respondió Dag, mientras desaparecía entre la verdosa espesura de la vegetación.

Samuel se sintió en ese momento con dudas de continuar o no con Dag. Desde donde se encontraba, se dio cuenta de que aún faltaba un trecho muy largo hasta la casa de Horacio y muy posiblemente los cazadores se encontraban en esa ruta. Fue entonces cuando decidió seguir al momoy.

Samuel y Dag recorrieron varios senderos internándose cada vez más en la espesura del bosque, por momentos la situación se les hacía difícil. Las ramas de los arbustos y las extensas matas de mora desgarraban la ropa de ambos, las espinas rasguñaban como garras afiladas. Al tiempo de haber emprendido su apresurada huida, llegaron a un pequeño claro donde Samuel se dejó caer extenuado.

—Mis pies se niegan a dar un paso más —exclamó.

—Tomaremos unos minutos de descanso —respondió Dag—. La neblina está comenzando a descender y pronto cubrirá el camino.

Mientras descansaban, el silencio volvió al bosque, solo se escuchaba el batir de las ramas en lo alto y el rumor de los arroyos que corrían no muy lejos de aquel lugar.

Samuel percibió un ruido entre los arbustos y, entre las sombras, por un instante, divisó la oscura y escalofriante forma de un enorme animal semejante a un caballo, sobre el que parecía cabalgar una extraña figura. Bastó aquella sorprendente y persuasiva escena para que se incorporara a toda prisa y ambos retomarán la brecha adentrándose de nuevo en la espesa maleza. Tenía la sensación de que aquella enorme sombra los seguía muy de cerca, aunque de vez en cuando echaba una mirada al solitario camino que dejaba a sus espaldas y no observaba a ninguna criatura siguiéndolos, sin embargo, escuchaba ruidos entre los arbustos y el sonido de maderas que se resquebrajaban de un lado a otro del sendero.

El tiempo corría implacable mientras Samuel y Dag se internaban cada vez más en el bosque. Ya por el este, comenzaban a formarse los albores de las primeras tinieblas que con lentitud lo ocuparían todo y al oeste, el cielo asomaba los últimos rayos de un sol poniente.

CAPÍTULO VIII

TESTIGOS OCULTOS DEL BOSQUE

Después de correr un largo trecho abriéndose paso entre la maleza, y seguros de que habían dejado muy atrás a los captores de Dag, llegaron hasta un pequeño claro rodeado de altos árboles. En esta época comenzaban a caer las hojas formando un manto uniforme sobre el cual cada paso se convertía en una experiencia algo placentera. Mientras a sus pies la alfombra de cientos de hojas secas crujían con cada movimiento que daban los pequeños fugitivos, sobre sus cabezas el viento rumoreaba entre las verdes copas de los altos y robustos árboles, en tanto el sol agonizaba tras la frondosidad del bosque para dar paso al negro velo de la noche.

En el claro había muchos caminos subrepticios que subían internándose en aquella colina, pero dos se definían con claridad.

Dag se detuvo por instantes para evaluar ambos senderos y con determinación tomó el de la izquierda. Al poco tiempo ambos tuvieron que disminuir la velocidad de su marcha, mientras sus ojos se adaptaban a la poca luminosidad que se difuminaba entre la arboleda, pues la densa oscuridad se apoderaba de cada centímetro de la senda que recorrían. Por suerte para Samuel, el pequeño Dag parecía no tener dificultad alguna para guiarse por el camino que cada vez lucía más oscuro.

Samuel recordó que en uno de los bolsillos de su chaqueta cargaba, junto a su teléfono móvil, una pequeña linterna. Su mano buscaba a tientas dentro de sus bolsillos sin quitar la vista de la espalda de su compañero. Sus dedos hallaron el artefacto encendiéndolo casi que en fracciones de segundo. Dag volteó de inmediato arrebatando de las manos del muchacho la pequeña linterna con el propósito de apagarla. Con gran molestia intentó hacerlo sin resultado, no conocía el mecanismo.

—Podrías apagar esta cosa, por favor —susurró Dag en tono de reproche regresando la linterna a su dueño.

—Pensé que nos podría ayudar —respondió Samuel un poco afectado por la agresiva actitud de su compañero.

—La luz podría delatarnos. Además, me oriento mejor sin ella. Sigamos adelante —concluyó Dag, reanudando la marcha a través del oscuro bosque.

La luna llena hizo su aparición con un resplandor como nunca antes, en su máxima plenitud. Sus radiantes destellos de luz alejaron el lúgubre juego de la oscuridad y de lo tenebroso, y para Samuel fue un gran momento de alivio. A pesar de haber tenido alguna experiencia en exploraciones y pequeñas incursiones en otras montañas junto a su abuelo, aquel recorrido, bajo la cúpula titilante de estrellas que acompañaban la estela luminosa de aquella luna especial, resultaba un fascinante escenario.

Más adelante, y a mayor altura en las colinas, llegaron a un recodo desde donde se divisaba una amplia llanura situada a los pies de la montaña. Desde allí, y gracias a la claridad de la noche, podían divisar el horizonte indicándoles la vastedad de aquel bosque.

Llegaron a un cinturón de maleza que descendía hasta una confusa masa de rocas. Toda esa ladera estaba sembrada de grandes piedras cubiertas, en su mayoría, por líquenes y musgo. El sonido de un arroyo cercano llenaba el aire con un zumbido constante. Ya apartados de la masa oscura de la arboleda, el sendero se mostraba mucho más claro en dirección al riachuelo. En ese momento, Samuel divisó una cueva muy cerca de ellos y comentó:

—¡Mira, una cueva! Podremos ocultarnos ahí.

—¡No! Las cuevas de las montañas nunca están vacías. En ellas podemos encontrar criaturas peligrosas —respondió Dag—, mejor sigamos.

Y así hicieron. Continuaron su trayecto hacia el arroyo hasta que ambos llegaron a la orilla.

—¿Es necesario atravesarlo? —Suspiró Samuel con cara dudosa e imaginándose la fría temperatura del agua—. ¿A qué distancia crees que estén tus amigos?

—No muy lejos —respondió Dag mientras se sentaba en una roca dispuesto a quitarse las zapatillas. Sin titubear, continuó—: Aquí debemos cruzar.

Samuel vaciló por un instante y volteó hacia atrás con la mirada pérdida en la oscuridad del bosque, se preguntaba de nuevo si habría tomado la decisión correcta.

—Ni lo pienses —comentó Dag intuyendo el pensamiento de Samuel—. Aquellos dos deben estar esperando que alguno de nosotros tome una decisión equivocada.

Samuel quedó paralizado en el borde mientras su nuevo compañero comenzaba la travesía por aquel cristalino y sereno arroyo. Observó con temor que el nivel del agua cubría por completo hasta más arriba de la cintura a su pequeño acompañante, pero al recordar su pequeña estatura se tranquilizó; Samuel sabía que el agua apenas llegaría más arriba de sus piernas. Al verse solitario en aquella orilla, reunió fuerzas y tomó la determinación de entrar al riachuelo.

Hundido en aquellas heladas aguas, le alarmaba la oscuridad de la selva y el impulso de regresar lo invadía, sobre todo cuando la luna se ocultaba tras alguna nube impidiéndole ver más allá de unos cuantos metros. Con lentitud, la blanca y desbordante luna se colaba a través de los cúmulos nocturnos en el cielo y penetraba de nuevo los abiertos claros del camino, haciéndole desistir.

Sus pies entumecidos por las gélidas aguas del arroyo le impedían desplazarse con soltura, al tiempo que sentía dolores cada vez más intensos al pisar el lecho de piedras sumergidas. Efectivamente, el agua le llegaba hasta un poco más abajo de la cintura, pero la fuerza de la corriente sumada a la irregularidad del fondo hacía el trayecto muy inestable. Al comienzo tuvo la sensación de que miles de agujas penetraban sus piernas hasta que llegó un momento en que no sintió sus extremidades. A pesar de tener las piernas casi dormidas por el intenso frío intentaba mantener el equilibrio, mientras sostenía un zapato en cada mano.

Cuando pensó que no podría dar un paso más por el intenso dolor en las plantas de sus pies percibió un brusco movimiento detrás de sí, giró su cabeza y observó la presencia de dos enormes sombras a su espalda. El miedo estremeció su cuerpo y sin darse cuenta llegó hasta la otra orilla en tres grandes zancadas, trepando con agilidad el borde del terreno. Dag yacía a un costado observando aquellas sombras agazapadas al margen del arroyo, era evidente que estaban saciando su necesidad de agua y no había señal alguna que indicara que tenían intención de cruzar. Sin embargo, le advirtió a Samuel, quien terminaba de colocarse de forma atropellada los calcetines y zapatillas, que debían acelerar el paso.

A la luz de la luna y de la tranquilidad después de salir de las aguas, las extrañas criaturas dejaron lucir su magnificencia: sus ramificados cuernos y su intenso color blanquecino. Samuel las observó con detalle sin hacer ningún movimiento y preguntándose: «Cómo puede este bosque albergar criaturas de color blanco, de hecho, nunca he tenido noticias de que existieran ciervos albinos, y paso horas informándome por internet». Sin duda alguna, se trataba de las mismas criaturas que había sentido a lo largo de todo el trayecto. Ambos animales lanzaron un resoplido como advirtiendo a sus observadores que debían continuar su camino. El momoy se encontraba tan sorprendido como lo estaba Samuel.

—Esos son burzkul —murmuró Dag casi imperceptible en el oído de su joven acompañante—. No es común verlos tan cerca y menos aún en estas tierras. Sigamos.

Dieron vuelta y se perdieron entre los pedruscos del sendero, internándose en las oscuras sombras del bosque. Sorprendido por aquel hermoso espectáculo Samuel quiso comentar lo sucedido cuando notó que Dag llevaba unos cuantos pasos adelantados.

Desde ese punto del recorrido, seguro tendría problemas para encontrar el camino de vuelta si decidiera regresar, aunque para ese momento ya su padre y los abuelos habrían deducido que algún incidente debía haberle ocurrido, porque nunca antes había permanecido a estas horas fuera de la cabaña. Entonces recordó que tenía su teléfono celular en uno de los bolsillos de la chaqueta que se había hundido de forma parcial en las aguas del arroyo, y entró en frustración cuando verificó que el dispositivo se había sumergido en el agua casi que por completo. Ofuscado por lo sucedido siguió con gran pesar por la senda, descartando con enojo la única posibilidad de contacto con su familia.

Continuaron su camino internándose entre los arbustos. Samuel tenía que apurar el paso de vez en cuando para no perder de vista a su enigmático guía de enorme sombrero, a causa de la enmarañada maleza en la cual se habían vuelto a internar. Al tiempo que avanzaban, los arbustos y matorrales iban desapareciendo para encontrarse con árboles muy altos y lo bastantes juntos como para llenar todo aquel escenario.

Poco a poco, el espacio entre los árboles empezó a ser cada vez mayor y la maleza cada vez más baja. El sendero, ahora libre del matorral, se mostraba iluminado, como invitando a recorrerlo y a dejarse llevar por donde la magia indicara. Ocultas entre las ramas, lechuzas, murciélagos y otras criaturas nocturnas emprendían la huida hacia la seguridad de otros rincones del bosque arbustivo. Solo podían observarlas cuando algunas cruzaban frente a la claridad de la luna delineando sus figuras y fantasmagóricas formas. De vez en cuando se asomaban grandes sombras que desaparecían enseguida, unas, voluminosas; otras, pequeñas, pero todas silenciosas, como si la sutileza fuera una orden y no emitir ruido, el propósito.

El tiempo había transcurrido de forma lenta para ambos, pero muy en especial para Samuel. Ya habían pasado más de dos horas, desde que escaparon de aquel campamento improvisado de los cazadores.

En lo más profundo y oscuro de aquel camino, mecidos en ocasiones por las fuertes ráfagas de viento, la senda los condujo hasta la silueta de un majestuoso árbol que apareció de repente. Delineado por el contraluz de la intensa luna se vislumbraba su grandioso tamaño, forjado por la intemperie y el tiempo. Un robusto y centenario árbol con sus fuertes raíces encorvadas proyectándose en la profundidad de la tierra, tan inmenso y tan viejo como los orígenes de las más antiguas historias de este bosque. Su descomunal tronco albergaba grandes y frondosas ramas que creaban un gran dosel en su copa, tan enorme que parecía un gigantesco paraguas. El más grande y largo que Samuel hubiese visto en todo el espeso bosque.

—Creo que ahora ya podremos utilizar la luz que llevas contigo —comentó Dag dirigiéndose a Samuel, y mientras echaba una detallada mirada al gigantesco árbol continuó—. Ya estamos fuera del alcance de aquellos hombres. Además, quiero estar seguro de algo, ¿puedes dirigir la luz hacia el árbol, muchacho?

—Samuel —respondió de inmediato—, mi nombre es Samuel.

El haz de luz dejó a la vista al gran y frondoso roble. En su grueso e inclinado tronco se evidenciaban las diversas y profundas cicatrices producidas por las garras de los animales que por años han trepado en él en búsqueda de refugio. Dag se acercó y se detuvo a escasos metros frente aquel robusto árbol y le indicó a Samuel que hiciera lo mismo.

—Kercus, ¡queremos hablar contigo, necesitamos de tu ayuda! —gritó Dag, mientras inclinaba la cabeza hacia arriba.

Samuel pensaba que su compañero tan solo recibiría como respuesta el eco del silencio de aquel sitio recóndito.

—¿Qué quieres? No es un buen momento —murmuró una gruesa voz en las alturas que retumbaba en todo aquel lugar.

—¿Qué acontecimiento te trae a ti y a tu amigo con tal urgencia cuando ya ha caído el manto de la noche? —resonó otra voz muy imponente frente a ellos, haciendo dirigir sus miradas hacia el grueso tronco del árbol.

Samuel se encontraba por completo desconcertado. A pesar de que las voces provenían de aquel viejo árbol, no podía ubicar con exactitud a las personas que se encontrarían ocultas en aquel coloso vegetal. Sin embargo, mantenía firme su linterna, con la luz dirigida hacia el tronco, atento a la aparición de cualquier criatura que allí estuviese escondida.

—¡Dile al humano que te acompaña que deje de apuntarme con la luz! —exclamó en forma de reproche la grave y profunda voz frente a ellos—. ¡Nos estás haciendo correr un gran riesgo al exponernos de esta manera! ¿Te has dado cuenta de que estás rompiendo las leyes del bosque?

En ese momento el gigantesco roble comenzó a mover sus ramas y dos enormes orificios a media altura del tronco se abrieron, al tiempo que dejaba al descubierto en su base algo así como un enorme hueco, parecido a un pequeño refugio, desde donde provenía una de aquellas inexplicables voces.

—¡Qué es esto! —susurró Samuel, que espantado retrocedió

y tropezó con una rama seca cayendo con estrépito al suelo—. ¡No puedo creerlo!

—Levántate y tranquilízate, Samuel, haz lo que yo te indique a partir de este momento —le ordenó Dag mientras lo ayudaba a incorporarse.

El joven Samuel, con una extraña sensación entre asombro y temor, no podía dar crédito a lo que estaba ante sus ojos. Una vez de pie, se colocó a un costado de Dag y volvió a dirigir la luz hacia el roble, mientras agarraba con su otra mano el hombro de su compañero. En medio del enorme tronco, la abertura comenzó a moverse con dificultad al ritmo de las palabras que provenían de la oscura cavidad.

Toda la superficie de aquel viejo árbol, sus canales, grietas y protuberancias comenzaron a definir un arrugado y viejo rostro, con unas profundas y redondas cuencas rodeadas por pliegos y surcos que sin duda alguna ocultaban sus ojos. Bajo una enorme y redonda nariz impregnada de nódulos, se hallaba su gran boca que llegaba hasta el suelo y que solo era capaz de mover por los bordes laterales dejando a la vista el sombrío agujero desde donde provenía la ronca voz.

—Ahora apaga la luz, rápido —susurró Dag mientras bajaba la mano de Samuel que sostenía la linterna—. No vayas a prenderla pase lo que pase.

—De acuerdo —respondió Samuel entre el asombro y el nerviosismo.

—¡Te agradezco que hayas quitado esa luz de mi rostro! —exclamó el roble.

Arriba, en lo alto de las robustas ramas, había una sombra aún más profunda, negra, sin forma definida, confusa; como agachada y oculta, pero llena de una fuerza salvaje y amenazadora. Con lentitud comenzó a bajar por las gruesas ramas que le proporcionaban un soporte seguro. No era más grande que los novillos que rondaban por la pradera, pero su indefinida figura sugería una inmensa y firme corpulencia. Al saltar y caer se escuchó un pesado crujido producido por las ramas secas y la alfombra de hojas marchitas. Samuel quedó paralizado cuando le pareció ver el reflejo de dos grandes, terribles y brillantes ojos.

—Creo que nos va a atacar —exclamó Samuel a la vez que hizo un intento por huir, acción que Dag evitó al instante, sujetándole del brazo con mucha fuerza.

—No te muevas, Samuel. No vayas a dar ni un paso más, el viejo Makubar debe cerciorarse primero de quiénes somos y ver si no representamos un peligro para ellos, su vista está fallando por la edad, pero puede acabar con nosotros de un solo zarpazo —aclaró en voz baja a su asustado compañero, mientras miraba los ojos de aquel amenazador animal.

La criatura, oculta en la densa sombra, avanzó por un lado en dirección a ellos emitiendo un constante gruñido. De manera pausada, aquella masa voluminosa salía del lóbrego manto dejando relucir un pardusco hocico junto a una enorme cabeza de oso. El denso pelaje de color negro cubría aquel voluminoso cuerpo con excepción de algunas franjas castañas que rodeaban su cuello, pecho y cabeza. La franja que salía de la parte inferior del hocico se bifurcaba justo entre sus ojos y terminaba con una especie de gracioso antifaz de color blanco que los rodeaba. Sus pequeños pero penetrantes ojos brillaban aún más bajo la luz de la luna. Aquella majestuosa criatura salió de las sombras con la boca entreabierta, dejando relucir los enormes e intimidantes colmillos. Parado a pocos pasos de distancia frente a ellos y con la mirada fija en los rostros de los pequeños visitantes, el oso de repente abrió sus fauces y se dirigió al pequeño Dag.

—Casi nunca han llegado tan lejos. ¿Por qué lo has traído? —preguntó Makubar mientras observaba con sus enormes ojos a Samuel.

—O tan cerca, depende de cómo lo mires —interrumpió el robusto Kercus, el roble

—¿Qué les trae a esta hora por estos dominios? Rara vez algún viajero se aventura en estos tiempos por este bosque —retumbó Makubar con voz grave, mientras olía de arriba abajo al sorprendido Samuel—, y, ¿quién es este? claramente no pertenece a tu pueblo —añadió.

Samuel no podía dar crédito a lo que estaba sucediendo frente a sus ojos: un viejo oso y un árbol parlante. Reconoció de inmediato que tal animal pertenecía a los andinos llamados de antifaz o frontinos, ya casi extintos en esta parte de los Andes. Recordó a su pequeño oso de madera que lo acompañó desde la infancia sobre aquella mesa en su cuarto.

—Me llamo Samuel y nos persiguen unos cazadores —exclamó con nerviosismo saliendo de su estupor, al tiempo que no perdía de vista al enorme oso que daba vueltas alrededor de ellos—. Él cayó en una trampa y fue apresado por esos hombres. Pude seguirlos hasta donde lo tenían en cautiverio y logré liberarlo. Luego escapamos internándonos en el bosque, pero él no quería que lo llevara hasta la cabaña de mi padre. Fue cuando me dijo que sabía quién podría ayudarnos, y llegamos hasta acá.

—Así es, de no ser por él, no sé qué sería de mí en este momento —afirmó Dag.

—¿Y qué pasó con sus perseguidores? —preguntó el viejo árbol mientras observaba con sigilo el oscuro horizonte.

—Los hemos dejado muy atrás, de eso estamos seguros —respondió, presuroso, Dag, con la intención de calmar un poco al robusto roble y su fiel y peludo amigo.

Kercus y Makubar no comprendían cómo su pequeño amigo terminó cayendo en manos de los humanos ni por qué estaba tan alejado de las tierras de Árminas.

—Si mi memoria no me engaña, tu eres Dag, el hijo de Rosen, ¿cierto? —preguntó Makubar.

—Así es —afirmó el momoy.

—Vaya que te has metido en menudo embrollo, mi pequeño amigo

—afirmó Makubar—, y creo que has arrastrado a este muchacho a un problema quizás mayor, si Roin y los guardianes del bosque llegan a toparse con ustedes.

Las palabras de Makubar inquietaron a Samuel quien se volvió hacia Dag con una mirada de sorpresa y esperando tener respuesta con respecto al comentario del fantástico oso.

—Una vez estando a salvo, pensaba comentarte al respecto —respondió Dag mirando a los ojos de su compañero, al tiempo que se quitaba el enorme sombrero para rascarse la cabeza.

—Parece que esta noche será una de las más largas que habremos pasado desde hace mucho tiempo —comentó el viejo roble a su amigo Makubar—, tenemos que tomar precauciones por si esos cazadores encuentran sus huellas y dan con este lugar.

—Es cierto, voy a dar el aviso a los vigilantes nocturnos de la zona. Ustedes deben ocultarse en la seguridad de las alturas de Kercus. Arriba hay suficiente espacio para que puedan descansar y pensar cuál será su siguiente paso. Mañana les auguro un día como el que nunca se han imaginado —intervino Makubar observando directo a los ojos de Samuel.

El oso frontino les dio la espalda y desapareció en la oscuridad de la noche.

—No se preocupen —respondió Dag con tono de tranquilidad al ver que sus amigos aceptaron resguárdalos de sus perseguidores y de la oscuridad del bosque—, mañana al aparecer los primeros rayos del sol proseguiremos nuestro camino.

—Suban de inmediato. Mañana será otro día. ¡Bienvenidos! —murmuró el robusto árbol, al tiempo que los pequeños huéspedes se disponían a trepar sus ramas—. Lo importante es que amanecerán entre amigos.

—Gracias —respondieron los dos, al mismo tiempo.

El árbol desplegaba sobre ellos sus gruesas ramas que iba situando a conveniencia de los escaladores. Podrían llegar hasta la copa del árbol si se lo propusieran. Ambos treparon hacia arriba con tal rapidez que pronto perdieron la vista del suelo.

Durante el trayecto, Samuel se topó con grandes nidos hechos por ramas dobladas y rotas. Encendió la luz de su linterna para cerciorarse de que no cometía algún error en el ascenso. Al ver los montículos de hojas y yerbas aplanadas reunidas en las ramas más gruesas recordó aquella ocasión cuando hizo un trabajo de investigación para la escuela sobre los osos andinos, donde se mencionaba acerca de estos; las llaman *encames* y son utilizadas por esta especie de osos para su descanso e incluso, para criar.

Fue difícil pasar por este entramado vegetal ya que no tenían la menor intención de estropear y hacer caer ninguno de los nidos.

—Vaya, nunca me hubiese imaginado estar entre nidos de osos frontinos —murmuró Samuel, mientras pensaba que era una ingeniosa solución para poder descansar sobre esas duras ramas

—Esta habilidad es única de nuestro linaje —respondió Makubar sorprendiendo a ambos invitados por la rapidez con la que regresó del bosque y los alcanzó en la cima del roble—. Es una habilidad que en los osos de estas tierras se ha trasmitido de generación en generación desde los orígenes de su nuestra raza.

Ambos jóvenes llegaron hasta un enorme encame y decidieron que era el lugar más indicado para descansar. Samuel apagó la linterna mientras se recostaba sobre sus posaderas, sentía cómo su cuerpo comenzaba a dar signos de cansancio. La luz de la luna bañaba con una tenue tonalidad blanco-azulada aquel paisaje, y en algunas gotas posadas sobre las grandes hojas podía verse reflejada con más brillo, obsequiándole un toque enigmático a la noche que conmovía por la quietud y belleza, haciendo olvidar la razón por la cual habían llegado a ese lugar.

—Puedo observar que tienes una gran virtud, muchacho —repuso el oso con su firme voz—. Admiro a quienes son capaces de sentir la belleza y la magia del bosque, aun estando en medio de las fatalidades.

Aunque sospecho que no tienes idea del peligro que te espera si sigues en compañía de nuestro amigo Dag, momoy de Árminas —finalizó Makubar mientras asumía una cómoda posición en una de las ramas y sobre un gran encame—. Estaré vigilando por si alguien decide llegar hasta acá y si están hambrientos, un par de ramas más arriba podrán encontrar alguna delicia de mi despensa personal.

Samuel entró en profunda sorpresa en ese momento al darse cuenta de que todo ese tiempo había estado en compañía de un momoy.

—Entonces la leyenda es real...

—¿A qué te refieres? — preguntó Dag

—Ustedes, los momoy. ¡Realmente existen! —exclamó, dejando escapar una leve sonrisa y mostrando emoción ante lo que recién descubría.

Dag afirmó con su cabeza sin emitir palabra alguna. Por un momento, y entre penumbras, Samuel sentía un torbellino de emociones. No dejaba de pensar en todo lo fantástico que había experimentado y conocido en las últimas horas, incluso, el ir más allá de sus propios límites, cuando se enfrentó al temible cazador. Sintió como si sobre ese manto verde que los protegía en las alturas, el tiempo estuviese detenido. El ambiente a su alrededor estaba inmerso en una extrema quietud. A lo lejos se distinguía un grupo de pequeñas luces que flotaban entre los árboles, subiendo y bajando gracias a la brisa que las mecía, al tiempo que rozaban las hojas, hierbas y ramas de los alrededores.

En ese momento sintió la mirada de Dag sobre él.

—Era yo —murmuró Dag, casi imperceptible.

—¿Qué? —dijo Samuel, quien volteó su cabeza de inmediato para encontrarse con la mirada del momoy.

—He sido yo quien te ha seguido todos estos días en el bosque —respondió en voz baja.

—Fuiste también quien me arrojó la rama aquella mañana en la colina, ¿cierto?

Dag bajó la mirada y se quedó por un momento observando el lecho de hojas bajo sus piernas, mientras esbozaba una sonrisa.

—Yo... yo me divertí mucho viendo tu cara de terror —dijo Dag mientras se rascaba la cabeza y le sonreía.

—Pues a mí no me hizo ninguna gracia. Casi se me salía el corazón del susto.

En ese momento, Samuel volvió la mirada al horizonte cuando observó con extrañeza un par de luces que se movían a voluntad a lo lejos, contrarias al viento, y que recorrían de manera caprichosa cada rincón de aquel extenso manto oscuro que se encontraba allá abajo, al pie del bosque. Esto le hizo pensar que podrían ser luciérnagas en su cotidiano recorrido del lugar, pero dos de las pequeñas luces comenzaron a elevarse hasta llegar a las ramas donde ellos se encontraban y, para su sorpresa, las luciérnagas no eran sino dos hermosas y graciosas hadas. Ante la vista de estos seres quedó mudo e inmóvil, mirando con fijeza aquellas magníficas figuras femeninas que flotaban frente a ellos.

—¡Dag! —gritaron al unísono las dos pequeñas figuras aladas.

—¡Fayette!, ¡Tenanye!, no saben lo feliz que estoy de verlas. ¡Acérquense!

—¿Dónde has estado? Todo Árminas te está buscando —exclamó una de las hadas.

—Samuel, ellas son Tenanye y Fayette, mis más preciadas amigas —indicó Dag con orgullo, mientras las pequeñas y brillantes hadas abrían con sorpresa sus ojos al ver a Samuel, quien también se encontraba por completo desconcertado, a tal punto que no pudo ni presentarse.

Fayette se acercó e iluminó el petrificado rostro de Samuel con una asombrosa velocidad. Nunca había tenido la ocasión de estar tan cerca de un humano, por lo que no dejaría escapar esta oportunidad.

Aquella pequeña figura de extraordinaria cabellera plateada, como la luz más intensa de la luna, tenía una delicada y pálida piel, un rostro de extremada belleza y un coqueto y ceñido ropaje de color verde. Gracias a este color podía mimetizarse a la perfección entre las hojas y en cualquier rincón que la naturaleza le proporcionara. Sus rápidos movimientos alrededor de Samuel no dejaban duda alguna de que se trataba de una juguetona y muy traviesa criatura. Por su parte, Tenanye tenía una corta cabellera negra que rodeaba unos rasgos faciales encantadores, con una perfección envidiable y una tez blanquecina, envuelta como en una especie de túnica blanca que definía la silueta perfecta de su pequeño cuerpo. Ambas tenían unos llamativos ojos negros que hipnotizarían a cualquier persona con tan solo verlos por un segundo. Contraria a Fayette, la pequeña hada de cabellera de un intenso color negro, era más reservada ante la presencia de Samuel, haciendo menos movimientos que su compañera alada.

Ambas hadas, a pesar de estar sorprendidas por la presencia del joven humano, demostraban con su actitud la alegría y gran tranquilidad que les producía haber encontrado a Dag en lo alto del viejo Kercus y bajo la protección de Makubar, pero, a la vez, revelaban su preocupación por lo sucedido con el reclamo severo y enérgico de Tenanye, quien comenzó a informarle a Dag sobre noticias nada alentadoras provenientes de Árminas.

—Has causado un revuelo en el poblado y en algunos rincones del bosque desde esta tarde. Isil está muy inquieta al igual que tu padre —le dijo Tenanye mientras observaba la reacción de preocupación del joven Dag.

—No pueden ver a Samuel —exclamó el momoy—. ¡Tienen que ayudarme¡

En ese momento Fayette dejó de inspeccionar a Samuel y se detuvo delante de Dag.

—Sabes muy bien que no podemos intervenir en situaciones donde los humanos están involucrados, Dag.

—Pero tú tienes el poder precisamente para ayudarnos, Fayette. ¿Quién mejor que tú?

—¡Ni lo pienses, Dag! —intervino enérgicamente Tenanye—. Si la reina Mebd se entera de que su hija ayudó a escapar a un humano que se ha enterado de nuestra existencia, nos castigarían de por vida. Además, soy la responsable de cuidar a Fayette y de los actos que ella cometa, por lo que todo el peso del castigo caería en mí.

—¡Sabes que yo nunca dejaría que eso ocurriera, Tenanye! —interrumpió Fayette.

—De acuerdo, ya mañana se nos ocurrirá alguna solución —dijo Dag tratando de calmar a sus pequeñas amigas.

—Roin ya ordenó al jefe Balakur organizar un grupo de búsqueda, el cual, y para suerte de ustedes dos, se dirige hacia el otro lado de la serranía, hacia el poblado del tercer mundo.

—¿Poblado del tercer mundo? —preguntó Samuel

—Sí, los poblados de la tierra de los hombres, esta misma dimensión. Es allí donde tú vives —respondió Tenanye.

—¿Y hay otras dimensiones? —volvió a indagar, muy atraído por la información, el joven Todd.

—Así es. Muchas. Nosotras y Dag por ejemplo, así como incontables criaturas del bosque, pertenecemos a otra dimensión —respondió Tenanye.

—Y, ¿cómo logran llegar hasta la nuestra? —preguntó Samuel.

—Pocos tenemos ese privilegio. Somos contados los seres que tenemos el poder de movernos entre dimensiones —aclaró Fayette.

—Además, existen numerosos portales dimensionales —agregó Dag—. Es por estos portales que nosotros los momoys podemos ir de una dimensión a otra.

Samuel no podía dar crédito a lo que estaba escuchando. Sintió por un instante que todo lo que estaba viviendo sobrepasaba su entendimiento, era demasiado para él. Por un momento llegó a pensar que estaba soñando. Pero no, sabía que estaba más despierto que nunca.

—¿Qué te ocurrió, Dag?, ¿por qué estás tan lejos?, y ¿cómo es posible que hayas traído a Samuel hasta acá? —preguntó la inquieta Fayette, mientras mantenía el vuelo estable frente al rostro de Dag.

—Estaba tras el rastro de Dorgen cuando dos cazadores me sorprendieron. Pero no pude averiguar su paradero —respondió Dag—. Sin embargo, ahora estoy seguro de que él está detrás de algo importante. Algo que sé que podría afectarnos a todos de alguna manera.

En ese momento las dos hadas se posaron sobre las hojas y prestaron atención al relato de Dag.

—Te he dicho que es muy peligroso que estés tras él, no es de fiar y menos aún que incursiones tú solo y sin tener protección en el tercer mundo, tratando de averiguar el porqué de sus frecuentes visitas a esta tierra de los hombres —exclamó Tenanye.

—Lo sé —respondió con voz afligida—. Hoy Samuel salvó mí vida, escapé de un destino incierto. Fui capturado por unos cazadores del mundo de los hombres que pretendían llevarme ante Dorgen. Él les ofreció oro por mi captura, y al parecer por Samuel también.

Al escuchar esas palabras, Samuel volteó hacia Dag sin comprender lo que había dicho con respecto a los cazadores y su persona.

—¿Qué quieres decir con eso? —preguntó Samuel.

—¿Pero no lo entiendo? —inquirió Tenanye al mismo tiempo y tan sorprendida como Samuel —¿Qué tiene que ver Samuel con Dorgen o contigo?

—No lo sé. Pero Samuel es un chico muy valiente y evitó que me hicieran daño o algo peor —respondió Dag, mientras miraba con admiración a su nuevo amigo.

—¿Qué podría ser peor? —preguntó ingenuamente Makubar, quien escuchaba en silencio toda la conversación unas ramas más abajo.

—Que me asesinaran como hicieron con Muki. Pero aún no puedo encontrar ninguna evidencia que lo delate a él o a su plan.

—¿De qué plan hablas, muchacho? —preguntó de nuevo el oso.

—No lo sé, pero estoy seguro de que se trae algo entre manos. Lo he observado todas estas semanas recorriendo ambas dimensiones y sé que algo está tramando junto con sus secuaces. Sabemos que Pheranto asesinó a Muki, pero nadie me quita de la cabeza que fue Dorgen quien planificó todo.

Tras esas palabras las hadas se llevaron sus diminutas manos a sus caras reflejando el horror en sus rostros.

—Ha producido una gran consternación, en todos los habitantes de Árminas, la muerte del jefe Muki. Jamás había ocurrido algo semejante —intervino en ese momento Makubar.

—Ambos pudimos escapar y para evitar caer de nuevo en las manos de alguno de ellos, decidí llegar hasta los dominios de Makubar y resguardarnos en nuestro gran amigo Kercus —explicó Dag mientras sus aladas amigas observaban a Samuel de arriba abajo, con detenimiento y admiración.

Dag seguía narrando a sus amigas lo que le había sucedido ese día, mientras que Samuel, sin salir de su mutismo por aquella sorprendente historia que contaba su nuevo amigo, escuchaba con atención lo que respondían las pequeñas voces. El joven momoy les indicaba con las manos que se tranquilizaran. Eran muchas las preguntas que bullían por la mente del joven, sin embargo, las palabras parecían no poder salir de su boca. Un torbellino de pensamientos impedía ordenar con claridad sus ideas. Además, no salía tampoco del asombro de tener ante él las fabulosas criaturas aladas que, en definitiva, pertenecían en ese momento más a la realidad que a las fábulas.

De repente Fayette y Tenanye se elevaron hasta el rostro de Samuel.

—Siempre te estaremos agradecidas, querido Samuel, por haber salvado a nuestro amado Dag —dijeron en una sola voz.

—Además, sé que Isil y Rosen también te lo agradecerán eternamente —añadió Fayette al tiempo que se acercaba a una de sus mejillas para darle un beso. Samuel se mantuvo en su lugar inmóvil sintiendo el aleteo y la diminuta frescura de los labios de Fayette en su piel.

Poco a poco la razón fue apartando las fantásticas impresiones de aquellas criaturas mágicas que embriagaban el juicio de Samuel. Con gran esfuerzo pudo salir de aquel estado hipnótico para por fin intervenir de nuevo.

—¿Son ustedes unas hadas? —preguntó de forma tímida el joven, reflejando una exagerada expresión de asombro en su rostro, logrando desviar por un tiempo el tema que ellos tres estaban discutiendo.

En ese momento la pequeña Fayette volvió a acercarse al rostro de Samuel, esta vez hacia su perfilada nariz, tocándolo con suavidad. Samuel sintió como una corriente que recorrió su rostro cuando la diminuta mano de la alada figura tocó su piel.

—Así es, querido Samuel. Es como ustedes nos han llamado desde hace mucho mucho tiempo —respondió Fayette.

—Pensé que ustedes eran tan solo criaturas imaginarias de cuentos de niños.

—¡Pues ya ves que no! —exclamó Tenanye, mientras colocaba ambas manos en su cintura y se acercaba más al joven del tercer mundo—. Si en tu corazón albergas así sea un diminuto sentimiento oscuro, rencor o escepticismo es indudable, querido Samuel, que jamás ni tú, ni ninguno de tu raza, podrá ver a alguna de nosotras.

—Debes saber que hay otras maneras de hacerte amigo de nosotras —dijo Fayette volando alrededor de Samuel—, y conviene que las conozcas, de preferencia las cosas que nos agradan.

—Pero ten cuidado con algunas hadas, mi estimado Samuel —interrumpió Dag—, sobre todo si comienzan a demostrar mucha hospitalidad de buenas a primera, con tan solo hacerte probar algo de comer, podrías perder la memoria y deambular por el bosque para siempre.

—¡Vamos, Dag!, eso tan solo ha ocurrido cuando hemos encontrado criaturas con malas intenciones —respondió Fayette con tono de picardía—. Para que conozcas algo más de nosotras, te diremos que nos encanta celebrar nuestros rituales anuales y bailar en claros del bosque donde los rayos de la luna bañan con su luz plateada todo el lugar.

—¿Es cierto que ustedes visitan las casas de algunos poblados de nuestro mundo? —preguntó Samuel.

—Bueno, la verdad nos gusta espiar a los músicos y extraer los sonidos de sus instrumentos. ¿Tienes alguno? —preguntó la pequeña hada.

—No, pero tengo este teléfono que tiene miles de canciones, aunque sospecho que se dañó cuando crucé el arroyo —respondió Samuel tratando de encender su móvil en vano—. Lo siento, creo que no funcionará.

—¡Esta cajita musical!, la he visto antes, en mis incursiones a los poblados del tercer mundo —exclamó Fayette con una gran sonrisa en su rostro—. Siempre he querido tener una y saber cómo funciona, pero Tenanye no me lo permite.

—Puedes quedarte con la mía, pero no servirá de nada en el estado en que se encuentra —dijo Samuel mientras estiraba la mano para ofrecer el teléfono móvil a su nueva amiga.

—¿De veras puedo quedármela? —preguntó con sorpresa Fayette mientras miraba a Tenanye.

—Seguro, quizás puedas arreglarla, pero hay un detalle, debes cargarla de vez en cuando con electricidad, para que pueda funcionar.

—Descuida, amigo —intervino Dag—, cuando de arreglar y de generar energía se trata, estas pequeñas amigas son expertas; pueden hacerlo con sus pequeñas varas cada vez que se les antoje.

—Pues entonces, problema resuelto. Es tuyo, Fayette, pero es algo grande y pesado para que lo cargues —dijo Samuel mientras su alada amiga reflejaba gran sorpresa y alegría en su rostro.

—Eso no es problema... lo puedo reducir de tamaño o yo hacerme más grande.

—¿Pueden hacer eso? —preguntó Samuel.

—Así es, tenemos la capacidad de variar. Solemos elegir estas pequeñas dimensiones por nuestra seguridad, además de que nos ayuda a concentrar por más tiempo nuestro poder ya que nos cuesta mucha energía y esfuerzo mantener un tamaño mayor. Cualquiera de nosotras, sin importar nuestra estatura, es más fuerte que cualquier humano u otra criatura de ambos mundos, pero nuestra naturaleza nos impide causar daño a cualquier ser vivo, a no ser que nos veamos en peligro o se nos ordene para castigar las faltas graves cometidas por alguno de los habitantes del bosque.

—Nuestro mundo es muy amplio, Samuel —intervino Tenanye—. Somos muchas razas, pero todas estamos relacionadas con los elementos que conforman la naturaleza. Nos gusta cuidar en especial a los árboles. ¡Son nuestras moradas predilectas! Nos ofrecen refugio y abrigo. Árboles como Kercus, por ejemplo, son sagrados para nosotras, en su interior nos sentimos seguras... como ahora. Te sorprendería saber la cantidad que somos, habitando en muchos de los árboles que pueblan este planeta.

—Esta conversación me puso hambrienta —exclamó Fayette, quien hizo aparecer de la nada una bolsa de la que sacó algunas galletas con miel y un tarro de leche—. Esto lo tomé prestado de una cabaña que estaba en la ruta donde te buscábamos, Dag.

—Siempre tomando golosinas ajenas, Fayette —comentó Dag, mientras reía y tomaba una galleta.

—Bueno, es nuestra debilidad —respondió la encantadora hada, quien ofrecía el pequeño refrigerio a sus amigos.

—Algún día te invitaré a una de nuestras grandes reuniones, Samuel —dijo Fayette mientras tomaba un sorbo de leche.

—Si te refieres a los círculos de danza, no veo como podrá estar ahí, Fayette —exclamó incrédula Tenanye.

—Sería maravilloso mostrártelos algún día —continuó Fayette—. En estas danzas brincamos y bailamos. Nos vestimos con trajes de color azul celeste, especiales para la ocasión. Nuestras alas se mueven sincronizadas y al ritmo de la melodía, mientras bailamos en un gran círculo tomadas de la mano. En ese momento nuestra energía, fundida en una gran ronda, hace florecer y reverdecer las plantas a nuestro alrededor. Emanamos una gran fuerza renovadora en forma de chispas plateadas y formamos auras de enorme esplendor que nos cubren a todas.

—¡Suena fascinante! —exclamó Samuel con sus ojos bien abiertos.

—Y lo es —dijo Tenanye—. Es una de nuestras danzas predilectas, la llamamos el Círculo de la Vida. Con esta danza hilamos el tejido de la vida, donde cada hilo es una existencia; y cada vida, rueda; y rueda al ritmo de la danza y la melodía. De este modo nuestro baile se convierte en un ritual que debemos realizar cada cierto tiempo, para que el mundo y la naturaleza continúen vivos.

—¿Es como regenerar la energía de la tierra? —preguntó Samuel.

—¡Exacto! —exclamó Tenanye con agradable sorpresa al ver que aquel muchacho comprendía cada detalle de su explicación.

—Quienes hemos tenido la oportunidad de ver esa danza, jamás hemos podido olvidarla, ni tampoco la fascinante melodía que la acompaña —agregó Dag.

—Quién sabe... quizás podríamos invitarte para el próximo encuentro —dijo Tenanye—. Al fin y al cabo, le has salvado la vida a un miembro de nuestro bosque. Y eso podría darte el privilegio de asistir.

Samuel quedó complacido ante las palabras de Tenanye, imaginándose estar en algún lugar del vasto bosque observando boquiabierto aquel fantástico encuentro, nunca visto por ningún ser humano. Un pensamiento inquietó de inmediato al joven Todd.

—¿Dag, a que se refería Makubar cuando comentó que yo corría peligro mientras estuviera contigo? —preguntó en voz alta y firme a la vez que dirigía su mirada hacia su amigo momoy—. ¿Y quién es Roin?

—Samuel —dijo Dag acercándosele mientras las dos hadas se posaban entre la hojarasca disminuyendo la intensidad de sus mágicas luces, hasta dejar una tenue iluminación que solo permitía verse los rostros en la oscuridad del dosel—, el bosque es un lugar que alberga diversas criaturas: grandes y pequeñas; pacíficas y peligrosas; incluso, hay unas que no están presentes en el plano físico, pero sí sus espíritus, y son tan poderosas como cualquier magia que se conozca. Por eso es un territorio donde debe tenerse mucho cuidado al entrar, en especial los humanos. Somos muchos seres los que habitamos en estos bosques y cuidamos de ellos.

»Existen hadas como Fayette y Tenanye, así como duendes, ninfas y gnomos, además de grandes animales e insectos mágicos. También están los trolls...

—¿Trolls? ¿Qué rayos es eso? —inquirió Samuel.

—Pheranto es un troll —señaló Dag.

—Pensé que te referías a un momoy cuando hablaste de él.

—Los trolls son criaturas que jamás desearías encontrar, tan solo hablar de ellos te quitaría el sueño por un buen tiempo —continuó Dag—. En verdad, hasta me da nervios con solo mencionar su nombre. Mejor cambiamos de tema y te cuento sobre los seres que más veneramos en nuestra tierra, los espíritus del agua, ellos están en cada pozo, laguna o arroyo. A ellos acuden los venerables para pedir consejos cada cierto tiempo. Esta noche tuvimos la bendición del bosque de habernos topado con los burzkul, ¿recuerdas a aquella criatura blanca en la orilla del arroyo?

—¿Te refieres al ciervo blanco que vimos atrás?

—Exacto —respondió Dag—. Ellos son criaturas místicas que habitan en la región de Núrisil.

—¿Querrás decir de Mérida? —interrumpió Samuel.

—Bueno, es el nombre que le dan en tu mundo, en el nuestro, esta es la región de Núrisil —aclaró Dag continuando con la explicación—. Incluso para nosotros, los momoys, es un privilegio estar cerca de estos mágicos animales cuidadores de la naturaleza y de la esencia del bosque.

Mientras Dag narraba concentrado, las pequeñas caras de ambas hadas reflejaban sorpresa ya que los burzkul jamás se mostraban ante ningún humano, por lo que dedujeron que Samuel, con seguridad, debía ser una persona con una misión muy especial.

—Momoys... Mi padre y Horacio me han hablado de ustedes. Pero pensé que eran tan solo cuentos de niños, o de los campesinos de esta zona. ¿Son ustedes alguna clase de duendes? —preguntó Samuel tratando de indagar más a profundidad—. Dicen que los duendes de forma corriente conviven con las personas en casas viejas y en especial en los rincones ocultos de sótanos y desvanes.

—La ignorancia solo produce confusión. Las personas de tu mundo llenan su desconcierto con retazos de fantasías —exclamó molesto el pequeño Dag—. Nosotros no somos duendes y, por favor, no vuelvas a confundirte, aunque todos compartimos nuestras vidas en estos bosques, pertenecemos a razas y comunidades muy distintas.

»Los duendes, por ejemplo, son criaturas muy básicas, manejan con descaro la magia y sí, son muy colaboradores cuando acudimos a ellos por ayuda, pero, por otra parte, son muy temperamentales —continuó explicando el pequeño momoy—. Los duendes no arreglan las cosas porque quieren ayudar a otras criaturas o personas, lo hacen porque les resulta divertido. Hoy podrían estar junto a nosotros muy alegres y juguetones y hacernos reír con sus bromas, y al poco tiempo pueden disgustarse hasta volverse hostiles, y en muchos casos violentos, sin que se perciba una razón para ello —explicaba Dag, mientras observaba a su alrededor, desde la rama que les ofrecía cobijo y protección, para cerciorarse de que nadie más lo escuchaba.

»Yo prefiero mantenerme al margen cuando los veo llegar a Árminas o me los tropiezo en algún lugar del bosque. Sé, por los relatos que ellos mismos cuentan en nuestras reuniones, que existen personas de tu mundo con las que han tenido contacto, incluso hay algunos que bajan de las montañas y llegan hasta los poblados para mezclarse con los habitantes participando de sus celebraciones y diversiones. También nos han contado que en algunos casos han mantenido un nivel de comunicación permanente y de buen talante, pero en otros se han producido situaciones que terminaron en desastre.

—¡Jamás me imaginé algo así! —replicó Samuel preocupado, pues se preguntaba cómo iba a diferenciar físicamente a un duende de un momoy, pero prefirió no insistir y escuchar a Dag.

—Lo mejor es que tengas mucho cuidado pues los duendes suelen acosar a cualquier criatura a niveles inimaginables si cometen el menor error hacia ellos —recalcó Dag, recostándose en la hojarasca y cruzando sus brazos fortachones detrás de la cabeza para darse apoyo.

—Dag pertenece a los momoys —aclaró con una dulce voz la pequeña Fayette—. Son los pobladores más importantes del bosque en esta parte del planeta.

—Háblame de ustedes, los momoys y de Roin —insistió Samuel.

—Nosotros llevamos en estas serranías andinas desde que se escribió la historia de tu civilización —continuó Dag incorporándose nuevamente—. Tenemos la posibilidad de viajar entre ambas dimensiones a nuestro antojo, lo que es un privilegio porque no todas las criaturas del bosque están autorizadas, ni tienen la facultad para hacerlo.

»Nuestro pueblo se llama Árminas, se encuentra al otro lado de este bosque, pero debes cruzar el portal dimensional para poder llegar hasta él. Árminas ha mantenido sus tradiciones a través de los siglos y está conformado por siete grandes familias, cada una de las cuales cumple una importante función desde el principio de los tiempos de nuestros linajes. Por ejemplo, el clan de los Abardam, ha sido el de los guardianes de los bosques. Su casta ha contado con grandes guerreros y su enorme responsabilidad es el resguardo, no solo de nuestra aldea, sino de todo el bosque de Núrisil y cada criatura que en él habita. Yo pertenezco al clan de los Abardam, como lo ha sido mi padre y lo fue su padre y todos mis ancestros.

—¿Y eso de los clanes y los linajes es importante?

—¡Claro! En tus raíces está tu fortaleza, tu misión y lo que serás. Yo me siento muy orgulloso de ser Dag, de los Abardam —dijo en tono arrogante.

—Humm... Eso sí es un problema. Yo soy Samuel de los Todd, y aunque hay un tapiz con el escudo de la familia no sé para qué sirve. Mejor cuéntame ¿Cuáles son los otros linajes de tu pueblo?

—Está el clan de los Vorvagor, cuya labor es cosechar los alimentos proveyendo, de manera constante, todos los requerimientos de Árminas. El clan de los Brór, encargado de tranzar los productos de interés con otros pueblos y son los administradores de nuestros *iarkris*, allí acudimos para proveernos de víveres y productos de nuestros cultivos y de otros provenientes de las demás poblaciones de la región. El clan de los Vélanthir, que es el de los carpinteros que construyen y rediseñan nuestros hogares y todas las estancias que conforman nuestro pueblo; así como muchos de los utensilios y artefactos que utilizamos a diario. Este clan es el responsable de mantener en excelente estado el pueblo de Árminas.

»También está el clan de los Nímirzor, el de los grandes druidas o chamanes que manejan los secretos y misterios de la magia y las fuerzas ocultas de los bosques. El clan de los Mordreg, el de los grandes mineros que trabajan día y noche para obtener nuestras piedras preciosas y metales. Este clan se ocupa de la vida mineral. Los mineros que lo conforman buscan y trabajan los metales y rocas. Fabrican las armas para los guardianes del bosque, utensilios metálicos para el uso cotidiano e incluso las joyas que obtienen con la fundición de metales dorados y plateados junto con piedras de intensos colores y brillos. Debido a la naturaleza de su trabajo se vuelven un tanto solitarios y desconfiados ya que su función es delicada: resguardan con celo los tesoros de Árminas.

—¿Y no hay jefes en tu aldea?

—Claro que los hay, muchos, entre ellos Roin, nuestro gran jefe civil. Él pertenece al linaje del clan de los Felagund, de la alta casta de los grandes jefes y miembros del Consejo de los Venerables. Su sabiduría para mantener el equilibrio entre nuestro pueblo y en el manejo de los recursos, es milenaria. A ellos les debemos nuestra organización y seguridad como comunidad e incluso la posibilidad de convivencia con las criaturas de este bosque, aquellas que ustedes conocen y otras que no permiten ser vistas por ustedes, las que viven entre ambas dimensiones.

»Muchas de las personas de tu mundo —continuaba Dag— nos creen seres malvados ya que se han dado casos de gente que ha desaparecido en las zonas más profundas del bosque. Lo cierto es que incontables moradores de estos parajes pueden hacer desaparecer a cualquier criatura de tu mundo. Nosotros no podemos permitir que nuestra aldea o los demás refugios de los seres que habitamos en estas serranías caigan en manos de gentes de tu civilización gobernadas por la envidia, la ira y el odio...

—¡Espera, Dag! No todas las personas son así. Yo no soy así y mis abuelos tampoco —interrumpió Samuel, sintiéndose ofendido.

—Tú eres parte de la civilización y créeme que acabarían en poco tiempo con todo lo que poseemos: nuestras tierras, nuestros animales y hogares, pero en especial con nuestra alegría. Es por ello que no podemos, ni nosotros o ningún ser del bosque, permitir que nuestro secreto sea revelado.

»Por eso Makubar emitió con inquietud ese comentario —recordó Dag haciendo una pausa para continuar—. Pero no somos criaturas de naturaleza malvada, como nos han querido describir. Nuestra comunidad está conformada, en primer lugar, por ancianos que llamamos los venerables, quienes toman la mayoría de las decisiones ya que son más sabios y han vivido mucho más tiempo. Ellos encomiendan a nuestro jefe de la comunidad, el gran Roin, la protección y cuidado de Árminas y él, a su vez, ordena a los jefes de cada casta de la aldea las labores requeridas para nuestra existencia y seguridad.

»Los momoys más jóvenes representamos la chispa vibrante y fresca, los que actuamos en defensa radical de la naturaleza y de todos los seres que en ella habitan, algunos conocemos tesoros ocultos y hay algunos que llegan a manejar ciertas magias. Protegemos la agricultura y las siembras, pero sobre todo a la madre tierra. Podrás imaginarte nuestra reacción cuando vemos los continuos botes de desperdicios que ustedes generan a diario por los parajes de nuestras montañas y valles... —En ese momento hizo una pausa, mientras se recostaba sobre la suave superficie estirando sus cortas pero fuertes piernas—. El bosque tiene un orden y todos los que vivimos en él somos responsables de ese equilibrio. Aquí no hay criaturas buenas o malas, repito, eso es un tema de ustedes y sus terminologías y juicios. Lo que sí puedo asegurarte es que ninguna criatura que habita nuestros bosques es inofensiva. En la medida que nosotros estemos fuera del alcance de las acciones humanas podremos garantizar la supervivencia y conservación de los místicos secretos de estas tierras boscosas.

—Ahora le encuentro sentido a las palabras de Makubar —comentó Samuel con un tono de inquietud volteando con levedad la cabeza y sus ojos en dirección a la rama donde se encontraba el oso en un profundo descanso.

—Es por eso que no puedo permitir que Roin o los guardianes de Árminas te encuentren junto a mí, amigo —aseveró Dag levantándose con ansiedad de su lecho—. Tú me has salvado la vida al librarme de esos cazadores y estoy en deuda contigo, por eso no puedo dejar que te apresen y te lleven a Árminas. Si eso ocurre, jamás volverás a ver a tu familia de nuevo —finalizó Dag sujetando con sus pequeñas pero gruesas manos las de Samuel, en señal de apoyo.

Cada minuto que Samuel pasaba en compañía de su particular y misterioso compañero, comprobaba que aquel bosque estaba lleno de lugares maravillosos y mágicos pero a su vez peligrosos. Reflexionaba sobre lo que podía acontecer en cualquier momento. También se imaginaba lo difícil que sería explicar a su familia y a Elenor lo ocurrido. Por un momento Elenor llenó su pensamiento, temía que no pudiera volver a verla.

Samuel entendía con claridad la razón por la cual estas criaturas no podían permitir que su fabuloso secreto fuese divulgado y comprendió que, sin duda, esta sería la noche más excepcional que tendría a lo largo de su vida, llena de acontecimientos que marcarían profundas huellas en él para siempre. Samuel se recostó sobre el lecho de hojas y por primera vez sintió un profundo cansancio, repasaba en su mente cada detalle de lo conversado esa noche. De pronto se levantó, miró a Dag y le preguntó:

—Y, ¿quiénes son Isil y Rosen?

—Creí que nunca lo preguntarías —dijo Dag en voz baja mientras buscaba la mejor posición para dormir—. Mis padres... Mejor descansa amigo. Mañana ya se nos ocurrirá algún plan para que regreses a tu casa.

Aquel mágico lugar volvió a quedar en silencio, era una guarida acogedora. Tan solo algunos sonidos del bosque podían llegar a escucharse a esa altura. Era difícil para Samuel, Dag y las hadas conciliar el sueño con tanta excitación en el ambiente, pero el cansancio y lo apacible del refugio arbustivo, fue conquistando la ansiedad y por último sus fatigados cuerpos.

CAPÍTULO IX

LA BÚSQUEDA

A gosto transcurría como cualquier otro apacible mes en las elevadas serranías andinas de Mérida. Ese día la brisa del alba se alzó, como todas las mañanas, trayendo perceptibles aromas de las lejanas montañas y bosques de Núrisil. La calma se tornó poco a poco en bullicio a medida que los pobladores de Árminas comenzaban sus labores rutinarias.

En la pintoresca cabaña de dos plantas de Isil y Rosen la hoguera de la chimenea mantenía caldeada la pequeña estancia principal. Era una cabaña construida con piedra natural, troncos y ramas, incluido el mobiliario y todo el interior. Las paredes y el suelo estaban hechos de paja compactada y barro y el techo estaba cubierto de musgo que descendía con suavidad. Desde la terraza en la planta superior se contemplaba gran parte del pueblo, que cada mañana comienza con gran actividad.

Durante el transcurrir del día, los momoys más activos aprovechan la buena sombra y el frescor que proporciona la frondosa canopia de la copa de los altos árboles del bosque para realizar los trabajos artesanales más meticulosos. Hacia las horas del mediodía todo comienza a bajar el ritmo, pues el sol, en su cenit, despliega sus brillantes rayos de luz en la inmensidad de la cúpula azul del cielo y sobre cada rincón al descubierto del bosque, doblegando la vitalidad de todos aquellos que son alcanzados por su cálido resplandor. Ya para entonces, los habitantes de Árminas, se desenvuelven con pesadez en sus labores, haciendo sus movimientos más lentos y perezosos. Este es el momento en que deciden tomar su descanso cotidiano, entre las verdes espesuras y sonidos de chicharras y el trinar de los pájaros desde las alturas de las ramas.

Cuando el sol comienza su descenso y va perdiendo su ímpetu con lentitud, la vitalidad retorna a los rincones del bosque y muy en especial en el pintoresco poblado. Los momoys, así como otras criaturas de la zona, pululan por doquier realizando las tareas asignadas. Los recolectores de granos, frutas y hortalizas, en un constante ir y venir, marchan hacia las pequeñas bodegas y silos del poblado, reabasteciendo lo suficiente a Árminas para poder sobrevivir cuando llegan las largas temporadas de lluvias que acaban con los sembradíos y que, además, les impiden salir de sus cabañas y refugios en busca de alimento.

Otros, por su parte, traen al pueblo objetos diversos encontrados en sus incursiones al mundo de los humanos, más allá de las fronteras de Núrisil. En ocasiones son obsequios como botellas de licor dulce y el famoso chimó, una jalea usada en el tercer mundo que se prepara cocinando la hoja de tabaco mezclada con sal de urao y especias muy particulares, que solo se encuentran en esa región de los Andes. Las personas depositan estos regalos, cada cierto tiempo, bajo un tronco o en la orilla de algún riachuelo con la esperanza de hacer contacto con alguna de estas pequeñas criaturas. Por supuesto que los astutos momoys nunca han tenido problema alguno en recibirlos, siempre y cuando sean tomadas todas las precauciones necesarias para no ser detectados.

Esa tarde el sol, de un rojo intenso, cayó detrás de las azuladas montañas de Alccor que se extienden al oeste de Árminas. Las nubes que cubrían las cimas aún irradiaban una tonalidad púrpura, en tanto que el frío comenzaba a bajar sobre el hermoso valle de Dundúlin. Para Isil, el día había transcurrido en paz, pero sentía que algo no marchaba como de costumbre. Parada frente a la puerta de su cabaña, la mujer momoy paseó su mirada por toda la aldea, hasta donde su vista lograba distinguir, y luego aspiró con intensidad, contuvo el aliento y soltó un largo y lento suspiro, mientras algunas bandadas de pájaros sobrevolaban el cielo de vuelta a sus refugios.

—No logro sentir la presencia de mi hijo en la aldea —murmuró al tiempo que cerró la puerta de la cabaña y comenzó a bajar la colina con prisa, para ir en búsqueda de su esposo Rosen.

El jefe Balakur, se disponía a terminar sus labores del día. Cerró la puerta y, cuando estaba por colocarse su abrigo, fue interrumpido por la inquieta pareja.

—¡Hola, capitán! —exclamó Rosen.

—Qué tal, Rosen... Isil —respondió—. ¿Qué les trae por acá?

—No hemos sabido nada de Dag desde esta mañana —dijo Isil dejando entrever su preocupación.

—Isil no ha podido sentir su presencia en la aldea —añadió, inquieto, Rosen.

De inmediato, Balakur hizo un gesto y su oficial principal se dirigió hasta ellos.

—¿Han inspeccionado bien? —preguntó Balakur.

—Sabes que Isil jamás se equivoca... nada indica que esté en Árminas —aseveró Rosen.

Isil observaba el rostro cuadrado y tenso del jefe Balakur y el del oficial que llegaba en ese instante. Ellos pertenecían, al igual que su esposo, al clan de los Abardam, momoys entrenados con rudeza para salvaguardar los bosques y la vida de todas las criaturas que en ellos habitan.

Balakur contempló la expresión de angustia en los ojos de la mujer, y sin quitar la mirada sobre ella se dirigió a su oficial.

—¡Rinfen! Llama a todos los guardianes a reunión de inmediato.

—¡Sí, señor! —contestó dando un salto.

Balakur frunció el entrecejo mientras observaba directo a la pareja.

—¡A pesar de las veces que le hemos dicho sobre no incursionar allá solo, algo me dice que ha ido de nuevo! —exclamó malhumorado el jefe de los guardianes—. ¿Qué tanto busca tu hijo en la tierra de los hombres? ¿Por qué demonios insiste en viajar a la tercera dimensión?

—¡No lo sé, podría tener diversas razones! —exclamó Isil mientras miraba al horizonte.

—Me imagino que una de ellas tiene que ver con Dorgen y la muerte de Muki. ¿Estoy en lo correcto? —preguntó Balakur.

Rosen asintió con la cabeza.

—¿Qué piensas hacer? —inquirió Rosen al jefe de los guardianes.

Por un momento hubo un profundo silencio. La brisa susurraba entre las hojas de los árboles cercanos.

—¿Crees que continúa allá? —preguntó Balakur.

—Así es... Presiento que algo tuvo que haberle ocurrido —respondió Rosen—. Varias veces le he dicho que deje de estar indagando por su cuenta, esa es nuestra labor.

En ese momento Isil experimentó una sensación de vacío en el estómago. La poca esperanza que albergaba de que su hijo estuviese por los alrededores de Árminas se esfumó ante las palabras de su esposo.

—Sea como sea, traigan a mi hijo —imploró Isil mientras miraba a los ojos de ambos momoys.

—Sugiero que vuelvas a la cabaña, Isil, por si regresa tu hijo —dijo Balakur—. Rosen, creo que volverás a dirigir una patrulla después de tantos años de retiro, mi viejo amigo. Debemos formar varios grupos de búsqueda. Esperaremos al resto de los guardianes.

Balakur dio por finalizada su intervención y se dirigió al interior de la guarnición en procura de sus armamentos.

—No te preocupes —dijo Rosen al tiempo que acariciaba la mejilla de su esposa, quien en ese momento estaba a punto de romper a llorar, pero se contuvo—. ¡Lo encontraremos!

Controlando su poca serenidad, Isil se marchó de vuelta a su cabaña, mientras Rosen esperaba en los escalones al jefe Balakur y al grupo de los guardianes que irían en búsqueda de su hijo.

En la taberna de Loin servían las bebidas a un grupo de ruidosos momoys durante la acostumbrada hora del *muzág*, una cerveza negra de vieja tradición, un elixir de los dioses creado por un antiguo druida de las tierras altas de Europa y cuya receta le fue entregada, siglos después, a muchos de los clanes que poblaron los bosques alrededor del planeta.

Anúnfalas disfrutaba la vista de la calle principal desde la ventana. Desde allí observaba con detenimiento el palpitar de la aldea. A lo lejos pudo ver una figura que se desplazaba con rapidez entre la multitud y reconoció en ella a Rinfen, quien apresuraba el paso en dirección a la taberna. Esto solo significaba que algo importante estaba ocurriendo, algo por lo que tendría que abandonar su exquisito muzág; razón por la que se llevó el tarro a la boca y comenzó a tomar a toda prisa, derramando en su barba parte de la bebida.

—¡Anúnfalas! —gritó Rinfen desde la entrada. Tras abrir la puerta con violencia, ubicó enseguida al guardián y en tres zancadas llegó hasta la mesa de su compañero, apoyó ambas manos para inclinarse y acercándose lo suficiente para que nadie más pudiese oírlo le dijo—: Creo que ya has bebido bastante, barba roja. Tenemos una emergencia, el jefe Balakur quiere a todos los guardianes en el *gábburz* de inmediato!

Avanzada la noche, los guardianes de Árminas caminaron por los bosques de Núrisil sin descansar. El frío helaba sus huesos. Durante ciertos momentos, el cielo era oscurecido por esporádicas nubes cargadas de lluvia que dejaban escapar leves precipitaciones, haciendo la jornada más pesada.

Balakur le asignó a un pequeño grupo, dirigirse hacia las montañas de Golgork, para contactar a los mineros que allí se encontraban en plena labor y rastrear en las minas. El resto continuó su camino hacia la tierra de los hombres, en la tercera dimensión.

Luego de haber traspasado el portal, el grupo se dividió en dos. El primero le fue asignado a Rinfen, acompañado por Anúnfalas —quien tenía una consolidada fama de ser el mejor rastreador de Árminas— y media docena de guardianes. Apenas dada la orden, el grupo se marchó separándose del resto y desapareciendo en el oscuro sendero en dirección al suroeste.

El resto de los guardianes, liderados por Balakur y Rosen, continuaron por la ruta del este hacia la población de La Azulita y sus alrededores. Gracias a las extraordinarias habilidades de los momoys, se desplazaron a gran velocidad por el bosque, tomándole solo dos horas llegar a su destino. Desde una colina cercana al poblado se podían observar las titilantes luces de La Azulita y allí decidieron dividirse otra vez en dos grupos. El primero, comandado por Balakur, haría una incursión en el interior del poblado; el segundo, comandado por Rosen, inspeccionaría los asentamientos y locales en los alrededores.

Ambos sabían que cada minuto de su presencia en la tierra de los hombres era muy peligroso para ellos, nunca antes un grupo tan numeroso de momoys había incursionado en el tercer mundo. Dos centinelas quedaron en la cima para vigilar cualquier movimiento de pobladores que pudiera delatar la visita de los guardianes. El resto partió colina abajo luego de acordar, de forma breve, las tácticas a seguir.

La primera campanada de la iglesia anunciando la medianoche repicó con sonoridad a través de todas las calles de La Azulita, haciendo eco en cada frío y desolado rincón. Una sutil llovizna había comenzado a caer, tiñendo el cielo nocturno y ocultando la luna llena con un gran manto de tono sombrío. Los guardianes se movían en silencio y con gran prudencia dispersándose por todas las callejuelas, escudriñando cada casa, morada y habitación de La Azulita, en búsqueda de algún rastro que los pudiera conducir a su compañero perdido. Pero todo fue en vano, no lograron encontrar nada en lo absoluto que indicara que Dag se hallaba en el poblado.

Dos individuos salieron de pronto de un establecimiento para cruzar a zancadas la calle y resguardarse de la lluvia que se avecinaba, pero no se percataron de la presencia de los momoys.

—¡Vaya noche! —exclamó Balakur mientras él y un par de guardianes terminaban de examinar los cobertizos de algunos graneros.

—Aún falta inspeccionar la cabaña de los cazadores —susurró uno de los guardianes dirigiéndose a Balakur—. Es esta, la del portón azul.

—Adelante, entren.

Dos de los ellos entraron sigilosamente al interior de la cabaña ceñidos a la esperanza de encontrar algún rastro de Dag, con resultados infructuosos. El lugar estaba vacío.

—Nada, señor. No hay nadie —dijo el guardián que encabezó la incursión.

—Es extraño que estos dos no estén en su cabaña tirados en sus camas y borrachos —respondió Balakur mirando directo a la puerta y tratando de unir algunos cabos con esta nueva información—.

Regresemos, él no está en el pueblo —murmuró a sus acompañantes, reflejando inquietud en su rostro.

Luego de unas cuantas horas, ambos grupos volvieron a reunirse en la colina.

—¿Han encontrado algún rastro de él, Balakur? —le preguntó Rosen con tono de preocupación.

El jefe de los Abardam negó con la cabeza mientras ordenaba a todos acercarse para discutir un nuevo plan. Pero esta vez no quedaba ningún otro.

—Me pregunto que habrá pasado con mi hijo —murmuró Rosen con la mirada perdida hacia la oscuridad—, espero que no esté herido en alguna cueva.

—Él conoce muy bien las cuevas, Rosen —dijo Balakur mientras colocaba una de sus manos sobre el hombro de su amigo—, de estar herido, sería el último lugar donde buscaría refugiarse. Tu hijo conoce muy bien el bosque del tercer mundo. Sabe perfectamente dónde podría ubicar ayuda.

Ambos se miraron con expresiones de preocupación.

—Espero que Rinfen haya tenido mejor suerte —murmuró Balakur mientras echó un último vistazo al poblado girando sobre sí para emprender la marcha de vuelta a Árminas.

Para entonces, la campanada proveniente del reloj de la iglesia, anunciaba la cercanía del arribo de los primeros rayos del sol en el firmamento.

La ausencia total de luz solar y el reloj cucú indicando las siete de la noche despertó la alarma entre los familiares de Samuel por la prolongada ausencia del muchacho.

—¡Su teléfono móvil suena ocupado todo el tiempo, debe estar fuera de cobertura! —exclamó Roberto, alarmado.

Durante varios minutos estuvo tratando de comunicarse con su hijo sin conseguirlo. Lo intentó, asimismo, con Horacio hasta que por fin lo logró. Para su sorpresa, Samuel no había llegado nunca a su cabaña. En ese momento, hubo un torbellino de pensamientos y sensaciones que lo hizo perder el equilibrio por un instante. Sintió que sus piernas le fallaron hasta el punto de tener que sostenerse del respaldar de un sillón para evitar caer. Felipe y Úrsula entendieron de inmediato lo que estaba sucediendo.

—Hijo, ¿qué dijo Horacio? —inquirió Úrsula, fijando sus ojos en el rostro pálido de Roberto—. ¿Estás bien?

—Samuel nunca llegó a la casa de Horacio —respondió Roberto con voz tensa—. Vuelvo ahora, mamá. Ustedes quédense aquí por si llega —exclamó, y sin dar más detalles salió de casa y se encaminó hacia la cabaña de su vecino y buen amigo Richard. Luego de explicarle la situación, ambos se dirigieron en búsqueda de Horacio, quien había acordado encontrarse con ellos en un punto intermedio entre ambas cabañas.

Cuando Horacio colgó el teléfono se dirigió inmediatamente hasta la habitación de Elenor. Tocó la puerta y abrió sin esperar respuesta. Elenor tendida en la cama con un libro entre sus manos lo miró con un leve sobresalto.

—¿Qué ocurre, abuelo?

—Llamaron de casa de los Todd, Samuel no ha regresado.

Elenor se incorporó de inmediato. De pronto la cálida y acogedora habitación se volvió fría y sombría.

—Yo hablé con él a finales de la mañana y me comentó que vendría. Estuve toda la tarde esperándolo, incluso lo llamé varias veces a su móvil, pero solo respondía la grabadora. Imaginé que tuvo que salir con su padre y abuelos a Mérida —dijo Elenor con tono de angustia y preocupación.

—Pues entonces, algo tuvo que haberle ocurrido en el trayecto hasta acá —afirmó Horacio con preocupación—. Voy a salir, estamos organizando un equipo de búsqueda.

—¡Voy con ustedes! —exclamó Elenor dirigiéndose al armario para sacar una chaqueta.

—No, pequeña, es muy peligroso. Ayudas más quedándote. Además, Samuel podría venir acá en cualquier momento.

—Pero abuel....

¡No, Elenor! Entiendo tu preocupación por Samuel, pero recorreremos lugares que no son seguros para ti y menos en plena oscuridad. Te estaré llamando para ponerte al tanto. Mantén cargado tu móvil. Me cercioraré de que las puertas de la casa queden aseguradas.

Elenor asintió con la cabeza y regresó con lentitud a su cama. Se sentó en ella abatida mirando fijamente la puerta del cuarto mientras escuchaba los pasos de su abuelo bajando las escaleras y dirigiéndose hacia la entrada principal de la casa. Se incorporó para acercarse a la oscura ventana. La luna llena salió detrás de una gran nube en ese momento y su luz comenzaba a delinear muy tenue las siluetas de las montañas a lo lejos.

—Samuel —murmuró Elenor dejando escapar una lágrima mientras tocaba con sus dedos el frío vidrio de la ventana.

—¡Tratemos de ubicar a Benjamín! —exclamó Horacio mientras terminaba de acercarse a los dos hombres que lo estaban esperando en el camino—, es un experto guía de estas montañas y es muy solicitado al momento de rescatar personas desaparecidas en los bosques. Además, es un buen amigo.

Por fortuna, lo hallaron en casa de su novia y sin reparo se unió al grupo de búsqueda. Intercambiaron de inmediato ideas para trazar una ruta y lograr dar con Samuel. Los cuatro hombres partieron, de común acuerdo, en dirección hacia la cabaña de Horacio; la trayectoria que, presumieron, tomó Samuel por última vez antes de desaparecer. Por momentos, la espesa niebla dilataba el paso dificultando la visión, incluso a escasos metros de distancia. En más de una oportunidad sintieron que habían perdido la orientación, sin embargo confiaban en la gran experiencia de Benjamín, quien encabezaba la fila y se sentía bastante seguro de los pasos y el rumbo que tomaban. A mitad de camino se detuvieron en una bifurcación.

—Es probable que haya seguido por ahí, apenas puedo distinguir algunas huellas, pero no hay duda de que hoy hubo mucho tránsito de personas por este camino, por lo que puedo observar —afirmaba el guía mientras en cuclillas tocaba con sus manos unas huellas apenas perceptibles en el suelo húmedo.

—¿Crees que sean de él? —preguntó con ansiedad Roberto.

—Es posible, estoy seguro de que no pertenecen a un adulto —respondió Benjamín—. Sigamos hacia allá, a unos cuantos kilómetros más adelante hay una choza que se utiliza como refugio de excursionistas. Quizás podamos encontrarlo ahí, o quizás alguna persona nos pueda dar información.

Durante casi una hora caminaron abriéndose paso entre la oscuridad, la niebla y esporádicas lloviznas que caían como lanzas punzantes. Recorrieron caminos y senderos resbaladizos. Estaban exhaustos, ante todo Roberto, quien se esforzaba por mantener el paso.

Roberto era víctima, cada minuto que transcurría, de una profunda ansiedad y temor. Por su cabeza pasaban las numerosas historias sobre gente desaparecida en las montañas de los Andes atribuidas a accidentes, en su mayoría. Por un momento pensó en la posibilidad de que hubiesen sido unos raptores buscando pedir algún rescate. Por su cabeza transitaron innumerables hipótesis de lo que pudo haber ocurrido. Lo último en lo que quería pensar era en los relatos fantásticos de extrañas criaturas y pequeños hombrecillos que, de acuerdo con los pobladores de las sierras andinas, habitan los bosques y cavernas, incluso más allá de este mundo.

—Horacio —exclamó de repente Roberto, rompiendo con el silencio y la concentración de todos—, dime, por favor, que tus historias no pasan de ser vagas fantasías.

—Roberto, creo que en este momento no es prudente ahondar en mis historias. Primero agotemos todas las posibilidades que tenemos para cubrir la mayor extensión de terreno que podamos. Samuel no debe estar muy lejos.

—Es solo que....

—¡Desde acá puedo ver la choza! —gritó en ese momento Benjamín, señalando con la linterna e interrumpiendo a Roberto—. Veo luz en ella. Alguien debe estar acampando dentro.

De inmediato, Roberto apresuró el paso procurando no tropezarse con alguna piedra o algún obstáculo en el oscuro camino. Los cuatro llegaron a un claro en el bosque donde se encontraba la choza. A pesar de mostrar signos de estar ocupada, debido a la luz encendida proveniente de una lámpara de kerosén, no se veía ningún movimiento en su interior a través de las ventanas. Roberto llegó hasta la puerta y la abrió tempestivamente. Sus esperanzas fueron barridas al ver que en el refugio no había nadie. Entró en desesperación. Horacio agarró a Roberto por un brazo y trató de tranquilizarlo.

—Alguien está usando este refugio —exclamó Richard, que hasta el momento se había mantenido en silencio, señalando con la luz de su linterna unas mochilas y cajas de municiones.

Dentro todo era quietud.

—Esperemos —agregó Benjamín—. Los que dejaron esto acá tienen que volver en algún momento.

Estaban en el exterior del refugio cuando desde las sombras del camino aparecieron de improviso dos hombres con mal aspecto. Todos quedaron inmóviles por unos segundos mientras observaban la llegada de ambos al frente de la choza. Uno de ellos parecía tener problemas en una pierna por la manera que caminaba. Cuando su cara se hizo visible, reflejaba el dolor que esta le producía al apoyarla.

—Hola, buenas noches —dijo Horacio, en tanto observaba los rifles de ambos sujetos comprendiendo que se trataba de cazadores furtivos.

—¿Qué los trae por acá en esta noche tan fría? —preguntó Alder— ¡El refugio, como verán, ya está ocupado! —exclamó con rudeza mientras él y su compañero se despojaban de sus bolsas y rifles y se acercaban a la choza para resguardar sus pertenencias de la húmeda brisa.

Zenzo abrió la puerta. Una vez adentro, encendió el fuego de la chimenea y se ocupó de revisar la lámpara de kerosén.

—Son ustedes cazadores, ¿cierto? —preguntó Roberto.

—¿Y para que lo quieren saber? —respondió Alder, con voz aguda y sonora.

—¿Qué hacen ustedes a esta hora por estos predios? —preguntó Zenzo, mientras salía cojeando del interior del refugio y aparecía bajo el umbral de la puerta sosteniendo una lámpara encendida y con un cigarrillo entre los labios—. ¡Es muy peligroso!

Roberto y el cazador intercambiaron en ese momento miradas de profunda desconfianza y cautela.

—Estamos buscando a mi hijo —se adelantó a decir Roberto—. Quizás ustedes, que han estado en el bosque, pudieron tropezarse con él. Tiene quince años, cabello castaño claro, ojos verdes. Ha desaparecido desde esta tarde. Salió de nuestra cabaña en el sector de Arroyo Alto en dirección a la casa de un vecino hacia el norte.

—¡Ya decía yo que tu rostro me era conocido! Tú eres el viejo profesor que vive en la colina del molino —interrumpió Alder dirigiéndose a Horacio—. Mi nombre es Alder y él es...

—Cállate —interrumpió Zenzo con una voz ronca y seca al tiempo que se agachó para sentarse en un tronco que se hallaba apostado a un lado de la choza—. ¡A ellos no les interesan nuestros nombres!

—Hay algo en la actitud de estos hombres que me hace pensar que se toparon con el muchacho —murmuró Richard a Benjamín.

—¡Tú!, el de la chaqueta azul... tienes razón —respondió Zenzo frunciendo el ceño y mirando a los ojos de Roberto—. Me he tropezado con el muchacho.

Roberto se sobresaltó e intentó acercarse al cazador.

—¡Espera, Roberto! —exclamó Horacio mientras lo detenía por un brazo.

—¿Dónde lo vieron? —preguntó Richard mirando al otro cazador que estaba más cerca de ellos.

—Lo en...

—¡Quieres mantener tu asquerosa boca callada, idiota!

En ese momento Roberto y sus acompañantes sabían que algo grave había ocurrido.

Sin pensarlo, Roberto se abalanzó sobre Zenzo pero fue detenido por Horacio y Benjamín.

—¿Qué le has hecho a mi hijo?

—¡Dale gracias a tus amigos! —dijo con frialdad el cazador—. Me tocas y no responderé por lo que te pueda pasar aquí. Deberías preguntarte más bien: ¿Qué me hizo tu hijo?

Tal respuesta sorprendió a los cuatro compañeros que, asombrados, no daban crédito a las palabras de Zenzo.

—Si se atreve a hacerle daño a mi hijo se las verá con...

—Calmemos un poco los ánimos y explícanos mejor —intervino Richard con mucha calma.

—¡Ya te dije que sin amenazas, amigo! Además, ya tuve suficiente por hoy. Esto fue lo que conseguí gracias a tu hijo —exclamó Zenzo mientras se quitaba la chaqueta y levantaba el borde inferior de la franela para exponer los numerosos moretones en su cuerpo.

Era evidente que había recibido una dura golpiza.

—Y estuvo a punto de partirme la pierna —agregó mientras apoyaba con suavidad su mano en ella, reflejando en su rostro un gran malestar.

—¿Por qué habría mi hijo de agredirlo de esa manera? A menos que, claro, se haya visto obligado a hacerlo.

—Ese mocoso me abrió esta herida en la cabeza y aún continúa sangrando —explicó el cazador mientras se hurgaba la herida con los mugrientos dedos—. ¡Además, se llevó mi mejor escopeta!

—¡Él se llevó a nuestra presa! —intervino Alder.

—¿Cómo? —se extrañó Roberto volteando su mirada hacia Alder.

—¡Cierra el pico, Alder! —le ordenó Zenzo levantándose de forma violenta del tronco y dirigiéndose hacia el refugio, no sin antes golpear con fuerza a su compañero con el hombro.

—¿A qué presa se refieren? —preguntó Horacio con toda tranquilidad al otro cazador.

Alder comenzó a balbucear mientras observaba la puerta del refugio.

—¡Eee...eso no les incumbe! Solo rueguen que Zenzo no encuentre al muchacho antes que ustedes —tartamudeo por un momento mientras miraba con miedo la puerta entreabierta.

—Dime, ¿dónde vieron al muchacho por última vez? —volvió a preguntar Horacio.

Pero no hubo respuesta. Al ver que no respondía y considerando las pocas probabilidades que tenían de conocer el paradero de Samuel a través de los cazadores, Richard como buen profesional en psicología decidió manipular la situación:

—¿Tienes miedo de que tu jefe se moleste?... Entiendo.

Alder frunció el entrecejo y apretó con fuerza sus labios al tiempo que empuñaba sus manos.

—Yo no le tengo miedo y no es mi jefe —dijo en voz baja mientras dejaba escapar al mismo tiempo una risa nerviosa y parpadeaba de forma incesante.

—¿Estas consciente del problema que puedes tener si al muchacho le ocurre algo? —murmuró Richard—. Ya sabemos que ustedes estuvieron con él. ¿Sabes lo terrible que es estar tras las rejas...y por algo que no ha sido tu culpa? Hazte un favor y evítate un rato desagradable con las autoridades.

Alder reaccionó de inmediato abriendo los ojos vidriosos y rojizos por efecto del alcohol.

—Fue por allá —murmuró moviendo la cabeza en dirección al camino que el grupo había recorrido con anterioridad—. Cerca de las cuevas del Quebradón. Las huellas las perdimos en la quebrada de la Palmita.

—Pero venimos por ese camino y no encontramos más que unas huellas casi imperceptibles que venían en esta dirección —murmuró Benjamín.

—Fue por ese camino que mi compañero les perdió el rastro. Ellos corrieron en esa dirección. A esta hora deben estar muy lejos. Dense prisa.

—Algo pasamos por alto —murmuró Benjamín.

—¿Ellos? —preguntó intrigado Roberto—. ¿Quieres decir que mi hijo está acompañado?

—Solo diré que Zenzo no va a dejar así las cosas.

La conversación fue interrumpida de inmediato, cuando se escuchó el sonido del percutor de la escopeta de Zenzo. Quedaron inmóviles al verse apuntados con el arma que empuñaba el cazador. Estaban seguros que la usaría en cualquier momento.

—¡Creo que ya es suficiente! —gritó iracundo mientras el dedo índice rozaba el gatillo del arma—. ¡Lárguense de una vez por todas o lamentarán no hacerlo! En este bosque nadie reclama y nadie da explicaciones. Y tú, estúpido, dices una palabra más y tendré que dispararte.

—Tranquilo, amigo, ya nos vamos —dijeron en coro Richard y Horacio al tiempo que los demás retrocedían con cautela sin dejar de observar la mirada del cazador.

Alder quedó murmurando improperios y en cuclillas con la mirada perdida en los pequeños charcos formados en el suelo. Todos desaparecieron de vuelta sobre sus huellas. Solo las luces de sus linternas, como luciérnagas perdidas en la oscuridad de la noche, indicaban su presencia en el bosque.

—¡Y ruega porque que no me lo vuelva a encontrar, de lo contrario sufrirá las consecuencias! —gritó Zenzo irrumpiendo el silencio del lugar—. ¡Además, me debes una escopeta, imbécil!

—Déjalo, no respondas, recuerda que nos aventaja con esa escopeta —intervino Horacio bloqueando el paso por si Roberto intentaba regresar.

—Mañana los denunciaremos a primera hora en la policía. Creo saber en qué lugar del pueblo viven —agregó Benjamín.

—Estás temblando —murmuró Horacio—. Considera que eso no te hace bien para tu estado, recuerda lo que dijo el médico.

Roberto no lo negó. Le temblaban las manos, sudaba incesante y su rostro había perdido color.

—En este momento tengo cosas más importantes en que pensar, Horacio —le respondió Roberto en voz baja—. No puedo dejar de sentir una gran frustración, ese hombre sabe lo que pasó con mi hijo. Además... tiene el descaro de amenazarlo frente a nosotros.

—Creo que debemos ir con las autoridades y hacer la denuncia. Esto es muy serio —comentó Richard al prestar atención a las palabras de Roberto.

—Por lo menos sabemos que se encuentra bien, pero tú... debes cuidarte. Samuel te necesita ahora más nunca —replicó Horacio mirándolo directamente a sus ojos.

Luego de una hora de camino llegaron al lugar que les indicó el cazador. Benjamín se volvió y dirigió la vista hacia donde estaba Roberto.

—Si huyeron por los matorrales será prácticamente imposible encontrar sus huellas —comentó Benjamín, quien alumbraba cada centímetro de los densos matorrales que se erguían frente a ellos, observando con detenimiento el lugar, cuidándose de no dejar escapar algún rastro que indicara la ruta que tomó Samuel.

—¿Qué opinan si nos separamos? —sugirió Roberto con un tono de desesperación en sus palabras

—No podemos separarnos en este momento, sería un gran error. Podrían perderse y no encontrar en días el camino de regreso —advirtió Benjamín.

—Opino lo mismo, Roberto. Yo conozco las montañas, pero de noche...ya es distinto —afirmó Horacio mientras esperaba la reacción de su amigo.

—¡Pero es mi hijo quien está desaparecido en algún lugar de este bosque! —gritó con desesperación Roberto.

El silencio descendió sobre los cuatro, nuevamente, y continuaron su camino por el sendero sin decir una palabra más. Tras el velo de la oscuridad, de improviso, se oyeron los agudos chillidos de un pájaro que sobrevolaba la cúpula arbustiva, seguido del ulular hambriento de una lechuza que se encontraba entre las ramas. Sabían que esa noche sería una de las más largas de sus vidas, al menos para Roberto, quien no estaba dispuesto a experimentar de nuevo la dura pérdida de su familia y mucho menos la de su hijo. Quienes lo acompañaban solo podían adivinar la desesperada angustia que lo asaltaba cada minuto que transcurría esa noche en los bosques de La Azulita.

Al rato, las nubes parecían haber pautado una tregua con la luna, que se mostraba en todo su esplendor. Ya tocando la medianoche el grupo desistió de seguir adelante por senderos y caminos desconocidos para la mayoría. Incluso Benjamín estuvo a punto de detenerse en un par de ocasiones, antes de que Horacio sugiriera en ese momento regresar por la seguridad del grupo. Roberto, desesperado gritó y golpeó unos arbustos, desatando toda su frustración y miedo, hasta que de repente se derrumbó en el suelo. De rodillas, su tristeza se ahogó en un profundo llanto, sintiendo y aceptando la llegada de la resignación.

—Querido amigo, mañana con la luz del día continuaremos la búsqueda. Por ahora recuperemos fuerza y preparemos el equipo que requeriremos para adentrarnos más en la sierra —dijo Horacio mientras trataba de consolar al abatido padre.

—Al menos sabemos que está bien —añadió Richard.

—¿Cómo puedes estar seguro? —preguntó Roberto con la mirada clavada en el suelo.

—¡Ten fe! —agregó Horacio—. Seguramente está perdido y no ha podido encontrar el camino de vuelta a casa. Además, acabamos de ver una prueba de lo que puede hacer si se siente amenazado. Yo confío mucho en su capacidad.

—Temo que ese cazador vaya a hacerle daño a Samuel.

—Descuida, Roberto, encontraremos a tu hijo. Puedes contar con ello —exclamó Benjamín.

—Desde donde estamos creo que mi casa es la más cercana —dijo Horacio—, sugiero que esperemos ahí hasta el amanecer y nos aprovisionemos para continuar. Buscaremos más ayuda y llamaremos a la policía de La Azulita para que detengan a los dos cazadores y los interroguen.

La mirada perdida de Roberto sufrió un ligero cambio, como si esas palabras hubiesen brindado, en ese momento, la remota esperanza que su ya cansada y perdida alma buscaba. Con lentitud se reincorporó y, con gran pesar, el grupo emprendió el retorno. Las nubes en ese instante cerraron de nuevo el cielo y pequeñas gotas comenzaron a caer sobre el lugar; la oscuridad los envolvió mientras sus figuras desaparecían, una a una, en el impenetrable y lóbrego bosque.

CAPÍTULO X

La Laguna del Trueno

Mientras los jóvenes y las hadas dormían en las ramas de Kercus, la noche transcurría tranquila, el viento alejaba la neblina de vez en cuando y las estrellas jugaban a ocultarse entre las nubes que, aunque pasajeras, dejaban su esencia en el aire, para luego desaparecer. Samuel despertaba cada cierto tiempo recordando que se encontraba a una gran altura y aunque su espacio le ofrecía, de cierta forma, una buena base, quería asegurarse de no hacer algún movimiento en falso que lo precipitara peligrosamente y terminara en el suelo. Aprovechaba para observar cómo, entre los ramajes que formaban la bóveda vegetal por encima de él, titilaban cientos de luces multicolores, conformadas por estrellas y pequeñas luciérnagas que invadían todo aquel espacio en lo alto. Los rayos de la luna parecían querer iluminar por completo el cielo. En ocasiones respiraba hondo para percibir las fragancias nocturnas que llegaban hasta aquel escondido lugar en las alturas.

El firmamento comenzó a resplandecer con los primeros rayos del sol que aún se ocultaba detrás de las distantes montañas. Samuel, recostado sobre su improvisado pero mullido lecho, recibió la sorpresiva visita de sus nuevas amigas aladas Fayette y Tenanye, quienes habían despertado minutos antes que él.

—¿Cómo te sientes? —preguntó Fayette, al tiempo en que Tenanye le preguntaba si había dormido bien.

—Nunca había experimentado algo tan asombroso. Aún no sé si estoy soñando.

—¿Escuchas ese sonido? —preguntó Fayette mientras se sentaba en su mano derecha.

—¿Los ronquidos del oso? Cómo no oírlos, deben llegar hasta el Polo Sur.

—Ese es solo un sonido, pero hay muchos más... Nosotros hemos aprendido a escuchar los sonidos de la tierra, el lenguaje del correr de las aguas y de los vientos, a percibir y entender los más mínimos rumores ocasionados por todas las formas de vida que han poblado nuestro planeta —dijo Fayette en voz baja—. Sabemos diferenciarlos y determinar sus intenciones. Nuestro cuerpo es capaz de sentir cualquier manifestación externa que provenga de los seres vivientes de este mundo, no importa a cuál dimensión pertenezcan.

En ese momento intervino también Tenanye.

—Nos encanta explorar nuevos territorios y espiar en sus poblados y villas, de esta manera podemos estudiar aún más la naturaleza humana de aquellos que vienen a habitar las regiones cercanas al bosque de Núrisil.

—¿Y a ustedes les agradan los humanos? Yo a veces los detesto —agregó Samuel—. Sobre todo en la escuela. No entiendo el corazón de muchas personas.

—A nosotras nos agradan mucho, ustedes nos parecen criaturas graciosas y pueden llegar a trasmitir bellos y profundos sentimientos —intervino Tenanye volando alrededor de la cabeza de Samuel—. Nos parecen unas criaturas fascinantes que, además, tienen buen gusto por las comidas y dulces... pero tienes razón, muchos de ustedes representan un peligro latente para la seguridad de nuestro territorio.

—Por eso siempre estamos alertas —agregó Fayette—, al igual que los momoys y las demás criaturas que habitan el bosque.

Samuel se encogió de hombros, mientras afirmaba con la cabeza el comentario de Fayette.

—Ojalá nuestro mundo funcionara de esa forma y que cada uno se sintiera responsable de cuidar la vida del planeta. La ironía es que creo que somos dos mundos diferentes en un mismo planeta —exclamó Samuel desanimado y añadió—: pero hay algo que sigo sin entender... a pesar de todas las precauciones que toman, hay personas acá que saben de ustedes, lo sé por los relatos e historias que Horacio me ha contado.

—¡Eso es muy cierto, Samuel —respondió Tenanye con cierto pesar—. Siempre ha habido accidentes, alguna criatura descuidada se dejó ver o escuchar, incluso, desde hace algún tiempo, hay quienes han hecho contacto con los hombres intencionalmente.

—¿Te refieres a hadas como ustedes?

—No solo hadas, duendes, elfos, incluso momoys —intervino Fayette.

—Lo dice por Dag y por mí.

—Nunca antes, nadie de tu mundo había tomado este sendero hast...

—Hasta ayer —concluyó Samuel la frase, interrumpiendo a Fayette.

—Así es. Pero tú no eres el responsable, al contrario, todos te estamos agradecidos.

—¡Creo que estamos atiborrando tu cabeza con muchas cosas!

Nosotras no paramos de hablar —dijeron en coro Tenanye y Fayette al tiempo en que parecían abandonar a Samuel.

—¡Esperen, no se vayan, por favor! —pidió Samuel mientras acomodaba su humanidad sobre el improvisado colchón de hojarasca y pequeñas ramas—. Quiero que me hablen más de los seres que conocen y habitan este bosque. ¿Existen más seres como Makubar y Kercus?

Fayette voló hasta posarse a un lado del curioso joven y se sentó con placidez en una rama, Tenanye se sentó en su hombro.

—Ya sabes de todos nosotros, así que no veo por qué no decirte más sobre nuestro mundo. En la naturaleza existen espíritus muy antiguos —dijo Fayette— que siguen muy de cerca a todas aquellas criaturas que se internan en el bosque y muchos de los parajes que conforman nuestro planeta. Entre ellos están los árboles, seres de tiempos remotos que proyectan sus brazos hacia las alturas, donde toman la energía de la brisa y de los hilos de luz del universo, así como internan sus raíces para absorber el agua que trae el palpitar de la tierra, desde el inicio de los tiempos.

—¡No sabía que los árboles podían hablar! —interrumpió Samuel—, hasta que conocí a Kercus.

—No todos lo hacen como él. Solo los elegidos —respondió Tenanye.

—Nuestros amigos los árboles nos hablan a través de un peculiar lenguaje que solo ellos y nosotras comprendemos —continuó Fayette—, entre árboles y hadas no hay mucha diferencia, tan solo que nosotras hemos decidido andar por el mundo y ellos han decidido permanecer en contemplación de la tierra, mecidos por los vientos.

»Espíritus muy antiguos habitan en nuestros amigos de madera, como el caso de Kercus quien guarda grandes secretos desde los orígenes de nuestros antepasados, y ha sido venerado por civilizaciones antiguas. Desde los inicios los árboles han podido aprender el lenguaje de los hombres y han sido testigos de la historia de ambos mundos, incluso aquellas forjadas en los más remotos rincones, ya que su aliado el viento y los seres elementales traen consigo la información de lo que puede estar ocurriendo en estos momentos y, además, las memorias de tierras lejanas. Ellos son el enlace entre dos mundos, entre el cielo y la tierra, les agrada la compañía de las aves y de todas las criaturas que buscan su cobijo y protección, como nosotras, y se deleitan con el roce de la lluvia y el viento entre sus ramas.

—¡Me gustaría poder oírlos y hablar con ellos también! ¿Cómo podría? —preguntó eufórico Samuel, a la vez que acercaba el ventanal de sus grandes ojos a Fayette.

—Cálmate, Samuel. Solo agudiza un poco más tus sentidos —añadió Tenanye— y utiliza tu corazón para observar. De esta manera te darás cuenta de que no resulta difícil identificar a estos antiguos y sabios maestros que habitan en las espesuras de los bosques.

En ese momento, Dag comenzó a mover poco a poco su cuerpo para desentumecerse y tratar de incorporarse a la conversación. Miró directo al horizonte y se dirigió a Samuel sin quitar sus ojos del bello escenario que tenía ante sí.

—¿Ves aquellas montañas azules que están más allá de las colinas floreadas? —describía Dag, mientras señalaba en dirección al norte—. Allá se encuentra la laguna de Novelen, es el corazón de las tierras de Núrisil. Un poco más allá, se encuentra nuestra aldea, la majestuosa Árminas.

—¡Buenos días allá arriba! —dijo una ronca voz proveniente de las ramas inferiores.

—Buenos días, Makubar —respondieron al unísono los cuatro personajes que descansaban bajo su mirada.

—Es la primera vez que amanecemos con tantos invitados acá arriba —respondió el oso mientras se rascaba la panza—. Muchas criaturas han respondido a mi llamado, el bosque me ha hablado y me ha contado lo sucedido durante la noche. Grandes movilizaciones recorrieron las tierras altas y medias y son muchos los que buscan a las criaturas perdidas. Hay quienes ya están muy cerca.

—¿Te refieres a los guardianes del bosque? —preguntó Dag con mucha inquietud.

—Así es —finalizó Makubar, incorporándose y estirando sus fuertes patas delanteras—. Así que, sea cual sea el plan que tengan, deben apresurarse.

—Debemos alejarnos de acá lo antes posible —exclamó Dag mientras se incorporaba con rapidez—. Gracias por tu información, Makubar. Tus consejos y tu ayuda siempre han sido útiles. Estamos muy agradecidos por habernos recibido.

Dag y Samuel bajaron con gran destreza hasta llegar al suelo. Para entonces las dos hadas se hallaban despidiéndose de Kercus.

—Gracias, Kercus —dijeron al mismo tiempo Dag y Samuel mientras lo miraban.

—¿Qué has decidido hacer? —preguntó el viejo roble a Dag.

—Aún no lo sé, pero debemos alejarnos lo más posible de Novelen. Debo conseguir la manera de que Samuel regrese a su casa; seguramente los cazadores nos estarán esperando.

—De hecho, me informan que se han atrevido a adentrarse más allá de lo usual. Ustedes serán una presa fácil si regresan por el mismo camino que vinieron. Si quieres mi recomendación, yo bordearía la quebrada que encontrarás detrás de aquellos árboles amarillos y seguiría en dirección al este.

Por un instante, Dag quedó en silencio evaluando lo que el viejo roble le había aconsejado.

—No existe otra alternativa, querido muchacho —intuyendo lo que el momoy podría estar pensando—. En cualquier momento los guardianes del bosque llegarán acá. Los podremos distraer, pero no por mucho tiempo. En esta oportunidad, mi consejo es que solo la intuición podrá darles la mejor respuesta a los acontecimientos que habrán de llegar, en especial para ti, Samuel.

—¿A qué te refieres, Kercus?

—Es todo lo que puedo decir ahora. Un peculiar camino han de tomar... ambos. El destino, aunque parecerá incierto al principio, les estará esperando con grandes sorpresas. Ya el viento me traerá noticias de ustedes en su momento. Es hora de partir —añadió Kercus, el viejo roble, a sus jóvenes huéspedes, mientras Makubar brincaba desde las ramas más bajas, para caer justo frente al grupo.

—Que el ancestral espíritu del bosque los guíe con bien —dijo el oso mientras bajaba la cabeza.

—Gracias, amigos —respondió Samuel, quien se quedó por unos instantes pensando en las palabras del viejo roble.

Por su parte Dag, Fayette y Tenanye, también agradecieron a Kercus y Makubar el haberles brindado cobijo y protección durante la noche. Poco a poco, las cuatro figuras fueron desapareciendo de las miradas del oso frontino y el gran roble. Emprendieron su retorno tomando rumbo al riachuelo, con la certeza de que muchos serían los muros y obstáculos que se encontrarían en el camino.

—¿Por qué los enviaste por esa ruta, viejo árbol? Los guardianes los encontrarán fácilmente.

—Estás en lo cierto, y así debe ser. Los momoys y el joven humano deben cruzar sus caminos.

—No entiendo, Kercus. Cada vez te entiendo menos... podri...

—No lo quería mencionar delante de ellos —interrumpió Kercus a su peludo compañero mientras observaba la ruta que el grupo había tomado—. El encuentro de esos dos jóvenes no ha sido por coincidencia.

—¿Qué quieres decir con eso? ¿Ese encuentro entre ellos tenía que suceder?

—Así es —replicó el roble—, desde que vi al muchacho recordé una historia muy antigua que me fue contada cuando yo era apenas un pequeño árbol. Así que mientras dormían pude consultar con algunos amigos. Respuestas me llegaron a través de los cuatro vientos. Ese muchacho cambiará el rumbo de la historia de Árminas, el destino del bosque de Núrisil estará en sus manos.

—¿Te refieres al joven Dag?

—No. Él no. Hablo de la criatura del mundo de los hombres. Samuel.

Makubar, abriendo sus grandes ojos tratando de comprender a su viejo amigo, giró tan bruscamente su cabeza hacia Kercus, que casi se hace daño.

—¿Estás seguro de eso? Entonces debemos ayudarlos, tenem...

—Ya hemos hecho lo que nos correspondía —interrumpió de nuevo Kercus—. Lo que tenga que suceder, sucederá. En este momento solo debemos aguardar y estar muy alerta de los próximos acontecimientos. Debo enviar un mensaje hasta los confines de la tierra, tenemos que hacer que el gran Tavhay sepa lo que está ocurriendo y regrese de su peregrinación cuanto antes.

—¿Podrás hallar a Tavhay? Estoy de acuerdo contigo, pero hay que tener cuidado con quien hablamos —murmuró Makubar—. Muki fue asesinado por alguna razón que desconocemos, por lo tanto, Núrisil ha dejado de ser un lugar seguro.

—Hace mucho que Núrisil ha dejado de ser un lugar seguro, viejo amigo. Muki descubrió algo y lo pagó con su vida. Solo debemos ser muy precavidos, Makubar. Yo haré que llegue el mensaje a Tavhay. Que tus amigos vayan haciendo un seguimiento del grupo sin intervenir, para que podamos estar informados de lo que ocurre —finalizó Kercus.

Tras la densa capa vegetal, aún se podía sentir el viento helado, proveniente de las elevadas montañas y picos nevados.

—Creo que es hora de que nosotros regresemos a Árminas —dijo Tenanye.

—Entiendo —respondió Dag con un gesto de resignación en el rostro y esbozó una sonrisa forzada, mostrando su desacuerdo. La sensación de desamparo corría por todo su cuerpo.

—Recuerden que no podemos ser vistas colaborando con Samuel —repicó Fayette—. Pero acá les dejo para que tengan un delicioso desayuno. Eso sí puedo hacerlo. ¡Extiendan las manos!

En un abrir y cerrar de ojos, ambos tenían en sus manos dos cestas de mimbre repletas de panecillos, *cakes* y un tarro de leche. Por unos minutos se sentaron a disfrutar del exquisito regalo de Fayette, mientras estas se despedían de los dos jóvenes. Tenanye se acercó a Dag para decirle al oído unas palabras:

—Dag, no te preocupes. Sabemos que estarán bien. Kercus nos dijo...

—¡Tenanye! —gritó Fayette cortando de inmediato las palabras de su amiga.

—¡Ooops, perdón, olvidé que no podía decirlo! —Exclamó la pequeña hada de cabellos oscuros mientras se tapaba la boca con sus manos.

Al instante, las dos hadas desaparecieron dejando tan solo una estela blanquecina que se disipó en segundos.

—¡Oigan! ¡Esperen! ¿Qué dijo Kercus?

El joven momoy quedó con la boca entreabierta mientras observaba cómo desaparecía el último rastro de sus amigas.

—Vaya amigas —murmuró Dag entre dientes.

—¿A dónde iremos, Dag? —preguntó Samuel desconcertado—. ¿Crees que los cazadores aún nos estén buscando?

—Ese es el menor de nuestros problemas ahora. Tomaremos la ruta que nos indicó Kercus hasta llegar, al menos, cerca de la zona donde está el camino que conduce a tu poblado, amigo.

En ese segundo, un torbellino de pensamientos e imágenes se le venía a la cabeza al joven momoy de Árminas. Sabía que no sería fácil la travesía, pero al menos tenía que intentarlo.

El día prometía ser soleado. En la tierra aún relucían las gotas del fresco rocío de la mañana adornando los innumerables helechos y arbustos que brillaban al sol, como diminutos cristales. En la atmósfera se percibía una fragancia de madera y yerbas sumada a la brisa que traía las emanaciones de la tierra húmeda. Un aire de quietud y majestuosidad dominaba aquel solitario paraje, solo interrumpido por el sonido del viento chocando entre las ramas frondosas de los árboles, junto al graznido de una bandada de guacamayos que volaban alrededor de la alta arboleda.

En este ambiente amanecieron cuatro de los guardianes del bosque: Frérin, quien los dirigía, era uno de los más veteranos del grupo; Anúnfalas, considerado el mejor rastreador del clan Abardam, incluso más allá de las fronteras de Núrisil; y dos guardias de la nueva generación, Liunkas y Arek. El grupo descansaba alrededor de las ya casi extintas brasas de la fogata que les había proporcionado buen calor durante la noche. La tenue luz del alba se filtraba a través del gastado cuero del gran sombrero de Anúnfalas, obligando al gran guía de los bosques a incorporarse con lentitud, mientras estiraba su cuerpo entumecido tras haber permanecido en un profundo sueño provocado por la quietud del lugar y el extremo cansancio.

—¿Alguna noticia de Dag? —preguntó Anúnfalas mientras se ponía de cuclillas para tomar una taza de café caliente que reposaba a un lado de la pequeña fogata. Al darse cuenta de que estaba vacía, volvió a colocarla en su lugar mientras gruñía.

—Ninguna —respondió Liunkas, que se alistaba para continuar la búsqueda del joven momoy en los parajes más alejados del portal.

—Tengo la espalda muy adolorida —comentó Anúnfalas a la vez que trataba de llevarse las manos hacia el lugar donde sentía el dolor—. ¡Este tronco no estaba tan cómodo después de todo! —dijo, dejando escapar una risa burlona, mientras recogía sus pertenencias para emprender la marcha y unirse a sus compañeros—, la verdad, no hay como un montículo de pasto fresco para reposar.

En ese momento escucharon, desde lo profundo del bosque, voces que se aproximaban. Se trataba de Rinfen y algunos de los guardianes que venían de registrar varias locaciones de campesinos y comunidades de la región.

—¡Saludos, guardianes! —exclamó Rinfen en voz alta, mientras aparecía junto con sus compañeros entre unos matorrales, rompiendo con el silencio del lugar. Luego fue nombrando a cada uno del grupo cerciorándose que todos estuviesen preparados para continuar la búsqueda—: ¡Frérin, Anúnfalas, Liunkas, Arek, debemos ponernos en marcha! El grupo que incursionó anoche en el poblado de los humanos no encontró ningún rastro. Tampoco hubo suerte en las montañas de Golgork, los mineros no han visto a Dag en semanas.

—Nosotros no hemos tenido mejor suerte —respondió Frérin—. Creo que nuestra última esperanza es Kercus y Makubar, señor —dijo el veterano momoy mientras terminaba de ajustar su mochila y su lanza.

—Todos contamos con tu capacidad de rastreo, amigo —dijo Rinfen dirigiendo la mirada hacia su viejo amigo Anúnfalas—. Somos, en este momento, la única esperanza de encontrar al hijo de Rosen.

Anúnfalas escupió el suelo y sacudió con fuerza el sombrero.

—No lo sé... es como si el bosque hubiese borrado sus huellas —respondió el rastreador mientras observaba los alrededores—. A duras penas pude distinguir las huellas de un par de burzkul un poco más allá, hacia el este, cerca del riachuelo.

—¿Burzkuls en estas zona? Imposible.

—Lo mismo pensé, esos ciervos blancos no suelen movilizarse en tierras cercanas a los poblados. Pero sus huellas son inconfundibles. Por eso decidimos seguir esta ruta. Sospecho que seguían a alguien.

—Frérin, toma a tres guardianes —dijo Rinfen—, sigue el camino de Kercus, quizás él o Makubar puedan darnos alguna información.

—¡De inmediato, señor!

—Los demás iremos por el camino del sur. ¡Anúnfalas abre bien los ojos! Tú dirigirás el grupo —señaló Rinfen con la lanza al rastreador de los guardianes—. No podemos volver con las manos vacías. No es una opción —agregó mientras negaba con la cabeza.

El grupo terminó de recoger con rapidez las pocas pertenencias de su improvisado campamento, para iniciar la partida.

—¡En marcha! —exclamó el jefe del grupo.

Ambos grupos por separado se internaron en la espesura de la arboleda, fundiendo sus figuras entre los bejucos, troncos y ramas que cubrían numerosos senderos que se ramificaban como arterias de aquel frondoso sistema vegetal.

El grupo de Rinfen, con Anúnfalas a la cabeza, emprendió sin dilación la búsqueda de Dag, tomando el camino hacia la zona de un pequeño riachuelo al sur de su posición. Transcurrió menos de una hora cuando Anúnfalas se tropezó con las primeras huellas, observando que se dirigían en dirección al sur, directo hacia la quebrada.

—¡Sabía que estaría por acá¡ —exclamó con fervor.

—¿Has podido dar con el rastro? —preguntó Rinfen.

—¡Así es! Pasaron por acá, y van en dirección al sur.

—¿No está solo?

—No —murmuró negando también con la cabeza, mientras estaba en cuclillas observando con detenimiento el camino—. Quien lo acompaña... por la forma y el tamaño de esta pisada no es de los nuestros.

En ese instante, Rinfen sintió un escalofrío que bajaba por su espalda haciéndolo estremecer, en tanto se arrodillaba para acercarse al rastro.

—¿Es esta la huella de quien lo acompaña? —preguntó Rinfen mientras tocaba con sus dedos las marcas encontradas en el camino.

El rastreador apenas asintió, al tiempo que su mirada se perdía hacia la profundidad del camino.

—Vamos —susurró Rinfen, tocando el brazo de su compañero.

Se levantaron. El grupo siguió a Anúnfalas por el pasillo arbustivo procurando hacer el menor ruido posible. En medio del estrecho camino los guardianes comenzaron a tener un sin número de pensamientos. Sabían que no pasaría mucho tiempo antes de encontrarse con Dag y la criatura que lo acompañaba. Pero no fue tan sencillo. De hecho, transcurrió la mañana mientras recorrían el sendero a un costado de la quebrada y aún seguían sin encontrarlos. Habían tomado la dirección hacia al este, sin duda alguna trataban de regresar al poblado de La Azulita.

Entre tanto, no muy lejos de ahí...

—¡Me gustaría conocer tu aldea y a tu gente! —exclamó Samuel mientras seguía los pasos acelerados de su amigo por el estrecho sendero.

—Igual a mí me gustaría conocer la tuya —respondió Dag— pero sabemos que no es posible. Las leyes no lo permiten. Además, sería muy peligroso, todas las personas de tu mundo que han intentado llegar a nosotros, han sido llevadas por los guardianes del bosque hasta los portales de Núrisil. Se los llevan a otros lugares. Es por eso que no debemos dejarnos atrapar.

En ese instante, Samuel sintió que todo aquello lo sobrepasaba. Recordaba cómo, pocas semanas atrás, se encontraba bajo la protección y el cuidado de sus abuelos en Caracas, seguro, en su mundo controlable. Ahora se hallaba abrumado, sorprendido por todo lo ocurrido desde el día anterior. Nunca antes se habría imaginado conocer a semejantes criaturas. Aunque sabía que su familia estaría pasando por un momento muy angustioso —y además podría implicar un gran riesgo para él—, aquella experiencia era fascinante, espectacular. Colmaba su imaginación. No tenía palabras para poder describir lo vivido, si tuviese que contarlo en ese momento. A la par de estas sensaciones, una palabra volvió a su cabeza.

—¿Portales? ¿A qué te refieres con portales?

Dag se detuvo de inmediato. Le indicó a Samuel que hiciera silencio. Giró sobre su eje y observó fijamente hacia el camino que ya habían recorrido. De pronto tomó a Samuel por un brazo y lo arrastró hasta la densidad de los matorrales, a un costado del camino. Los dos se ocultaron con rapidez para observar el sendero frente a ellos. Samuel no tuvo necesidad de preguntar, intuyó que alguien venia pisándole los talones. Por un momento pensó que los temibles cazadores les habían dado alcance, pero el rostro de Dag le indicaba otra cosa. Fue entonces cuando logró divisar a lo lejos, entre los árboles, una singular punta de lanza y luego a su portador. Se trataba de Anúnfalas encabezando el pequeño grupo que lo seguía, unos cuantos metros más atrás.

—Es Anúnfalas —murmuró Dag mientras se quitaba el sombrero y se pasaba la mano por el cabello—. Estamos perdidos.

Samuel sintió que su corazón comenzó a latir como un tambor.

—¿Qué dices? Pero no creo que nos haya visto aún...

—No hace falta. Ya sabe que estamos acá —respondió con sequedad—. Permanece oculto entre la maleza hasta que yo te diga —ordenó Dag—, por nada permitas que te vean, déjame hablar a mí y ya veremos qué podremos hacer.

Samuel permaneció oculto en aquel lugar. Las gotas de sudor le corrían por el rostro. Sentía que el corazón le saldría por la boca.

Dag volvió con rapidez al camino para interceptar al experto guía, cuando vio a la pequeña patrulla y Rinfen al mando. Uno de los guardianes más estrictos y apegados a las leyes de Árminas era precisamente él. Por primera vez el joven momoy se sintió acorralado. Las esperanzas de que Samuel volviera con los suyos se desvanecieron en ese preciso instante.

Del otro lado del camino, luego de alcanzar un recodo de la ruta, Anúnfalas observó adelante, al finalizar una ligera pendiente, una figura familiar que salía de los matorrales para dirigirse hacia él. Por fin había encontrado al hijo de Isil y Rosen.

—Anúnfalas! —gritó Dag agitando los brazos dándose por sorprendido al toparse con el experto rastreador.

—¡Mi querido Dag! —respondió el rastreador esbozando una gran sonrisa, al tiempo que suspiró profundamente al observar que se encontraba en buen estado.

De inmediato, Rinfen adelantó el paso junto con el resto de los guardianes. Dag detalló los rostros fatigados de los cinco momoys que llegaron a su encuentro.

—¡Jefe Rinfen! —exclamó nervioso.

—¡Vaya, Dag! —dijo Rinfen en voz alta y malhumorado, aunque al mismo tiempo se sentía aliviado al darse cuenta de que el acompañante de Dag no representaba un peligro, al menos por ahora—. ¡Hasta que al fin decides aparecer!

—¿Qué ocurrió contigo? —preguntó Anúnfalas interrumpiendo a Rinfen—¡Extraño lugar para aparecer!

—La verdad... no sé por dónde empezar —admitió Dag, nervioso.

—Pues comienza diciéndole a tu acompañante que salga de los matorrales antes de que lo saquemos a la fuerza —exclamó Rinfen, mientras veía hacia el lugar donde Samuel se ocultaba.

El aire se hizo espeso y Dag sintió que todo se detuvo. Percibió cómo todas las miradas de los guardianes buscaron la suya.

Samuel permanecía inmóvil, sin hacer ruido, oculto entre la densa vegetación, observando a través de los entrelazados matorrales y haciendo un gran esfuerzo por entender lo que hablaban. Cuando por fin logró ver lo que ocurría, se llevó una gran sorpresa. Todos miraban fijamente hacia la improvisada guarida. Se dio cuenta de que había sido descubierto. A pesar de ello, se mantuvo oculto. Sentía que no podía mover un músculo de su cuerpo, se encontraba paralizado por el miedo de haber sido encontrado y no sabía cómo reaccionar. Por primera vez pensó que jamás volvería a ver su familia.

—¡Pero!... ¡Si es un humano! —gritó Liunkas, al tiempo que los ojos se le salían de las órbitas y sus pobladas cejas oscuras se erizaban como si Samuel fuera a atacarlos.

Samuel, al escuchar el grito del momoy, huyó por simple instinto hacia la parte más interna de los altos matorrales, pero estos le impedían movilizarse con rapidez. Entonces decidió girar y dirigirse hacia el camino, por lo menos ahí tendría más espacio para correr y poder moverse. Mientras tanto, Dag gritaba que se detuviera, que no intentara huir. Pero, para ese momento, Samuel solo tenía en su cabeza que debía alejarse a toda prisa de los guardianes.

—¡Samuel, detente! ¡Para!

—¡Búsquenlo! —ordenó Rinfen.

Al instante, Anúnfalas y los otros dos guardianes corrieron por el sendero a una velocidad sorprendente. Uno de ellos, Arek, se separó del grupo mientras Anúnfalas y Liunkas seguían al asustado muchacho. Samuel percibía con el rabillo del ojo las dos siluetas que prácticamente le pisaban los talones. Liunkas se abalanzó dando un brinco sorprendente, pero Samuel supo moverse hacia un lado en el momento preciso. Liunkas cayó, rodando de costado varios metros entre los matorrales, en una pequeña fosa, desapareciendo de la vista de todos. Anúnfalas quedó sorprendido, con la boca abierta, pero continuó tras el muchacho, quien seguía al mismo ritmo sin detenerse.

—¡O...oye detente, muchacho! —gritó Anúnfalas, quien ya mostraba síntomas de cansancio— ¡Te prometo que no te haremos daño! ¡Además, eres amigo de Dag.! ¡De...de...detente por favor! ¡Hablemos!.

En ese instante, Anúnfalas se detuvo buscando con desespero el aire para poder llenar sus pulmones. Se apoyaba sobre sus rodillas mientras respiraba con agitación y trataba de gritarle a Samuel al mismo tiempo que no continuara o se perdería en el bosque.

Al escuchar las palabras y el tono con el cual su persecutor se dirigió a él, Samuel entró en razón y se detuvo de inmediato, percibió que, de seguir corriendo, quedaría solo en aquel intrincado e inmenso bosque. Recordó las palabras de Horacio y de su padre, él no tenía ni idea de dónde se encontraba. Perderse en este bosque seria su perdición. Entonces giró para enfrentar lo que venía tras él. Curiosamente, tan solo pudo observar a un cansado guardián que yacía prácticamente desmayado por falta de aire. De los otros dos no había señal, fue entonces cuando pudo ver que aparecían, varias decenas de metros más allá, las siluetas de Rinfen y Dag. En ese momento, tras su espalda, una voz seca y ronca le dijo:

—Hasta acá llegaste, humano, ahora date la vuelta muy despacio y no intentes nada.

El guardián, de estatura baja pero corpulento, intentó golpear a Samuel con la lanza para doblegarlo, pero este se la arrebató con una velocidad sorprendente, en tanto le propinaba un fuerte puntapié en la entrepierna. El guardián sintió tal fuerza en ese golpe, que toda su humanidad se desplomó como un saco de papas. Cayó largo a largo mientras balbuceaba incoherencias, lo único que podía visualizar eran estrellas fugaces brillantes dentro de su cabeza, producto del vapuleo del que fue objeto.

—Jajajaja. Vaya, vaya, Arek —gritó Anúnfalas al acercarse a su compañero tendido en el suelo, mientras Samuel permanecía a un lado sosteniendo la lanza—. Si me lo hubiesen contado...jajaja nunca lo habría creído. Samuel, eres más hábil con esa lanza que muchos de los guardianes de Árminas. Te felicito, muchacho, pero ahora, regrésame la lanza, por favor, antes de que Rinfen se ponga nervioso.

Samuel se la devolvió de inmediato. Por un momento, sintió que aquel guardián bajo y rechoncho de larga barba entre gris y negra, no era una amenaza. Más bien le agradaba la forma de hablar y su sentido de humor. Eso le ayudó a tranquilizarse.

Cuando Dag y Rinfen llegaron al lugar, este último no salía de su asombro. Le costaba creer que dos de sus guardianes se hallaban fuera de combate. Por su parte, Dag trataba de aguantar la risa. No podía creer lo que veían sus ojos.

—Lo siento, pero si algo he aprendido todos estos años es a defenderme cuando me veo en peligro —dijo Samuel al jefe del grupo.

—Vaya, entiendo ahora porque el pobre cazador quedó tendido en el suelo sin poder moverse. No fue un mero golpe de suerte, amigo, en realidad sabes pelear —exclamó Dag con evidente satisfacción.

Arek se fue sentando lentamente con ayuda de Anúnfalas quien lo sostenía por la espalda. Al principio le costó centrar las figuras dobles de su jefe, hasta que poco a poco fue recuperando la visión y logró ubicar las imágenes.

—¿Cazador? ¿Cuál cazador, Dag? —inquirió Rinfen olvidando por un momento la penosa escena que tenía ante sus ojos y prestando atención a la respuesta del hijo de Rosen.

Dag comenzó a contarle su relato. No dejó escapar ni un solo detalle. Incluso, le confesó a Rinfen sobre sus sospechas con respecto a Dorgen y la muerte de Muki, así como los constantes viajes que el oscuro momoy realizaba al tercer mundo. Terminó narrando lo sucedido el día anterior cuando fue presa de los cazadores.

En ese momento, Liunkas llegaba hasta el grupo lleno de barro hasta la cabeza tratando de estar presentable, mientras pretendía enderezar la punta de su sombrero, sin éxito.

—¡Él es la razón por la cual logré escapar de los cazadores! —continuó Dag en voz alta, mirando a Rinfen a los ojos mientras tomaba el brazo de Samuel con su mano—. Samuel arriesgó su vida para liberarme y desde entonces hemos estado escapando de esos hombres. No podíamos ir hasta su poblado y tampoco ocultarnos en Árminas. Por eso decidí ir a los dominios de Makubar y Kercus, con ellos tendríamos oportunidad de ocultarnos y descansar hasta pensar en algún plan para regresar sanos y salvos.

—¿Rosen sabe lo que has estado haciendo? —preguntó Rinfen.

—No, la verdad no he querido decírselo. No me dejaría salir de Árminas.

—Pues tienes razón, yo tampoco te dejaría —intervino Anúnfalas.

—Es muy peligroso lo que haces. Dorgen no es de fiar, es misterioso y además maneja las ciencias ocultas, Dag. No estás considerando a lo que te enfrentas. Por otra parte, no tienes pruebas que lo responsabilicen por la muerte de Muki y sabemos que fue Pheranto quien lo mató.

—Lo sé —respondió Dag, asintiendo con la cabeza—. Pheranto

fue el verdugo, pero estoy seguro de que Dorgen lo planificó. Y sí, ya desde ayer supe de lo que puede ser capaz.

—Y por lo que cuenta Dag, veo que Dorgen también tiene un interés especial con respecto a ti —dijo Rinfen, dirigiéndose a Samuel.

Este se encogió de hombros sin saber qué responder mientras giraba la cabeza de un lado a otro.

—En este momento lo que se me ocurre es llevarlos a Árminas. Yo no puedo tomar decisiones sobre Samuel. Eso le corresponde al jefe Roin y a los venerables.

—Pero Roin lo va a condenar a otras tierras —exclamó Dag—. Deben perdonarlo, me salvó la vida.

—Es cierto, nosotros sabemos lo que hará Roin —reafirmó Anúnfalas.

—Sé que te salvó la vida y eso contará a la hora de tomar decisiones. De eso puedes estar seguro. Pero no puedes presentarte ante el Consejo y decir lo que me has contado, Dag, sobre todo sin pruebas. A menos que tengas algo comprobable que justifique tu desaparición en estas tierras. Además, la presencia de Samuel y todo lo que sabe de nosotros pone en riesgo nuestra seguridad. Y ese será el principal argumento que Roin utilizará para castigar a este muchacho —explicó Rinfen mientras apuntaba a Samuel con su dedo.

—La verdad que ha habido un alboroto de grandes proporciones desde ayer, no solo en Árminas, sino además en todo Núrisil —agregó Anúnfalas—. Hubo una gran movilización y ordenaron reunir a todo el Aradil.

—Así es, desde hace años no se veía el ejército de los guardianes reunidos en su totalidad. Hasta los venerables están esperando impacientes que aparezcas —agregó Rinfen.

—Eso fue obra de Balakur y mi padre, estoy seguro —respondió Dag a regañadientes.

—¡Y qué puedes esperar cuando se desaparece el sobrino e hijo de los dos grandes representantes del clan Abardam, muchacho! ¿Una simple patrulla de reconocimiento? Es imposible que tu desaparición pasara desapercibida, amigo —exclamó Anúnfalas en voz alta.

Samuel comenzó a sentir ansiedad en ese momento con el debate entre Dag, Rinfen y Anúnfalas. En un par de ocasiones quiso dar a conocer su punto de vista, pero prefirió mantenerse en silencio. Ya no sabía qué pensar. Solo estaba seguro de que su destino ahora dependía de Dag y su poder de convencimiento, que no había sido muy efectivo hasta ahora.

—¡Sabes, Dag, nos alegra que estés a salvo! Pensábamos lo peor luego de lo ocurrido en la vieja mina —dijo Rinfen— pero debemos ir a Árminas, esto ya se escapa de nuestras manos y es definitivo. ¡Guardianes prepárense. Volvemos a Árminas! —ordenó.

—¡No, Rinfen, no lo entiendes! —exclamó Dag, agitado. Inhaló profundo para calmarse y añadió—: Debemos dejarlo ir a su hogar, con su familia y...

—Te lo diré solo una vez, Dag —lo interrumpió el líder del grupo—: ¡No!, y ahora será mejor que nos pongamos en marcha. Ya el sol se habrá ocultado para cuando lleguemos a Árminas.

El grupo comenzó su movilización en dirección al noreste, hacia la laguna de Novelen. Durante el trayecto, Anúnfalas se le acercó a Dag.

—Sabes, estoy de acuerdo contigo, Dag —murmuró Anúnfalas al oído de su compañero mientras caminaban—, pero no podemos hacer nada. Debemos seguir las órdenes de Rinfen —añadió mientras subía los hombros.

—¡Dag! —exclamó Rinfen desde el extremo frontal de la fila—, son las leyes de Árminas y debemos obedecerlas sin excepción.

—Pues qué ironía —exclamó Dag al tiempo que golpeaba una pequeña rama que se encontraba en el camino—. Es más fácil desconfiar y agredir a quienes nos ayudan, que dejar atrás el prejuicio y el miedo que nos mantienen hundidos en un sinfín de antiguas y obsoletas leyes.

En ese momento pateó un montículo de piedras, arrojándolas sin querer sobre las cabezas de los que avanzaban por delante de él.

—Disculpen —murmuró el enojado momoy.

—Pierde cuidado, pero procura que no se repita, ya por hoy he tenido suficiente —dijo Arek, aún con efectos del mareo y sin voltear, con una peculiar tensión en el tono de su voz mientras sacudía su sombrero y procuraba caminar derecho.

Luego de dos horas de recorrido, serpenteando por numerosos caminos sin descanso alguno, llegaron hasta la imponente laguna de Novelen. Desde ahí, Samuel observó las distantes paredes de numerosos cañones y grandes alturas; acantilados con formas y colores caprichosos que dominaban los alrededores de aquella laguna. Las nubes comenzaban a posarse sobre las laderas de las montañas que rodeaban aquel magnífico paraje, desplegando un gran manto con formas espectrales y envolviéndolo con una capa vaporosa y oscura. De pronto las aristas centellantes de rayos provenientes de las alturas se precipitaban sobre el enorme cuerpo de agua, seguido del ruido ensordecedor de un portentoso trueno que se propagaba chocando contra las rocas, despertando centenares de ecos que se alejaban en la distancia.

Nubes negras se acumulaban sobre las cristalinas aguas tornándolas a un tono gris oscuro. Poco a poco, la densa neblina fue cubriendo cada centímetro de la superficie, ocultando por completo los altos árboles y toda la vegetación circundante al cuerpo de agua. Uno a uno, comenzaron a subir al bote que se hallaba en la orilla. El último momoy tomó impulso y logró empujarlo por completo, dando un gran salto para poder abordarlo antes de que la embarcación comenzara a deslizarse sobre las aguas.

Dos de los guardianes asieron los remos y comenzaron a dirigir el bote hacia el centro de la laguna. La pequeña embarcación fue desapareciendo entre la bruma, había entrado en una espesa neblina y la visibilidad era casi nula. Samuel, nervioso, sentía que esa neblina era algo más. La proa del bote rompía la calma de la superficie, mientras el muchacho intentaba escudriñar algo más allá entre aquella pared blanquecina que les ocultaba lo que podría haber más adelante.

En la pequeña embarcación había un profundo silencio, solo se podía escuchar el sonar de la helada brisa moviendo la niebla y la superficie del agua, donde se formaban interminables ondas que recorrían gran parte de la laguna y chocaban con el casco del bote. Solo el rechinar de las bisagras de los remos y el chocar de estos contra el agua rompían la armónica quietud de Novelen.

De pronto, un abrumador trueno irrumpió el silencio de aquel lugar haciendo estremecer la barca y sus ocupantes que se encontraba justo en la mitad de la marisma, dejando a Samuel, por unos instantes, con un fuerte zumbido en los oídos. Entonces la voz de Anúnfalas se hizo sentir para indicarle que se sujetara con fuerza. El muchacho percibió en ese momento un sonido potente que retumbaba como una enorme manada de toros en estampida, la quietud de la laguna desapareció tras una gran cantidad de olas que con ímpetu rompían contra el casco del bote. De repente, cuando las aguas agitadas estaban en su momento más incontrolable, se trazó sobre la vasta superficie un enorme canal, guiando a la embarcación a través de él. En ese instante se abrió la neblina en dos mientras enormes relámpagos cruzaban el cielo como serpientes de fuego, el aire comenzó a sentirse denso, pesado y el frío desapareció. Samuel agudizó su mirada hacia los guardias de Árminas, por un instante le pareció que las figuras de sus captores se distorsionaban un poco, pero lo atribuyó al mareo.

Lo que el joven del tercer mundo ignoraba era que en ese preciso momento «el portal» que unía a su mundo con la segunda dimensión, se había abierto, permitiendo el acceso. La embarcación y sus tripulantes desaparecieron sin dejar rastro alguno sobre aquellas aguas. Pequeñas gotas cayeron del cielo, pero pararon apenas instantes después de comenzar. Las aguas volvieron de inmediato a su permanente quietud. Las nubes se dispersaron con calma, tal como llegaron, abandonando la gran laguna. Sobre el limpio firmamento la luna había comenzado a dejarse ver, pronto luciría a plenitud.

Cuando Samuel pudo enderezarse sobre sus rodillas sosteniéndose con las manos, asomó la cabeza sobre el borde de la embarcación. Luego de la extrema sacudida que segundos antes habían experimentado, los ocupantes comenzaron a sobreponerse al aturdimiento y a murmurar entre ellos. En ese instante, Samuel sintió como una fuerte mano se aferraba a él.

—¿Te encuentras bien? —preguntó Dag—. Ya hemos llegado a nuestro mundo en las tierras de Núrisil.

Samuel asintió con la cabeza, mientras observaba con detenimiento a su alrededor.

—¡Prepárense para desembarcar! —exclamó Rinfen—, nos quedan pocas horas de sol.

El grupo desembarcó en un lugar vedado por el manto de niebla y comenzaron su camino hacia el interior del bosque oscurecido. Samuel se detuvo por un momento a observar la enorme montaña que yacía frente a ellos. Observó, con detalle, cómo en la pared del acantilado había numerosas cavernas que se distribuían a lo alto y ancho de la formación rocosa. Percibió que la temperatura descendía y que la densa neblina se iba apoderando de la arboleda que atravesaban. El suelo fue adquiriendo un tono más negro salpicado de musgos resbaladizos, la hierba casi había desaparecido. El muchacho trastabillaba por lo irregular del terreno, recuperando el equilibrio y mirando con detenimiento a su alrededor. No podía ver hacia el horizonte, el denso bosque estaba plagado por altos árboles que le impedían divisar más allá de unos cuantos metros. Por encima de su cabeza se dibujaba un cielo de color gris, con nubes diseminadas que se movían en dirección suroeste, negras como la noche sin estrellas.

CAPÍTULO XI

NÍMURSIN. LA GRUTA DE TAVHAY

En poco tiempo, la niebla se fue haciendo más densa dificultando la visibilidad, hasta el punto de impedirla más allá de unos pocos metros, pero este obstáculo parecía tenerlo solo Samuel, para los momoy esto no era molestia, ya que se desplazaban a la perfección entre ella.

—¡Allí está la entrada! —dijo uno de ellos, refriéndose a una enorme grieta en la base de aquella imponente montaña.

Rinfen se detuvo y llamó al experimentado Anúnfalas, mientras indicaba a los demás que continuaran el paso.

—Tendremos que desviarnos y tomar el camino de la gruta —comentó Rinfen a su compañero—, la niebla y lo avanzado de la hora podría traernos problemas con el muchacho, no me gustaría toparme con alguna criatura que se antoje de nuestro prisionero.

—Estoy de acuerdo contigo —respondió Anúnfalas, mientras inspeccionaba los alrededores del camino.

—Entonces ve al frente y dirígenos, yo cuidaré la retaguardia.

Continuaron avanzando hasta que dieron con el nuevo trayecto que los conduciría hacia la gruta.

—Allá puedo ver la entrada de la gruta de Nímirsin —dijo el guardián que encabezaba el grupo.

—¿Vamos a entrar a esa caverna? —preguntó Samuel, con ojos exaltados, buscando la mirada de Dag—. Recuerdo que ayer dijiste que todas las cuevas del bosque estaban habitadas. ¿Acaso esta no?

—¡No te preocupes, muchacho! —respondió Anúnfalas—, esa gruta nos conducirá directo a la aldea con mayor resguardo que el que hemos tenido hasta ahora. Las criaturas de Núrisil no se atreven a incursionar en ellas por temor a ser hechizadas.

—¿Hechizadas? ¿Y qué pasará con nosotros? ¿Acaso aquí vive una bruja? —inquirió Samuel mientras esperaba alguna respuesta de Dag.

—No te inquietes, dentro no encontraremos ninguna desagradable sorpresa —intervino Rinfen riéndose de las preguntas de Samuel—, al contrario, las sorpresas podemos encontrarlas acá afuera. Muchas criaturas, en este momento, deben estar al tanto de tu presencia en nuestras tierras, y eso sí pudiera traernos problemas inesperados.

Cuando finalmente llegaron a la entrada de la gruta, Samuel observó la verdadera dimensión de aquella caverna que se abría paso entre las entrañas de aquel bloque de granito y cuarzo. Era oscura, pero pudo observar unas gruesas raíces esparcidas hacia las paredes en forma de serpientes. Los guardianes continuaron su paso al interior. Desde afuera daba la impresión de que se adentraría en las fauces oscuras de algún gigantesco monstruo petrificado.

—¿Logras ver alguna de las antorchas? —preguntó Rinfen

dirigiendo su mirada hacia Anúnfalas, quien prácticamente había desaparecido entre la oscuridad.

—¡Acá encontré una! —exclamó Arek mientras el eco de su voz retumbaba en las paredes de la caverna.

—Y acá esta la otra —respondió Anúnfalas al tiempo que tomaba el mango de la otra antorcha y la desprendía de la pared.

Las seis figuras fueron desapareciendo una a una dentro de la montaña. Los ojos de Samuel quedaron por segundos en una completa oscuridad, pero poco a poco, a medida que se adentraban, la vista comenzó a adaptarse. Por su parte, los momoys se desplazaban sin dificultad ante la negritud de la caverna. Anúnfalas tomó la antorcha y la encendió. Luego hizo lo mismo con la antorcha de Arek. Para sorpresa de Samuel, Anúnfalas utilizó un encendedor que, sin duda, no podía pertenecerles a aquellos seres del bosque: era metálico y tenía grabada la figura y las letras *Harley Davidson*. El peculiar guardián esperaba la reacción del muchacho y se adelantó a cualquier pregunta.

—¿Qué te parece, muchacho? ¿Te gusta? —inquirió Anúnfalas mientras abría y cerraba continuamente la tapa del encendedor.

—Ese es un clásico —dijo Samuel esbozando una sonrisa sin ocultar la sorpresa que le producía ver ese artefacto en las manos de aquel momoy.

—Hay algunos juguetes de tu mundo que me gustan mucho y los colecciono —dijo Anúnfalas esbozando una sonrisa mientras fijaba su mirada en el encendedor—. Este, por ejemplo, lo tomé de la última incursión que hicimos en el tercer mundo, de un campamento de muchachos como de tu edad, a quienes les dio por hacer fogatas gigantescas en el bosque.

—Y, ¿qué pasó con ellos? —preguntó Samuel.

—¡Jajaja! ¡Creo que no les quedaron más ganas de incursionar en el bosque! —fue su risueña y pícara respuesta. Los momoys soltaron grandes carcajadas.

El eco retumbó por un momento en la gran cámara en el interior de la montaña. Gracias a las antorchas Samuel tenía visibilidad de varios metros a su alrededor, lo que le permitía detallar la humedad de las paredes y los líquenes que las cubrían como un gran tapiz. Diminutos hilos de agua se deslizaban por los muros, así como numerosas gotas que caían desde el techo de la bóveda.

—Anúnfalas, ve adelante alumbrando el camino. Arek, tú junto a mí alumbrando atrás —ordenó Rinfen.

Al alzar la vista buscando las gotas que caían pudo observar las largas y puntiagudas formaciones cristalinas que se proyectaban sobre ellos. Desde lo alto de la enorme galería, cuya bóveda llegaría a unos cien metros de altura en su parte central, pendían enormes estalactitas haciendo juego con grandes estalagmitas que surgían del suelo en ambos lados del camino, con extrañas y peculiares formas; semejantes a figuras humanas, árboles e incluso a animales. La caverna era helada y corría un viento frío que calaba hasta los huesos. La tierra se hundía algunos milímetros bajo sus pisadas y en un trecho del camino el suelo comenzó a sentirse extraño bajo sus pies; a la par, un olor peculiar empezó a invadir el lugar indicando con nitidez que había algo putrefacto alrededor de ellos. El piso crujió bajo los pies de Samuel. El joven Todd pudo notar una inmensa cantidad de semillas que cubrían por completo la superficie. En ese momento escuchó extraños graznidos que provenían de los rincones oscuros donde el reflejo de la luz no alcanzaba a llegar.

—Hemos llegado al área de los búrzthak —murmuró Rinfen—. Traten de no hacer ruido o esto podría complicarse un poco.

—¿Búrzthak? —preguntó Samuel con la voz casi imperceptible. —¿Te refieres a los venados blancos? Ayer...

—No —interrumpió Dag mientras elevaba su mirada hacia arriba observando con detalle la bóveda de la gruta—. Esos son burzkul, amigo. Estas son criaturas muy distintas.

—Son una mezcla de aves cavernícolas y reptiles —murmuró Rinfen mientras observaba a su alrededor—. Nunca hemos sabido realmente qué son. Aunque se alimentan de semillas que recolectan por la noche en el bosque, sabemos que se han alimentado de la carne de algunas criaturas que han quedado atrapadas en esta gruta. Por eso no debemos perturbarlas. Caminemos con mucho cuidado.

—¿Qué es esto? Se me pegan los zapatos, aquí no se puede caminar—exclamó Samuel, a la par que sentía deseos de vomitar. El olor era nauseabundo.

—¡Baja la voz! —murmuró Rinfen. Son restos de semillas. Los búrzthak las acumulan en grandes concentraciones, por eso el suelo es tan irregular. Al ser regurgitadas por estos animales y desechadas en el suelo forman esta película viscosa y repugnante.

—¡No vayas a resbalar! —dijo Dag al ver a su amigo distraído observando los pequeños reflejos brillantes que surgían detrás de algunas rocas en las salientes de las paredes.

—Es imposible saber qué forma tienen estas alimañas. Cuando mueren son devoradas por sus propias compañeras —susurró Anúnfalas mientras miraba, con cierto temor, los centellantes ojos que parecían echar chispas en la oscuridad.

—¿Crees que nos atacarán? —preguntó Samuel.

—No lo sé, es probable. Igual no podemos hacer más nada sino continuar —contestó Dag.

De pronto, en medio de la negritud y proveniente de ambos lados de la enorme galería, algo se precipitó zumbando desde las alturas. Todos se vieron, por un instante, cubiertos con un manto de alas fibrosas. Samuel pudo observar, en las decenas de criaturas que se abalanzaron, los ojos rojizos y de feroz aspecto, así como las hileras de filosos dientes que se apreciaban cuando abrían y cerraban sus enormes picos emitiendo unos espantosos chasquidos. Los dos guardianes agitaban de un lado a otro con fuerza las antorchas para tratar de alejar a las criaturas con el fuego, procurando, al mismo tiempo, que no se extinguiera o de lo contrario estarían perdidos. Samuel recordó su linterna en el bolsillo pero prefirió concentrarse en el camino para no cometer algún error. Respiró profundamente y se cubrió la cabeza mientras continuaba su paso. Por su estatura esperaba sentir algún picotazo u alguna garra que lo tomara de la cabeza. Un instante después, por suerte, habían desaparecido. Innumerables sombras negras, ascendían hacia la gigantesca y oscura bóveda, desapareciendo como por arte de magia entre las paredes. Durante un momento todos quedaron inmóviles y asombrados, en un profundo silencio.

—¿Están todos bien? —preguntó Rinfen repasando con la mirada a cada uno del grupo.

—¿Qué pasó con aquello de que acá dentro no encontraríamos ninguna desagradable sorpresa? —inquirió Samuel en tono sarcástico.

—Muchacho, estas son golondrinas en comparación con algunas bestias que pudieran estar esperándonos allá afuera —respondió Anúnfalas—. ¿No me digas que te has asustado?.

Samuel tan solo se limitó a vigilar las alturas mientras caminaba con cautela.

—Es evidente que la población de estas asquerosas criaturas ha aumentado en gran proporción, traten de no alejarse del fuego de las antorchas —exclamó Rinfen—. Es lo único que separa nuestra carne de sus filosos dientes.

El grupo siguió adelante, pero una y otra vez aquellos engendros de criaturas cavernícolas, arremetían desde el aire contra los seis; que apresuraban su marcha entre piruetas y retorcimientos sobre la viscosa e irregular superficie de aquel putrefacto lugar. Solo el calor y las enormes llamas de las antorchas, mantenían alejados a los insistentes animales del alcance de sus asustadas presas. Cada hendidura y saliente de las altas murallas, parecía albergar a decenas de ellas. El lugar era un enorme nido. Samuel podía observar con cierta nitidez los centenares de sombras que se retorcían entre los altos bordes y las cavidades que pululaban por doquier. Podía ver con mayor claridad aquellas que se encontraban más cercanas, eran figuras de espectrales cabezas con desmedidos picos, alzándose y trepando de un lugar a otro exaltadas y furiosas.

El grupo continuó recorriendo unos cincuenta metros más, muy alertas y evadiendo los continuos ataques de sus cazadores alados, hasta que llegaron a un gigantesco bloque de cuarzo que bloqueaba el camino. Justo en el centro había una abertura con el tamaño preciso para que pudieran pasar a través de ella sin dificultad. Todos avanzaron presurosos por aquella hendidura evitando quedar rezagados y fuera del alcance del resplandor de las antorchas de ambos guardianes. Anúnfalas fue el primero en ingresar por el pasadizo para iluminar la ruta del otro lado del gran bloque, seguido por Liunkas, Samuel, Dag, Arek y por último Rinfen.

Luego de superar la amenaza de los búrzthak, pero aún en la enorme gruta, el nuevo sendero los condujo por un trayecto más tranquilo hasta una encrucijada. El camino se dividió en dos atajos con pendientes algo inclinadas. Rinfen se detuvo por unos instantes para observar con detenimiento ambos caminos, luego de unos segundos pareció haber recordado la ruta tomando la senda izquierda con determinación. En la medida que avanzaban, las paredes rocosas fueron haciéndose cada vez más lisas y presentaban una serie de dibujos rupestres de rostros y animales.

—Este símbolo lo conozco —dijo Samuel mientras deslizaba sus dedos sobre él—. Lo vi en uno de los libros de mi padre. Se llama *triqueta*, dicen que es de origen celta.

Dag y el resto de los guardianes del bosque se miraron entre sí sorprendidos por lo que Samuel comentó al respecto.

—Estos símbolos son manejados solo por los miembros del clan Nímirzor. Nosotros no tenemos idea de lo que significan —añadió Dag.

—Mi padre estudia los símbolos que han encontrado en la región de los Andes. Desde que llegué a su casa he estudiado también algunos de ellos. Por ejemplo, esta triqueta, ¿ven que está formada por tres óvalos que se cruzan en este punto? Este, representa la mente; este otro, el cuerpo; y este último, el espíritu de los dioses —explicaba Samuel mientras delineaba con sus dedos los óvalos labrados en la roca.

Todos los momoys estaban alrededor del joven Todd inmersos en la explicación del símbolo.

—En la antigüedad esta gruta era utilizada por nuestros druidas para realizar hechicería y preparar algunas pócimas secretas. Incluso, sabemos que en este lugar existen cámaras ocultas, lugares que están sellados y solo pueden ser abiertos por sus druidas —dijo Rinfen—. Pero desde que se fue Tavhay, han dejado de utilizar esta gruta.

—¿Y quién es Tavhay? —preguntó Samuel mirando directamente a los ojos de Rinfen.

—Es el jefe del clan Nímirzor. El más sabio de todos los druidas y hechiceros de nuestro pueblo. Es muy poderoso —respondió de inmediato Anúnfalas.

—Es muy poderoso, no solo en esta parte del planeta, sino en muchas otras; si me permiten añadir —dijo Rinfen.

—¿Y por qué se fue? —inquirió Samuel.

—Debía realizar una peregrinación a tierras del otro lado del mundo —dijo Dag—. Pero le ha tomado mucho tiempo. Casi he olvidado su rostro —añadió con nostalgia.

—¿Cómo es posible que lo estés olvidando? Uno no puede olvidar un rostro así nada más, y menos si es un amigo —exclamó Samuel.

—Han pasado más de cincuenta años desde que el partió de Árminas —respondió Dag.

—¿Qué dices? ¡Cincuenta años! Eso, es todo una vida —exclamó Samuel más que sorprendido.

—Lo que ocurre muchacho es que nosotros tenemos un promedio de vida de cuatrocientos años. Incluso, muchos de nosotros han llegado a vivir hasta seiscientos años —dijo Anúnfalas sonriendo e inflando el pecho con orgullo.

Samuel no podía dar crédito a lo que escuchaban sus oídos. Volteó de inmediato para dirigirse a Dag.

¿Qué edad tienes tú, Dag?

—Ciento quince años —respondió el joven momoy.

—No puedo creerlo —dijo Samuel negando con la cabeza de un lado a otro con la mirada perdida en el aire.

—Como verás, cincuenta años para nosotros no es toda una vida, apenas es una pequeña parte. Dag, por ejemplo, es un momoy joven, podría decirse que como lo eres tú, Samuel —explicó Rinfen.

—Sorprendente —fue lo único que pudo murmurar Samuel.

—¡Ah! Puedo sentir el aire fresco —interrumpió Anúnfalas observando a un recodo del camino.

—Ya nos encontramos cerca de la salida —reafirmó Rinfen con alivio.

—¿Qué te parece, muchacho? —preguntó Anúnfalas al joven Samuel—, hemos cruzado la montaña de extremo a extremo... ¡y aún estás en una pieza!

El comentario hizo que el resto de los guardias, a excepción de Rinfen y Dag, esbozaran una pequeña sonrisa y aclararan sus gargantas. Para cuando salieron de la montaña y se internaron de nuevo en el bosque, ya el sol se encontraba ocultándose en el horizonte. El lugar estaba cubierto de un tenue resplandor que poco a poco bajaba su intensidad. Muy cerca de ellos se escuchaba el correr continuo del agua de un arroyo.

—Interesante lugar —comentó Samuel, mientras le daba una última mirada a la caverna que dejaban atrás.

—Apaguen las antorchas —ordenó Rinfen—, no queremos llamar la atención.

—¡Malditos pajarracos! —exclamó furioso Arek, mientras apagaba la antorcha y observaba con detalle su gran sombrero—. Terminaron de destrozar la punta de mi sombrero.

—¡Da gracias porque fue el sombrero y no tu horrible cabeza! —bromeó Anúnfalas mientras soltaba una carcajada.

Luego de unos minutos tomaron el camino que colindaba con el arroyo. La vegetación de los márgenes era baja, pero a medida que se adentraban hacia el interior del bosque la altura de los árboles y el grosor de sus troncos excedía todo lo que el joven citadino hubiese podido imaginar. De nuevo, el grupo desapareció entre la espesura del bosque aguas arriba. Todos iban en completo silencio mientras caminaban, tratando de no perturbar más allá de lo necesario la quietud del lugar. Samuel observaba la mullida alfombra, proveniente de la vegetación marchita, sobre la cual transitaban. Enormes lianas y raíces caían de las alturas y formaban extensas marañas que cubrían la mayoría de los troncos y rocas de aquel paraje.

—¿Dag, podrías hacer algo por mí?

—Claro, Samuel, dime.

—¡Pellízcame! Creo que estoy en un sueño y aún no he podido despertar de él.

Dag sonrío y le dio un tierno pero fuerte abrazo.

—¡Auchhh! —gritó Samuel de repente agarrándose el brazo izquierdo para sobarlo—. ¿Por qué me golpeaste, Anúnfalas? —inquirió, frunciendo el ceño mientras miraba al guardián.

—Pues querías saber si estabas o no soñando, ¿cierto? —preguntó el gracioso guardián—. Con un abrazo como ese, no creo que te vayas a dar cuenta, muchacho. En cambio, con un manotazo de los míos, hasta se te pueden aclarar las ideas, jajaja.

Por un momento todos rieron tras las palabras de Anúnfalas, incluyendo Samuel. Continuaron su camino y poco a poco la inmensa quietud descendía sobre ellos junto con el crepúsculo, acompañada por un profundo y sospechoso silencio. Tan solo el profuso zumbido de los insectos llenaba los oídos de todos en aquel momento. Hacía muchas horas que no probaban alimento alguno y además comenzaban a sentir el cansancio de las horas de caminata, pero en aquella quietud, que yacía tras la oscura cortina vegetal de Núrisil, podían sentir la presencia de criaturas que no dejaban de vigilar sus pasos, ocasionándoles demasiada tensión como para permitirles hacer un alto en el camino.

—Dag, algo se está moviendo, pero no logro verlo —murmuró Samuel tratando de escudriñar con la mirada a través de los matorrales a un costado del camino. Si la noche anterior había caminado por lugares donde pudo sentir miedo, este era aún más terrorífico.

—¡Shsssss!, silencio —murmuró Rinfen desde la retaguardia.

Samuel no alcanzaba a distinguir la presencia de algunas criaturas que se movían silenciosas aprovechando la oscuridad y la espesura de la vegetación, pero sabía que, algunas de ellas, tan solo estaban esperando la oportunidad para atacarlos.

—Árminas no está muy lejos —susurró Anúnfalas mientras señalaba con la lanza hacia el resplandor que producían las luces del poblado—. No veo el momento de descansar frente al fuego en Loin, mientras deleito un buen tarro de muzág y una buena cena. ¿Sabes lo que es muzág, muchacho? Ustedes lo llaman cerveza, ¿me imagino que la habrás probad...

—¡Silencio!, no estamos solos —interrumpió Rinfen mientras tomaba con fuerza su larga lanza—. ¡Manténganse juntos!

—¡Guardias! —exclamó Anúnfalas con urgencia—, cubran a Dag y al muchacho y estén alertas.

El grupo de guardianes se colocó a los costados de ambos mientras continuaban con sigilo su camino. La tensión entre ellos se podía sentir, mientras que los sonidos de numerosas pisadas que hacían crujir las ramas secas se escuchaban a escasos metros detrás de ellos. A lo lejos, ya se distinguían los primeros faroles que alumbraban un puente de madera indicando que habían llegado al poblado momoy.

Por un momento, Samuel se quedó maravillado al ver que se encontraban en el pico de una colina desde donde se veía la vasta llanura por donde serpenteaba el caudaloso arroyo y, al margen derecho, las cabañas del pueblo de Árminas, ocupando casi todo el horizonte.

—¡Allá, querido Samuel, es Árminas! —comentó Dag, mientras se colocaba junto a su amigo.

Desde donde se encontraban se podía visualizar el tamaño exacto de la aldea momoy de Árminas. Sus numerosas y estrechas calles, iluminadas por decenas de faroles, se cruzaban con irregularidad en todas direcciones y en ellas se observaba el transitar de la gente. Una gran cantidad de curiosos tejados cubiertos por musgo sobre pintorescas cabañas, algunas con balcones en los pisos superiores y otras con pequeñas torres, podían vislumbrarse tras las ramas de los arbustos y árboles.

El grupo descendió hasta llegar a un gran puente de madera que cruzaba sobre el arroyo que los acompañó desde la salida de la gruta de Nímirsin..

A la entrada del poblado de Árminas estaban apostados dos guardias centinelas con lanzas muy largas. Ambos saludaron a Rinfen inclinando la cabeza, pero clavaron sus ojos en Samuel, mostrando en silencio su asombro por ver al joven de la tierra de los hombres entrando al pueblo.

—¡Liunkas, avisa inmediatamente a Balakur y a Rosen nuestra llegada! —ordenó Rinfen—. Dile a Rosen que su hijo llegó sano y salvo... y que tenemos una sorpresa.

Acatando la orden, el guardián corrió desapareciendo entre la multitud de la calle principal.

Los primeros momoys que se cruzaron con ellos se quedaron estupefactos al observar el pequeño grupo que arribaba en compañía del joven prisionero. Los más pequeños corrieron temerosos para ocultarse tras las faldas de sus madres. Otros se adentraron en sus cabañas y entrecerraron las puertas. Con rapidez corrió la noticia y los pobladores confirmaron que los guardianes regresaron con el desaparecido Dag, pero también venían en compañía de un muchacho de la tercera dimensión y que se dirigían hacia el *gábburz*, el cuartel general de los guardianes de Núrisil.

—¡Un hombre! —exclamaron algunos de los momoys que se encontraban de en la calle principal y se topaban con el grupo.

—¡Ha traído a un extraño de la tercera dimensión a Árminas! —repetían otros que bajaban de sus pórticos para cerciorarse de lo escuchado y quienes, al comprobarlo, mostraban su sorpresa con los ojos bien abiertos recorriendo con sus miradas la trayectoria del grupo.

Por su parte, Anúnfalas saludaba jocosamente a los curiosos que se acercaban a ellos. Samuel estaba maravillado ante lo pintoresco del lugar que se levantaba ante él y ante sus curiosos pobladores. En Árminas todo comenzó a agitarse con rapidez y con mucho ruido. Samuel disfrutaba del momento, pero al mismo tiempo comenzaba a sentirse intimidado debido a las cientos de miradas que se posaban sobre él.

La noticia de la llegada del invitado imprevisto corrió como el viento por cada lugar de Árminas y armó una revuelta en la taberna de Loin, lugar oficial donde se reúnen a diario los venerables Allí estaba el sabio Márin, el líder de los venerables, junto a un grupo de dirigentes de otros clanes, quienes salieron al encuentro de los recién llegados.

Desde el interior del gábburz, la figura robusta de Balakur salió al paso del grupo junto a Isil y Rosen, al mismo tiempo que hacía su aparición, desde el otro lado del pueblo, el gran Roin en compañía de algunos de sus ayudantes.

—¡Aquí está el joven Dag, señor! —exclamó Rinfen al tener al jefe de los guardias, frente a él.

Balakur se acercó con lentitud posando su mirada sobre Dag, quien se sintió totalmente intimidado ante la mirada de su tío. Pero Balakur no decía nada. Miraba a Dag y a Samuel con cara de ira, sorpresa y desconcierto al mismo tiempo. Le era difícil imaginarse los sucesos que habían llevado al joven de la tierra de los hombres al bosque de Núrisil. En ese momento la voz de Rinfen irrumpió los pensamientos del jefe de los Abardam.

—También hemos capturado a este muchacho del tercer mundo, se encontraba en compañía de su sobrino, alegando...

Balakur levantó la mano para indicar que hiciera silencio. Miraba directamente a los ojos de Samuel cuando una estridente voz a sus espaldas ocupó la atención del lugar.

—¿Qué es todo este alboroto? —preguntó gritando Roin al momento de arribar al lugar y abriéndose paso entre la multitud— ¡Vaya, vaya! Por fin apareció el hijo de Rosen. Y no se le ocurrió mejor idea que venir a nuestro poblado en compañía de este muchacho. ¡Y por lo que puedo ver, no está ni atado! ¡Excelente trabajo guardianes! ¡Todos podemos sentirnos muy seguros en Árminas! —exclamaba con sarcasmo el jefe civil del clan Felagund. Su cara reflejaba cierta sensación de triunfo.

—Te equivocas, Roin, el muchacho no representa ningún peligro para nosotros. Por el contrario, gracias a él Dag está de vuelta, sano y salvo —respondió Balakur muy calmado pero en tono firme.

En ese momento Isil y Rosen se acercaron para abrazar a Dag con emoción.

—¿Te encuentras bien, hijo? —preguntó con ímpetu Rosen.

—Hijo, estábamos preocupados por ti —murmuró Isil, al tiempo que lo abrazaba y le estampaba un sentido beso en la frente.

—Mamá, les puedo explicar...

—Ahora no, Dag —lo interrumpió Rosen— No es el momento.

—Ya tus amigas nos dijeron lo sucedido, pero mantén la boca cerrada, Dag —le susurró al oído su madre.

En ese momento comenzaron a llegar más miembros de la comunidad. Viejos, jóvenes, mujeres y niños provenientes de todos los rincones de Árminas estaban deseosos de saber lo que ocurría frente al cuartel de los guardianes; miraban a Samuel y hablaban entre ellos.

—Dag, esto no me está gustando nada —murmuró Samuel con inquietud, ante el escándalo del jefe Roin. Un cúmulo de imágenes se sucedían en su mente de manera caótica.

El tumulto que se generó en ese momento resonaba por todos lados. Sin embargo, poco a poco, se fue aplacando el alboroto y la gritería se convirtió en murmullos, mientras la atención de todos era atraída hacia una figura que llegaba desde las sombras de un extremo del camino principal.

Aquella figura, que portaba una gran capa roja y pantalones negros en contraste con su sombrero y una enorme barba blanca, era el jefe de los venerables, Márin, quien era seguido por un pequeño grupo de otros venerables y algunos curiosos que escucharon la noticia en la taberna. Al llegar junto a Roin el silencio fue total. Su mirada se clavó en Samuel como si estuviera en presencia de alguna terrible amenaza.

Mientras Márin lo examinaba de arriba abajo Samuel intentó hablar, pero Dag lo contuvo apretando su brazo. Samuel sintió en ese momento que aquellos instantes eran una eternidad. Márin volteó, poco a poco, hacia Dag y mirándolo directo a los ojos y con su voz pausada pero con un tono firme le dijo:

—Joven Dag, desde ayer has tenido a los pobladores de Árminas muy preocupados por tu prolongada ausencia. Por primera vez en mucho tiempo los guardianes del bosque tuvieron que ir en la búsqueda de uno de los nuestros e incursionar en las peligrosas tierras de los humanos, corriendo grandes riesgos y dejando, además, nuestra aldea indefensa frente a cualquier amenaza. Por suerte, nada ocurrió durante su ausencia. Sin duda alguna, tienes mucho que decir de tus acciones ante el Consejo. —Luego, paseando su mirada entre el muchacho, Balakur y Roin, continuó—: Por otra parte, es evidente que este humano es muy joven, jefe Roin, no veo en él nada oscuro, solo miedo. En él no percibo ninguna amenaza. Sin embargo, debemos discutir, lo más pronto posible, el futuro de este muchacho con los demás miembros del Consejo

—Jefe Márin yo...

Márin levantó su mano indicando que no continuara mientras le daba la espalda a Roin y caminaba hacia Balakur.

—Sugiero, jefe Balakur, que sea llevado a la bodega del granero mientras deliberamos sobre su destino... no sin antes ofrecerle algo de comer y de tomar, debe estar requiriéndolo... por lo que puedo notar —dijo el viejo venerable mientras la multitud escuchaba en profundo silencio—. Rosen, que tu esposa le de alimentos por favor, al fin y al cabo, tu hijo Dag es el gran responsable de que esta criatura del mundo de los hombres se encuentre esta noche en el seno de nuestro pueblo. Los esperaremos a ti y a tu hijo en Loin. Debemos discutir nuestro siguiente paso con respecto al muchacho.

El venerable Márin finalizó y ordenó a todos retirarse y volver a sus hogares, mientras desaparecía en la oscuridad, dejando atrás a la muchedumbre.

—Rosen, lleven al prisionero a la bodega del granero y allá le dan de comer ¡Y que nadie se acerque a ese lugar! —ordenó Roin—. A ti y a tu hijo, los espero en Loin para dar inicio a la reunión del Consejo.

En cuestión de segundos la multitud se disipó por las calles y veredas de Árminas, mientras un grupo de momoys acompañaba al jefe Roin quien emprendió la retirada rápidamente en dirección a la taberna.

—Él comerá en mi casa —exclamó Isil, mientras miraba a Balakur y a su esposo Rosen con una mirada desafiante—. No permitiré que lo encierren en ese lugar. No al menos hasta que se haya recuperado.

Balakur indicó con un gesto a Anúnfalas que siguieran a Isil, dando a entender que se haría lo que su hermana exigió.

El pequeño grupo partió hacia la cabaña, mientras Balakur y Rosen quedaban rezagados discutiendo lo que pasaría en las próximas horas.

Samuel no estaba seguro de cuál sería su destino. Hasta ahora su recibimiento en Árminas había sido muy placentero y por el momento solo sabía que su próximo destino era la bodega de un granero, en la mitad de un extraño poblado en la segunda dimensión, en lo más profundo del bosque andino, a kilómetros de distancia de su familia... y de Elenor.

En tanto la muchedumbre se dispersaba por las veredas, dos personajes muy particulares, que se habían acercado a observar lo que ocurría, se mantenían ocultos en la penumbra de la noche. Uno de ellos se dirigió al otro en voz baja.

—Oye, creo que es el muchacho de la cabaña —afirmó Grundin dirigiéndose a su compañero, quien abrió bien sus ojos tratando de contemplar e identificar con certeza al joven humano que se alejaba del lugar—. Quién lo diría. Creo que a Dorgen lo ha favorecido la suerte.

—Pues la verdad, creo que es todo lo contrario —murmuró Bofur luego de escupir en el piso—. La presencia de ese muchacho en la aldea puede poner en evidencia a Dorgen... y a nosotros.

—¿Por qué lo dices?

—¡Eres muy estúpido para comprenderlo! Ve y dile a Dorgen que el muchacho del tercer mundo fue apresado por los guardianes y lo llevan al granero. Yo, mientras tanto, averiguaré en la taberna que pasará con él. ¡Apresúrate! —exclamó Bofur mientras le propinaba un fuerte empujón.

Grundin echó a correr con torpeza, murmurando zafiedades mientras su imagen iba perdiéndose en la oscuridad.

CAPÍTULO XII

EL PRISIONERO DE ÁRMUNAS

La noche cayó por completo y la luna brillaba con gran intensidad. Al subir la loma en dirección del hogar de Isil y Rosen, Samuel contempló aquel fabuloso poblado. A pesar de estar prisionero de los momoys todo lo que veía le parecía fascinante. Por su parte, Isil observaba con detalle al joven proveniente del mundo de los hombres. No le trasmitía el menor signo de maldad; por el contrario, sentía un profundo cariño por el joven Todd, al punto que decidió defenderlo por encima de cualquiera que le quisiera hacer daño; como si fuera su propio hijo.

—Así que ayudaste a escapar a Dag de aquellos cazadores

—irrumpió Balakur, rompiendo con el silencio y la tensión en el ambiente, con su voz ronca y fuerte que resonaba por todo el lugar— ¿De dónde provienes?

—Vengo de muy lejos... de la ciudad de Caracas, aunque vivo en estos momentos con mi padre y mis abuelos en una cabaña en La Azulita —respondió con agitación.

—Caracas...nunca he oído hablar de esa ciudad —repitió el jefe de los guardianes, mientras dirigía una mirada más fraternal a Samuel.

En ese momento interrumpió Anúnfalas:

—Los encontramos, a ambos, cerca de las tierras del viejo Kercus —explicó tratando de aligerar la tensión que se sentía en el momento—. Huyendo de los cazadores desde la tarde de ayer y...

—¡Tío, quiero explicarte lo que sucedió...!

—¡Ha sido una gran imprudencia haberlo traído hasta Árminas —interrumpió Balakur de inmediato, mientras posaba su fuerte mirada en Anúnfalas—. Pudimos haber resuelto esto de otra manera y lejos del poblado... ahora todo se ha complicado más. Y en cuanto a justificaciones, querido sobrino, ya tus amigas se encargaron de explicarnos con detalle lo ocurrido.

—Estoy de acuerdo con usted, jefe Balakur, con respecto a lo del muchacho, pero Rinfen tomó otra decisión y no podíamos contradecirlo. Él no sabía qué hacer —respondió algo nervioso ante la opinión de líder del clan—. El joven Dag no tenía intenciones de dejar a este muchacho deambulando solo por el bosque; por otra parte no podíamos dejarlo libre, no sabemos con exactitud qué información maneja de nuestro mundo, incluso, por lo que escuché, ya sabía de la existencia de Árminas, señor —finalizó el guardián evadiendo las miradas de su jefe y de Isil, dirigiendo su vista al suelo.

—Lamento lo sucedido, Samuel, pero muchos de nuestra aldea, así como de otros poblados de Núrisil, no confían en tu raza. No obstante, habiendo llegado tan lejos en cuanto al conocimiento de nuestra existencia, la libertad para volver a tu hogar está muy comprometida —explicó Balakur, mientras movía su cabeza de un lado a otro reafirmando lo dicho.

Samuel fue invadido por una sensación de miedo y angustia en cada centímetro de su cuerpo. No se percataba que su mandíbula temblaba sin parar, al igual que sus manos. Sentía que las piernas se debilitaban y no aguantarían el peso de su cuerpo. En ese momento percibió un profundo dolor en el pecho mientras asimilaba la posibilidad de no volver a ver a sus seres queridos.

—¡Eso no lo permitiremos, Balakur! —exclamó Isil—. ¡Rosen, no puedes permitir que el Consejo decida tal atrocidad. ¡Samuel ha salvado la vida de nuestro hijo!

—Descuida, Isil. Algo se nos ocurrirá —respondió con más calma su esposo mientras buscaba la mirada de Balakur.

Samuel intervino en ese momento con mucha ansiedad en su voz.

—Pero no entiendo, lo que hice fue salvar a Dag de aquellos cazadores. Ambos decidimos huir hacia un lugar seguro y yo le propuse ir hasta la cabaña de mi padre, pero él se negó. Nunca quise venir hasta acá. Pregúntele a sus guardias, ellos me obligaron hacerlo —explicaba Samuel mientras subían por una pequeña colina.

—Así es —dijo Dag—. Eso era lo que también les quería decir. Ha sido responsabilidad solo mía. Él nunca quiso llegar a este lado del bosque. Solo quería regresar a su casa —explicó Dag, quien sentía cada minuto una profunda frustración al no poder ayudar a su amigo.

Los dos guardianes veteranos se cruzaron sus miradas. Sin embargo, no dependía de ellos su libertad. El destino de Samuel estaba en poder del Consejo.

—No te inquietes, Samuel —respondió con dulzura la madre de Dag—, nosotros haremos todo lo posible para que el Consejo vote a tu favor, sabiendo cómo han sucedido las cosas.

—Señora Isil —intervino Samuel en un tono desolador—, ¿cree que podré regresar a mi mundo?, ¿cree que podré volver con mi familia?

—Eso espero —respondió Isil mirando directo a los ojos de Samuel, en los cuales asomaba el llanto.

—¿Lo promete? —volvió a preguntar Samuel, con una mirada desgarrada. Nunca antes había sentido esa nostalgia por estar en casa. Extrañaba a sus abuelos y, en lo profundo, a su padre.

—Te lo prometo —respondió, dejando entrever su preocupación.

—¡Isil! —exclamó Rosen—. No prometas algo que no sabes si podrás cumplir.

—Si debo enfrentar al Consejo, lo haré. Con o sin la ayuda de ustedes...

Al llegar a la cabaña, los guardianes de la escolta se sentaron con placidez en el exterior, sobre unos cómodos cojines que adornaban una antigua mecedora y un gran sofá en el pórtico, mientras los demás fueron entrando uno por uno.

Al entrar a la pequeña cabaña, lo primero que observó Samuel fue una gran estancia que estaba iluminada por las flamas de muchas velas colocadas de forma conveniente. El ambiente era acogedor, tanto como para sentirse cómodo y, a pesar de la ansiedad y el temor que lo afectaba, tuvo por primera vez la sensación de estar protegido. El miedo había desaparecido, se consideró a salvo. Sintió, de pronto, un enorme deseo de permanecer allí, inmóvil para siempre, sin más necesidad que la de saber que nada podía hacerle daño, sin importar el alboroto que su presencia estaba causando en Árminas.

Muy a pesar de la incertidumbre que lo agobiaba, intentaba visualizar cada detalle de aquel mágico y magnífico ambiente que lo rodeaba, de aquel fantástico mundo que se visualizaba ante sus ojos. Sentado en una pequeña banca, junto a un rincón en penumbras, Samuel comenzó a percibir el calor de aquel hogar. La imagen de Isil, preparando los alimentos en el fogón de la cocina, le recordó a su abuela Úrsula, quien desde su cabaña debería estar haciendo lo mismo, pero angustiada por su desaparición. En ese momento se sentía impotente y abandonado a su suerte, como si una sombra se extendiera frente a sus ojos y lo envolviera lentamente hasta hundir el último de sus pensamientos en una profundad soledad.

Afuera, los guardias murmuraban entre sí sobre lo sucedido, mientras Balakur pensativo, observando por la ventana, extraía de un bolsillo interno del abrigo una pequeña pipa que procedió a encender con la esperanza de poder disfrutarla por un buen rato. Luego de hacerlo, su voz irrumpió la estancia y los pensamientos de los ahí presentes.

—Dag, háblame de las sospechas que tienes sobre Dorgen.

La pregunta sorprendió al joven momoy, quien buscó la mirada de su padre de inmediato. Rosen miró a su hijo con gesto de aprobación y Dag se levantó de la silla para explicar lo que había averiguado en sus incursiones en la tierra de los hombres. Repitió, incluso, los comentarios que el cazador emitió mientras él estaba en cautiverio. Isil fue sirviendo la cena al tiempo que escuchaba atentamente la historia de su hijo. Cada uno de los presentes se fue sentando alrededor de la mesa, atentos a cada palabra del joven momoy. Samuel, quien estaba inmerso en sus pensamientos y preocupaciones, sucumbió ante el olor de aquella cena. Recordó que no había probado bocado alguno desde la mañana, se dio cuenta de que estaba hambriento.

Rundin y Rowan, primas de Isil, se enteraron de los acontecimientos ocurridos en la calle principal algo tarde, pero supieron que el joven prisionero estaba siendo trasladado a la cabaña de su prima, por lo que emprendieron con rapidez la marcha para conocer al extranjero y ver en qué podían ayudar. Sabían que los jefes de la aldea no eran buenos anfitriones con los intrusos y menos si estos provenían de la tierra de los hombres, por lo que estaban dispuestas a colaborar con su prima para evitar cualquier calamidad.

Cuando llegaron a la cabaña, se encontraron con los guardianes, quienes estaban sentados en el pórtico. Anúnfalas las saludó con mucho entusiasmo dejando la comodidad de su silla e incorporándose de forma inmediata mientras los demás estaban medio dormidos.

—¡Señoritas...! —exclamó el guardián mientras inclinaba su cabeza haciendo una ligera reverencia.

—Hola, Anúnfalas. ¿Cómo estás?

El guardián al escuchar la voz de Rowan se puso nervioso y tardó en responder.

—Bien...muy bien, gracias, Rowan.

—Me alegro. Han pasado muchos días desde nuestro último encuentro en Loin.

—Lo sé...t...te pido disculpas, pero hemos estado muy ocupados estos días.

—Espero que no pase mucho tiempo...hay una conversación que quedó pendiente.

—No. Claro que no. Apenas...

—Supongo que mi prima está adentro —exclamó Rowan mientras Rundin abría la puerta y entraba seguida de su hermana

—¡Espera, Rowan no pueden...! —exclamó Anúnfalas intentando en vano detenerlas.

Todos los que estaban en la cabaña se sorprendieron ante la inesperada llegada de los familiares de Isil.

—Hola, Isil, Rosen, Balakur —dijo Rundin al tiempo que se asomaba sin timidez por la puerta y recorría con su mirada a cada una de las personas sentadas en la mesa. Rowan, quien venía detrás de ella, terminó de empujarla para que entrara—. Les pedimos disculpas por haber llegado tarde, pero hasta ahora supimos la noticia.

Mientras la dos momoys terminaban de cerrar la puerta, Samuel levantó su miraba detallándolas, hasta que ellas cruzaron las suyas, entonces volvió a tomar un sorbo del zumo de mora que tenía en sus manos.

—¡Primas! —respondió Isil—. Me alegra que hayan venido.

—Encantadas de conocerte —dijeron ambas al mismo tiempo—. Me llamo Rundin y ella es Ro...

—Rowan, gracias, hermana —interrumpió la otra joven mientras se acercaba a Samuel que se hallaba sentado frente a ellas.

—Hola, me llamo...

—Samuel. Estamos enteradas —interrumpió esta vez Rundin—. Ya es un hecho que toda Árminas lo sabe.

—Bueno, Samuel, creo que no hubo necesidad de presentarte a mis primas —dijo con un ligero tono de sarcasmo la madre de Dag.

—Se diría que no has dormido en días, primo —murmuró Rundin al tiempo que tocaba con su mano la mejilla de Dag.

—Querida prima, creo que esta noche hay mucho que celebrar, comenzando por la llegada de tu hijo Dag, quien ha aparecido sano y salvo y, además, por la llegada de nuestro invitado —dijo Rowan, mientras se acercaba a Dag para darle un fuerte abrazo.

—Yo no diría que estoy en calidad de invitado —respondió en seco el joven Samuel—, por el contrario, estoy aquí como prisionero.

—¿Prisionero? —inquirieron al unísono las hermanas, mientras sus miradas se clavaban sobre Balakur.

—Es cierto —afirmó Isil mientras tocaba con una mano el brazo de Samuel—. Están esperando a Rosen y Dag para discutir sobre este tema.

Repentinamente Balakur se incorporó.

—Creo que debemos partir ya hacia la taberna. Nos esperan, Isil. Los guardias escoltarán al muchacho hasta el granero. Anúnfalas quedará a cargo.

—Balakur, procura que esos ancianos del Consejo sean razonables, al menos en esta ocasión —señaló Rundin.

—Saben perfectamente que esa decisión no está en mis manos —interrumpió Balakur—. Pero haré todo lo que esté en mi poder para ayudar al muchacho. Por ahora debe permanecer en la bodega del granero bajo vigilancia —retumbó con su voz áspera mientras abría la puerta de la cabaña.

—¡Por supuesto que no, Balakur! —dijo en tono de reproche Rundin—. Ese no es lugar para nadie y menos para él. Además, supe algo acerca de que había salvado la vida de Dag. ¿Qué hay de cierto en eso?

—Eso es cierto —aseveró Rosen—, pero órdenes son órdenes, solo el Consejo puede dictaminar sobre su libertad. Así que andando, hijo —añadió mientras se incorporaba y tocaba el hombro de Dag.

En ese instante, la copa de zumo de mora que Samuel sostenía resbaló de sus manos y cayó sobre la mesa, produciendo un gran ruido y derramando sobre el mantel de hilo blanco el zumo que aún quedaba en su interior.

—Lo siento, Isil, arruiné tu mantel.

—No te preocupes, Samuel, al contrario, quiero pedirte disculpas, en nombre de todos nosotros, por el trato que se te está dando.

—Samuel, serás conducido por la patrulla hasta la bodega. Allí permanecerás hasta nuevo aviso —dijo Balakur, quien luego giró en dirección a la puerta y desapareció del lugar.

—Haremos todo lo posible por ayudarte a regresar a tu casa, amigo —dijo Dag mientras apoyaba su mano en el hombro del joven Todd—. Cuenta con ello.

Las tres momoys dejaron la cabaña, no sin antes girar las instrucciones a los guardianes. Aligeraron el paso y se dirigieron hacia la taberna de Loin, donde el Consejo de los Venerables y jefes de los clanes esperaban para debatir sobre el destino de Samuel Todd.

Anúnfalas irrumpió de repente en la estancia llamando la atención de todas las miradas.

—¡Andando, jovencito, es hora de llevarte a la bodega!

—¡Un momento! —exclamó Rowan—. Iremos con él.

—Pe...pero el jefe no menciono que uste...

—¡Anúnfalas!, te estoy diciendo que iremos con él para cerciorarnos de que no le falte nada.

Aquella idea no le agradaba en lo absoluto, pero sabía que ante la decisión de aquellas damas, no había nada que hacer. Además, por nada en el mundo quería arruinar su próxima cita con Rowan, así que tan solo se limitó a encoger sus hombros y regresar al pórtico de la cabaña a esperar.

Isil y sus primas enumeraban mentalmente lo que Samuel necesitaría para pasar la noche en la bodega. Las hermanas Rowan y Rundin buscaron en un baúl varias cobijas y cojines, asegurándose de que Samuel no fuese victima de las bajas temperaturas de la noche. Por su parte, Isil preparó algunos víveres y una gran jarra de jugo por si a medianoche se le antojaba comer algún bocadillo y para que contara con un buen desayuno al amanecer.

Luego de cubrirlo con una gruesa manta, las tres damas se dispusieron a salir para acompañar al muchacho hasta el lugar donde pernoctaría esa noche. Comenzaron a caminar cuesta abajo hacia el granero, como en una especie de procesión, tratando de ganarle tiempo al inevitable final. Los guardianes escoltaban al grupo, mientras cientos de miradas provenientes de las cabañas seguían sus pasos que se perdían en la oscuridad de la noche.

Al llegar al granero, Samuel fue conducido hasta la puerta de la bodega donde se vio obligado a entrar, a pesar de las numerosas suplicas de Isil y sus primas. Para Anúnfalas fue un momento muy difícil.

—Lo ves, muchacho, el lugar no está tan mal —dijo el guardián tratando de hacer más placentero el incómodo momento.

—¡Voy a fingir que no he escuchado eso, Anúnfalas! —exclamó con voz agria Rowan, mientras clavaba su mirada en el sorprendido rostro del momoy.

—Te sacaremos de ahí, querido Samuel, ¡cuenta con ello —dijo Isil al tiempo que uno de los guardianes la apartó con gentileza, para proceder a cerrar la bodega y correr el pestillo.

—Samuel, trata de descansar. Mañana será otro día —dijo Rowan desde la puerta mientras Rundin, a su lado, alzaba ligeramente la mano para despedirse.

Isil, Rundin y Rowan se convirtieron en la última visión de Samuel antes de que la gruesa puerta de madera cerrara por completo y escuchara el sonido metálico de los pasadores que aseguraban su cautiverio. El velo de la oscuridad invadió la pequeña bodega de inmediato. Con mucho cuidado Samuel extendió los brazos para dar con la pared. Fue recorriéndola hasta toparse con un estante lleno de botellas. Poco a poco, sus ojos fueron adaptándose a la lobreguez de aquel espacio. La poca luz que se colaba por debajo de la rendija de la puerta era escasa pero suficiente para ver las sombras de los guardias que se encontraban apostados del otro lado.

Recordó que en uno de sus bolsillos aún tenía la pequeña linterna, así que la buscó hasta que sus dedos dieron con ella. Al encenderla, se fijó que tenía muy poca carga en la batería, sin embargo, logró alumbrar lo necesario para observar que los frascos de la estantería contenían mermeladas y miel y que, en un extremo, se encontraban apilados unos sacos. Logró alinear algunos sacos en el piso para improvisar una cama. Extendió las cobijas y colocó los cojines en un extremo. Se sentó en ellos apoyando su espalda contra la pared por unos minutos. Su familia y Elenor fue lo primero que pasó por su mente. Algunas lágrimas surgieron repentinamente rodando por sus mejillas.

Luego comenzó a ordenar las ideas en su cabeza y a recordar todo lo ocurrido. A pesar de las vicisitudes que había experimentado en las últimas horas, le resultaba fascinante y cautivador aquel nuevo mundo que se estaba revelando ante él, un mundo oculto en lo más profundo del bosque andino y que hacía realidad todas aquellas historias que le habían contado desde el primer día de su llegada.

—Si tan solo supieran donde estoy —murmuró en voz baja.

Finalmente se recostó sobre los sacos y se arropó completamente. Al cerrar sus ojos una multitud de imágenes pasaron por su mente de forma caótica. Imágenes, tras imágenes de todo lo ocurrido: su accidental encuentro con Dag en el camino, la osadía que tuvo al rescatarlo de los cazadores, la huida de ambos a través de los bosques, el encuentro con Makubar y el sorprendente Kercus; las encantadoras hadas y sus fantásticas historias, el enfrentamiento que tuvo con los guardianes en el bosque y la extraña experiencia en la laguna de Novelen, el peligroso paso por la gruta de Nímirsin y, por último, su llegada al poblado de Árminas, en la mitad de un gran bosque en otra dimensión.

Tantos pensamientos, sumados a la sensación de encierro dentro de esa bodega, lo fueron agobiando de inmediato. Muchas ideas cruzaron por su mente, pero ninguna que le indicara cómo podría salir de esa situación y mucho menos de qué manera volver a casa.

Estaba exhausto y cada vez sus párpados se sentían más pesados. Cabeceó un par de veces antes de caer en un profundo sueño. Un último pensamiento sobre Elenor lo acompañó antes de perder por completo la consciencia. Samuel Todd se había convertido, por los azares del destino, en el prisionero del fantástico pueblo momoy de Árminas.

CAPÍTULO XIII

LA TABERNA DE LOIN

Los venerables y los jefes de cada clan se encontraban sentados rodeando la enorme mesa de madera frente a la chimenea en la taberna de Loin, que calentaba acogedora el interior de la estancia, mientras en el exterior descendía cada vez más la temperatura. Algunos prominentes pobladores —y curiosos también— estaban presentes. La mayoría fumaba con placer unas enormes pipas, mientras que otros mascaban *mundin*, conocido en el tercer mundo como *chimó*.

El cuenco metálico resonó al recibir un escupitajo de uno de los venerables que mantenía la boca llena de mundin, masticando una y otra vez, mientras escuchaba del joven Dag, quien se encontraba de pie en medio del salón, la versión de lo ocurrido. No menos de treinta momoys conformaban aquel Consejo esa noche en Loin.

La posición del joven momoy no era la más ventajosa en ese momento. Había quebrantado las leyes de Núrisil y debía explicar sobre sus constantes viajes al tercer mundo. Su descuido podría acarrear graves consecuencias para el pueblo al igual que para el joven Samuel Todd. Todos los miembros del Consejo miraban a Dag y murmuraban entre ellos.

Dag fue interrumpido por Márin, el jefe de los venerables, por primera vez desde que comenzó a relatar su historia. Su voz era profunda, fuerte pero pausada. Dag nunca había tenido la ocasión de dirigirse al Consejo de los Venerables y menos al gran Márin

—Así que tú eres Dag, hijo de Rosen del clan Abardam. Muy bien, joven, tu historia suena interesante pero muy poco convincente. —Tras decir esto, Márin, durante unos segundos, miró a Rosen quien estaba al lado de su hijo.

Rosen, quien no se había separado de su hijo en ningún momento, adelantó unos pasos.

—Señor, sé que suena descabellada la historia de mi hijo, pero lo apoyamos en su teoría, creemos...

—Sin pruebas que respalden lo que dice tu hijo, Rosen, será muy difícil llegar a una conclusión favorable para él y su amigo de la tierra de los hombres. Levantar una acusación contra un miembro de nuestra comunidad, más allá de la opinión que se tenga por sus actos del pasado, basándose solo en conjeturas y sospechas, es muy delicado... y lo sabes.

—Yo lo pensaría dos veces antes de acusar a un personaje como Dorgen sin poder probar lo que digo —intervino Kolton, jefe del clan Brór.

En ese momento el murmullo en el salón fue tal que difícilmente se pudo escuchar la respuesta de Rosen.

—¡Silencio! —gritó en el otro extremo de la mesa el jefe Penmar, del clan de los Nírmirzor, quien se incorporó y pidió la palabra—. Como saben, yo represento al gran Tavhay, jefe del clan, quien está en peregrinación desde hace unas décadas, y opino que no podemos olvidar las consecuencias de los errores de Dorgen de aquel entonces. Muchos hombres del tercer mundo pagaron con sus vidas, y aquellos de los nuestros que lo apoyaron han vivido el destierro hasta el día de hoy. Yo no descartaría lo que dice el hijo de Rosen —concluyó el viejo duidra mientras tomaba asiento de nuevo.

De nuevo, el murmullo de todos los presentes invadió la atmosfera de la taberna, entonces, otro miembro del Consejo se levantó para tomar la palabra.

—¡Hasta ahora solo hemos escuchado acusaciones en contra de Dorgen!, sin embargo, aún no hemos decidido qué hacer con el joven que está prisionero. ¡Para nosotros ese muchacho representa una amenaza! —exclamó Tárron, uno de los venerables.

Muchos de los presentes levantaron su voz en apoyo a lo expuesto por el viejo Tárron.

—Estoy seguro que ese joven no tiene malas intenciones — intervino el jefe Roin, levantándose y alzando sus manos para solicitar silencio.

—Ellos han establecido una buena amistad —interrumpió Rosen—. Es cierto que no fue una buena idea haberlo involucrado con todo lo que significa nuestro mundo. La patrulla cometió un error al traerlo a Árminas. Dag conoce a la perfección las reglas que rigen en Árminas y sabe que ellas han protegido nuestra integridad desde que el hombre ha incursionado en estas tierras, pero no tuvo más opción.

De nuevo, los presentes alzaron su voz emitiendo todo tipo de opinión y generando caos en la taberna.

En ese momento, el Jefe Balakur se incorporó y se detuvo ante la mesa del Consejo.

—Entiendo la preocupación del venerable Tárron —dijo mirando al viejo momoy e inclinando ligeramente su cabeza en reverencia—, así como la de otros miembros acá presentes, pero ese joven que se encuentra en estos momentos encerrado en la bodega del granero, difícilmente representa una amenaza para nosotros. Incluso, me atrevería a decir que podría ser un potencial aliado en tierras de la tercera dimensión.

Tras escuchar las palabras del Balakur, una gran mayoría comenzó a hablar en voz alta, haciendo un escándalo ensordecedor que traspasaba las paredes de la estancia, dejando escapar aquel bullicio por las calles cercanas de la taberna. Entonces, el jefe Balakur desenvainó su espada y golpeó con furia una de las mesas vacías cercanas a él. El sonido metálico de la espada de acero retumbó por todos los rincones de la taberna de Loin. Todas las miradas escudriñaban, en un profundo silencio, el origen de aquel sonido que cortó las voces y hasta la respiración de todos los presentes.

—¡Miembros de este Consejo, aún no he terminado mi exposición! Quien quiera intervenir lo hará luego de que finalice.

Todos permanecieron en silencio y atentos a lo que el jefe del clan Abardam exponía. Dejó muy clara su posición con respecto a las sospechas de su sobrino en relación a las extrañas actividades de Dorgen, e hizo varias reflexiones con respecto al agradecimiento que debían sentir por el acto heroico que el joven Samuel llevó a cabo para salvar la integridad de Dag.

Al terminar su exposición retrocedió un par de pasos para colocarse junto a su sobrino. En ese instante, Roin intervino sin levantarse de su asiento.

—Tus palabras contienen una gran verdad. En algunos puntos, Balakur, pienso igual que tú. Además, lamento enormemente que este joven esté prisionero en el granero luego de haber arriesgado su vida para salvar a uno de los nuestros. Pero, en primer lugar, el joven Dag no tenía nada que hacer en esas tierras; y no conforme con eso, se dejó agarrar torpemente por dos cazadores. Eso es inaceptable.

Todo, por seguir una corazonada que no tiene ni pies ni cabeza. Puedo aceptar que la presencia del joven humano fue consecuencia de la suma de las torpezas de tu hijo, Rosen, y de la poca capacidad de los integrantes de la patrulla bajo tu mando, Balakur.

»Quizás ese joven merezca nuestro agradecimiento, claro que sí, como yo lo veo él ha sido víctima de las circunstancias, digamos...un daño colateral. Pero dejarlo ir comprometería nuestra seguridad y eso lo sabes muy bien. Te recuerdo que los humanos son criaturas que pueden acabar con lo que se propongan en segundos; si saben de nosotros, o logran llegar hasta Árminas pondrán en peligro nuestra integridad y todo lo que conocemos de Núrisil hasta hoy. Son una amenaza, está en su naturaleza. ¿Es que acaso no puedes entenderlo? —exclamó Roin dejando ver que no seguiría con la discusión del tema, al intentar levantarse de la silla.

—Nuestra ley es muy sencilla pero estricta —añadió el gran Márin.

Esas últimas palabras resonaron en la cabeza de Dag y sintió que el corazón saldría de su pecho.

—¡Conozco las leyes de Árminas! —exclamó Dag, interrumpiendo por primera vez e interviniendo de forma arbitraria. Con ello estaba cuestionando la autoridad del gran venerable.

—¡Pues da la impresión de que no fuese así, de lo contrario no estaríamos aquí perdiendo nuestro tiempo! —gritó el jefe Roin, golpeando la mesa de madera.

El venerable Márin lo tomó con su mano por un brazo, indicándole, con un pequeño gesto en su rostro, que tuviera más paciencia.

—Yo propongo que lo trasladen al pueblo de Doin, donde podrán integrarlo a la comunidad si alteran su memoria. ¿Qué opinan ustedes, miembros del Consejo? —preguntó Roin, que parecía satisfecho con la solución que había planteado, mientras miraba a Márin con la intención de que el venerable aprobara su propuesta.

Un murmullo resonaba a lo largo de la taberna. Cada uno de

los presentes tenía una opinión sobre el veredicto final. Algunos apoyaban la noción de Roin. Balakur y Rosen entrecruzaron sus miradas con poca esperanza de éxito. En ese momento Dag volvió a intervenir.

—¡No! —exclamó con ímpetu el joven momoy. Dag no estaba dispuesto a rendirse tan fácilmente.

El asombro de los miembros del Consejo se reflejó en los rostros de incredulidad y levantó murmullos en toda la taberna. Roin, sorprendido ante aquella respuesta, se levantó con violencia. En ese momento se llevaba a la boca un tarro de cerveza que golpeó contra el mesón, derramando el contenido sobre la superficie y su ropa, al tiempo que increpó:

—¿¡Qué dices, joven atrevido!?

—Lo que han escuchado. Creo que en esta ocasión se equivocan con su veredicto, ¡él salvó mi vida! —exclamó Dag frente a todos los presentes.

—Hijo, mantén la calma —murmuró Rosen al tiempo que colocó su mano sobre el hombro de su hijo y lo miró directo a los ojos.

—Nuestra relación con los hombres del tercer mundo es más complicada de lo que quizás puedas entender ahora —añadió el viejo Márin, mientras el humo que ocultaba su rostro se disipaba con el aliento de las palabras que dejó escapar en ese momento—. Hasta ahora los hombres han demostrado albergar sentimientos muy oscuros. Tú mismo has mencionado que esos cazadores querían hacerte daño y que además pretendían obtener los tesoros de Árminas.

—¡Pero él ha demostrado ser distinto! —exclamó Dag subiendo el tono de su voz—. ¿Qué explicación tiene entonces el que me haya salvado a riesgo de su propia vida si no fuera así?

Márin súbitamente se incorporó observando directo a los ojos de Dag. Extendió sus manos en señal de que nadie interviniera. Hubo un profundo silencio en toda la estancia, tan solo el crepitar del fuego ardiente de la chimenea podía escucharse en ese momento.

—¿Quieres que lo liberemos y lo dejemos regresar con los suyos? ¿Es eso lo que tú quieres?

Aquella pregunta tomó a Dag por sorpresa

—Así es, quiero que liberen a Samuel...pienso que es lo más justo.

—¿Justo...? Tienes razón, Árminas siempre le estará agradecida por lo que hizo por ti, y es lógico que le respondamos con justicia, pero... ¿A qué precio?

—¿Y por qué debemos creer que pagaremos algún precio por su liberación?

—Si decidiéramos liberarlo, Árminas y la tierra de Núrisil pagaría algún precio, jovencito. Aunque ahora no hay forma de saberlo, no hay duda de que ese momento llegará, de eso sí estamos seguros.

—Pues yo no lo veo de esa manera —respondió Dag, dando un paso hacia atrás alejando la mano de Rosen de su hombro—, estoy en total desacuerdo con ustedes con respecto a lo que piensan de Samuel.

Roin y algunos de los venerables dejaron ver su molestia ante la osadía del joven momoy al contradecir las palabras del viejo Márin. Era evidente que en ese momento Dag no tomaba en consideración las jerarquías ni las leyes de Árminas. Tan solo podía ver el extremo temor que su propia raza tenía ante cualquier persona del tercer mundo.

Rosen trató de tomar la palabra, pero Roin lo interrumpió.

—¡No hay más nada que discutir, aquí ya se ha tomado una decisión!

—¡Perdona, Roin, pero esa es tu decisión, no es la del Consejo! —interrumpió Rosen.

—Creo que he hablado por todo el Consejo, Rosen. Así que...

—Señores, señores...un poco de calma —interrumpió el viejo Márin—. En primer lugar, el Consejo no ha emitido un veredicto final, mi querido Roin; en segundo lugar, está claro que el joven Dag no es el único en desear que se libere al muchacho.

Márin se tomó unos cuantos segundos con la intención de volver a su asiento.

—A partir de ahora, invito solo a los miembros del Consejo a que permanezcamos en Loin para tomar una decisión. El resto debe retirarse de inmediato —dijo Márin con mucha calma pero con firmeza.

—Tu tiempo ante este Consejo ha terminado, joven Dag, puedes retirarte. Y agradece que no hayamos tomado la decisión de castigarte con el destierro. Por mucho menos de lo que tú has hecho varios han pagado esa condena —dijo Roin mirando directo a los ojos de Dag para luego buscar la mirada de preocupación de su padre—, y tú sabes muy bien, Rosen, que estamos en nuestro derecho de hacerlo.

—Venerable Márin, le pido que considere con equilibrio la decisión. Este Consejo no puede ser injusto.

—¡Retírate! Ya ha sido suficiente con tú intervención. Vamos a decidir —exclamó Roin mientras tomaba asiento y servía cerveza en su tarro para tomar un sorbo en señal de haber terminado.

—Dag, ve a casa con tu madre. Balakur y yo trataremos de ayudar lo mejor que podamos a Samuel —murmuró Rosen mientras conducía a su hijo hasta la puerta de la taberna.

Tenanye y Fayette llegaron a Árminas y se dirigieron a la taberna, pero optaron por permanecer fuera de ella, en espera de la decisión de aquella junta de emergencia. No podían acercarse a la bodega donde se encontraba Samuel, para no comprometerlo aún más, y lo que menos querían en ese momento era intervenir en los acontecimientos que se estaban desarrollando en la taberna de Loin. En ese instante, observaron cómo más de una decena de pobladores salían del lugar, unos murmurando, otros discutiendo en voz alta. Detrás de todos ellos lograron distinguir a Dag, quien salía cabizbajo, completamente abatido luego de la intensa reunión.

El momoy se recostó de una de las columnas del pasillo tratando de recobrar el aliento, y desde allí pudo escuchar el gran murmullo que había comenzado después de que lo obligaran a retirarse de la taberna. No estaba seguro de lo que le ocurriría a Samuel, tan solo sabía que no había logrado tener éxito y que el destino de su nuevo amigo era incierto. Con la tristeza apoderándose de su corazón le costó mucho trabajo contenerse y las lágrimas comenzaron a correr por sus mejillas. Le tomó un buen rato recobrar el control de sí mismo. Sus pensamientos lo mantenían sumergido en un profundo laberinto, por lo que demoró en darse cuenta de que Tenanye y Fayette se hallaban a su lado tratando de animarlo con una dulce melodía.

—¿Dag, qué pasará con Samuel? —preguntó Fayette, pero Dag, ensimismado, parecía no escuchar.

—¿Qué ha pasado, Dag? —insistió esta vez Tenanye, subiendo el tono de su voz para llamar su atención.

—No lo van a liberar... —respondió por fin Dag, con profunda tristeza—. Roin no va a permitir que regrese.

—Pero él te ayudó —dijo Fayette—. ¿Por qué no liberarlo?

—¿Por qué? —preguntó Dag, mostrando un gesto sarcástico—. Porque todos tienen miedo. Por eso. Creen que los hombres llegarán hasta acá y acabarán con lo que es nuestro.

—No dejan de tener razón —intervino Tenanye tratando de que su mirada, alcanzará los ojos de su amigo—. Debes entenderlos.

—¡Pero creo que ya es hora de que nuestra relación con los hombres comience a ser distinta, Tenanye. Sé que entre ellos hay buenas personas y Samuel es una de ellas! —exclamó Dag.

—¡No está en nuestras manos! —repuso Fayette volando alrededor de su nariz.

—Debemos encontrar la manera de ayudar a Samuel a salir de Árminas —dijo después de un prolongado silencio y miró a los ojos de sus dos aladas amigas.

—¿A qué te refieres con eso, Dag? —preguntó Tenanye con cierta inquietud en su voz.

—Sabes a lo que me refiero. Si llegado el momento requiero la ayuda de ustedes, espero contar con ella.

Tenanye y Fayette se miraron sorprendidas entre ellas sin emitir palabra alguna. En ese momento se percataron de que no estaban solos. Una figura oculta por las sombras permanecía al otro extremo del pasillo. Sin duda alguna había escuchado la conversación entre el joven Dag y sus aladas amigas. Decidieron dejar el lugar de inmediato. Pequeñas gotas de lluvia comenzaron a caer golpeando con delicadeza los rostros de Dag y las hadas. Se dirigieron a casa del joven momoy para buscar alguna estrategia que ayudara a Samuel a salir del sombrío futuro que le esperaba.

Las tres figuras apuraron su paso hasta desaparecer entre la niebla y la oscuridad de las calles de la aldea, mientras un rugiente trueno se escuchó desde los bosques y la luna que brillaba en las alturas fue oscureciéndose al paso de una enorme y negruzca nube.

CAPÍTULO XIV

La amenaza De PHeRanto

Mientras en la taberna de Loin continuaba la reunión de los venerables donde se decidiría el futuro de Samuel; y Dag, Tenanye y Fayette se dirigían presurosos hacia el hogar del momoy, otra amenaza, que nadie podría imaginar en ese momento, se tejía muy cerca de allí.

En medio de una oscura estancia, una pequeña figura cubierta por un manto negro se acercaba con lentitud a la ventana para observar lo que ocurría en la calle. Se trataba de Dorgen, un momoy del clan Nímirzor, de la antigua casta de los druidas; la personificación del lado oscuro de la magia, conjuros y encantamientos. Hacía muchos años que había sido excluido por su propia casta debido a sus vinculaciones con los seres del inframundo, por eventos sombríos llevados a cabo en la tierra de los hombres y por entablar comunicación con enemigos de los bosques y de los seres que en él habitan. Con el pasar del tiempo, él mismo decidió mantener distancia con respecto a cualquier habitante de Árminas y las actividades diarias de la aldea; tan solo algunos miembros de la comunidad momoy, quienes ejercían más el papel de sirvientes que de compañeros, estaban relacionados con él y sus ocultas actividades.

—No puedo creerlo —susurró sorprendido mientras observaba, con sus profundos ojos negros, al joven cuando era conducido hacia el granero principal del pueblo.

—¡Lo ves, te lo dije! —dijo Bofur mientras miraba inclinado por detrás de Dorgen hacia la ventana—. El muchacho está aquí en Árminas. —Los ojos de Bofur brillaban con malicia.

—Creo que ahora me veré obligado a cambiar de planes —murmuró Dorgen siguiendo con la mirada el recorrido del joven prisionero—. Debemos actuar enseguida.

—¿Qué piensas hacer?

—Debo matarlo —respondió Dorgen volteando a ver a su secuaz.

—Pero si lo matas, no sabremos dónde se encuentra el talismán —exclamó Bofur exacerbado.

—No correré el riesgo de que el pueblo me vincule con lo ocurrido a estos dos. Aquellos ineptos cazadores no pudieron retenerlos y ahora debo corregir su error.

—Y, ¿qué piensas hacer con Dag? —inquirió Bofur.

—Él se ha convertido en un verdadero dolor de cabeza. De él me encargaré más adelante, personalmente.

—¿Crees que el muchacho cargue el talismán con él? —preguntó Bofur.

—No lo sé. Pero si es así no será difícil recuperarlo —respondió el malévolo druida.

—¿Y si no lo tiene consigo? —preguntó Bofur.

—Entonces revisaremos cada centímetro de la cabaña y acabaremos con cada miembro de su familia si es necesario. De una manera u otra, el talismán tiene que volver a mí. Esperaremos —dijo convencido—. Cuando todos duerman iremos a la bodega y así cubriremos nuestra espalda. Nadie sabrá de nuestra presencia.

—¿Y los guardianes? —inquirió, asustado, Bofur—. Ellos custodian la puerta.

—No será mayor problema —murmuró mientras abría la gaveta de un estante, y sacaba un pequeño frasco de color púrpura—. Liberaré al prisionero y este podrá escabullirse con facilidad sin ser detectado —añadió esbozando una sonrisa macabra.

Era la medianoche y Dorgen permanecía en su cabaña en compañía de sus secuaces: Grundin, quien había llegado con noticias del encuentro del Consejo en la taberna; Zucro, quien siguió a los guardianes y a su prisionero hasta el granero; y Bofur. Aprovecharon las horas de espera para planificar con precisión su idea de liberar al joven Samuel. Sin embargo, contrario a lo que esperaba Dorgen, numerosos personajes del pueblo recorrieron, pasada la medianoche, la vereda que conducía hacia el granero. Desde la ventana atisbó molesto el desfile de mujeres que llevaban cobijas y alimentos, además de verificar las condiciones del joven llegado del tercer mundo. Esto retrasó, varias horas más, la puesta en marcha del plan que los tres momoys tenían preparado.

Se retiró por fin de la ventana. Tenía mucho que planificar para su siguiente movimiento, no había tiempo que perder. Dio unos pasos hacia la mesa y desplegó un mapa de Núrisil. Puso su mano derecha sobre una parte de este y con la izquierda recorrió toda la zona del pueblo y sus alrededores.

—Va a ser difícil —comentó Zucro mientras observaba por la ventana.

—¡Cállate ya!—exigió Bofur mientras tomaba un trago de muzág.

—Los dos hagan silencio y escuchen todos muy bien el plan, acérquense —dijo Dorgen.

Aunque las horas parecían transcurrir con lentitud, el sol no tardaría en salir, Dorgen sabía que este sería el único momento que le quedaba para dar inicio a su maniobra. Observó que ya no había nadie transitando por las calles del pueblo, así que decidió iniciar su plan. Bofur y Grundin fueron los primeros en ponerse en marcha y dirigirse hacia la salida del pueblo. Esperaron que desaparecieran entre las sombras, para la salida de Zucro, quien tomó el camino hacia el granero. Luego de unos cinco minutos, Dorgen salió corriendo en la misma dirección. Su lánguida silueta se difuminaba entre la niebla y la oscuridad que cubría aún al tranquilo y silencioso poblado.

Ambos se encontraron sin complicaciones fuera del granero, logrando entrar sin hacer el menor ruido. Afuera, la fría brisa matutina corría presurosa encontrando resistencia con las paredes de madera, colándose entre las hendiduras y creando silbidos que zumbaban por el interior de la gran estancia. Una vez adentro, Dorgen se ocultó detrás de unos barriles para observar a los dos guardianes que custodiaban la puerta de la bodega. En sus rostros se evidenciaba el estado de somnolencia, por lo que sería aún más fácil neutralizarlos, pensó Dorgen, y procedió a sacar de su bolsillo el pequeño frasco color púrpura.

Retiró con sumo cuidado la tapa de corcho y un denso vapor de color rojizo se fue esparciendo con lentitud por el aire. De inmediato murmuró en voz casi imperceptible: «ADUGURTH HELKEDAL»... «ADUGURTH HELKEDAL»... Bastó que lo repitiera un par de veces para que, en ese momento, la rojiza nube se dirigiera hacia los guardianes, quienes no se percataron del extraño vapor que les estaba envolviendo el rostro. En fracciones de segundo ambos cayeron en el piso del granero haciendo un gran estrépito, como si sus cuerpos fuesen de plomo, sumergiéndose en el más profundo sueño que jamás hubiesen experimentado.

Dorgen avanzó rápido hasta la pesada puerta de madera, corrió la varilla metálica de la cerradura y le dio un suave empujón. Con una voz muy baja y sin dejarse ver, despertó al prisionero que se encontraba descansando en su interior.

Samuel despertó en medio de una profunda oscuridad, asustado, con lágrimas en los ojos. De momento creyó que lo que había vivido era un mal sueño y que se encontraba en su cuarto, junto a su familia. Tardó unos segundos en recordar donde se encontraba. Las paredes de aquella improvisada prisión ahogaban sus pensamientos, recortaban el aire fresco y la libertad que tanto anhelaba en ese momento. Parecía imposible que solo hace dos días atrás, Elenor y él estaban en casa de Horacio, aún podía recordar su olor al acercarse a ella esa tarde.

La soledad y el miedo comenzaban a danzar en la pequeña bodega alrededor de la figura que reposaba sobre los sacos de harina. Bajo el manto que abrigaba al abrumado joven, los temores, sollozos y lágrimas se hicieron presentes. Estaba tembloroso, deseando estar en el cálido salón de la cabaña de su padre, junto a la chimenea, conversando bajo la protección de sus seres queridos. Las lágrimas continuaban brotando de sus ojos sin parar. Un desolador llanto rompió con el silencio, atestiguando el gran temor del joven prisionero.

De repente, un fuerte golpe del otro lado de la puerta lo sacó de su estado, pudiendo observar dos grandes sombras inmóviles que se proyectaban bajo la ranura de la puerta. El pequeño hilo de luz que llegaba hasta el interior de la bodega era suficiente para observar que una tercera sombra se acercaba con rapidez hasta la puerta. Samuel estaba petrificado, tan solo escuchaba su propia respiración. El miedo se acrecentó en su cuerpo, tensando todos los músculos. Podía sentir el latir de su corazón en los oídos.

—¿Qué pasará esta vez? —pensó en voz alta, mientras se preparaba para recibir lo que estuviese del otro lado.

Sus ojos no se desprendían de la puerta y observaba con

detenimiento, cómo aquella figura se deslizaba por encima de las sombras inertes. El sonido deslizante de la cerradura invadió el lugar; la puerta comenzó a moverse dejando entrar el haz de luz de las lámparas del exterior, encandilando, por breves segundos, al joven prisionero. Sin embargo, la puerta no se abrió por completo, la sombra permanecía tras ella y al parecer no tenía intenciones de entrar a la bodega. Samuel se incorporó de un salto, retrocediendo hasta la pared, cuando escuchó una voz pronunciar su nombre.

—Samuel, soy Dag, despierta —exclamó Dorgen fingiendo la voz del joven y asegurándose de permanecer oculto tras la puerta.

Debes prepararte para escapar, pero no aún. Cuenta un minuto y entonces podrás salir. Debemos huir del pueblo por separado, yo me adelantaré, por si debo distraer a alguien. Estaré esperándote a unos cuantos metros más allá de la salida de Árminas, al finalizar el puente. Debes seguir por la vereda que encontrarás frente al granero, toma a la izquierda y no te desvíes, esa ruta te llevará hasta el final del pueblo sin ser visto. Un amigo te estará esperando del otro lado del puente y te acompañará para indicarte el camino que debes seguir. No pierdas tiempo, nos encontraremos cerca de la laguna —finalizó la voz que provenía del otro lado de la puerta.

La pequeña criatura se volteó, dejando la puerta entreabierta y, sin más, se marchó. Dejó aquel lugar a una velocidad sorprendente, no sin antes cerciorarse de tener el camino libre. El sol aún permanecía oculto en el horizonte, sin embargo, comenzaba a iluminarse la bóveda del firmamento.

Dorgen y Zucro dieron un último vistazo a la bodega desde lejos. Dorgen comprobó, con una sonrisa, que aquella silueta que esperaba ver salir de ahí, en efecto, comenzaba a cruzar el portón del granero. Ambos desaparecieron por las veredas más ocultas de Árminas, complacidos por el éxito de la primera fase del plan.

Samuel escuchó con cuidado las instrucciones de aquella voz. Mientras tanto, se detuvo por un momento para analizar la situación. La idea de huir no le agradaba en lo absoluto, pero, por otra parte, le angustiaba pensar que no le dieran la oportunidad de regresar con los suyos. Hasta ahora nadie le había dado una garantía de que eso ocurriera, ni siquiera su amigo. Creyó por un momento que si Dag recurrió a este plan improvisado de escapatoria, fue porque no pudo convencer al Consejo la noche anterior. Ese fugaz pensamiento lo obligó a tomar una decisión: huir de aquel lugar.

No le sería difícil llegar hasta la salida del pueblo. Su agudo sentido de orientación le permitió dibujar en su mente un plano de las principales calles del pueblo que había recorrido la noche anterior, y sabía a la perfección dónde se encontraba el granero y cuánto tiempo le tomaría llegar hasta el puente. Solo tenía que asegurarse de tomar la vereda de la izquierda al salir, tal y como le había señalado quien él suponía que era Dag.

En ese momento contó para sí el tiempo que le fue indicado y se marchó de aquel oscuro cuarto con cautela. Observó con sorpresa a los dos guardianes tendidos de largo a largo en el suelo, respirando con placidez como si se encontraran en el mejor de los sueños. El lugar estaba despejado. Se dirigió de inmediato hacia el portón del granero, asomándose con precaución para cerciorarse de que nadie notara su escapatoria: el lugar se encontraba desolado.

Emprendió su huida con gran sigilo pero a paso ligero, ocultándose tras algunas carretas que se encontraban apostadas en el camino. La distancia le comenzó a parecer infinita, más de lo que había imaginado, y cruzó los dedos para que nadie pudiera detectarlo. Mientras se deslizaba por la vereda indicada, observaba las pintorescas cabañas y sus pequeñas ventanas, escudriñándolas desde lejos por si algún poblador se asomase advirtiendo su huida. Así continuó, hasta que detectó a la distancia el puente de madera que señalaba los límites de la aldea y la ruta hacia la laguna. Por un momento recordó los dos centinelas del puente, por lo que se detuvo a observar unos segundos, para continuar luego, al ver despejado el lugar.

Samuel llegó sin mayor complicación hasta el puente sobre el arroyo, en las afueras de Árminas. Al cruzarlo se encontró con la sorpresa de tener tres senderos frente a él, todos conduciendo en direcciones distintas. No sabía con exactitud por cuál camino había llegado la noche anterior. Tan solo recordaba el momento de salir del túnel de la gran caverna por la que se internaron a través de la montaña y el sonido del correr del agua del riachuelo que los acompañó el resto del camino hasta llegar al pueblo. Decidió tomar la ruta de la derecha ya que era la más contigua al arroyo.

No había dado más de cuatro pasos cuando detectó con estupor que los dos centinelas se encontraban sin sentido entre los matorrales. Samuel sintió que el corazón se le salía de pecho, cuando fue sorprendido por Grundin en un recodo del camino. Por un instante pensó que su plan de escapatoria había sido descubierto, pero el hombrecillo le indicó que no hiciera ruido y que lo siguiera de inmediato, por lo que concluyó que se trataba de alguno de los amigos de Dag, involucrado en el plan para ayudarlo a volver a casa.

—Sígueme sin detenerte, muchacho.

—¿Qué le ocurrió a los centinelas? ¿Dónde está Dag? —inquirió Samuel

Pero aquel momoy no respondió a sus preguntas. Continuó avanzando velozmente por el serpenteante camino. A medida que recorrían la senda, Samuel observaba con detenimiento a su peculiar guía. Su apariencia era más oscura, sus gestos y movimientos parecían más de una criatura que se conducía con cierta torpeza; daba la impresión de que las cosas normales y cotidianas las entendiera con un gran esfuerzo. Contrario al resto de los momoys que había conocido, este no utilizaba ningún sombrero y su cabeza era más grande que las observadas entre los habitantes del pueblo. Su barba negra, que se hallaba descuidada, y el estado de su vestimenta daban a entender que era un ser indolente y sucio. En dos ocasiones emitió una especie de murmullo para informarle a Samuel la ruta que debían tomar, o por lo menos eso creyó que le estaba indicando. Cargaba una enorme soga envuelta en su torso y un cuchillo que podría medir la mitad de su estatura sujeto en su espalda. Su fiera mirada, sin embargo, difería de su aparente estupidez.

Se le hacía difícil a Samuel imaginar a Dag y a su familia relacionándose con aquella criatura, y sus propias conclusiones comenzaron a generarle ciertas inquietudes, por lo que se preparó en su interior para afrontar cualquier sorpresa que el hombrecillo pudiera tener bajo la manga. Por el tiempo del recorrido, se percató de que habían tomado una ruta distinta a la de la gruta que atravesaba la montaña, entonces se atrevió a preguntar.

—¿Estamos en la ruta hacia la laguna, supongo?

El silencio profundo fue la respuesta, la desagradable figura siguió caminando como si no hubiese escuchado nada en lo absoluto.

—¡Me niego a dar otro paso! ¿Donde están los demás? —gritó Samuel mientras observaba los alrededores con la esperanza de encontrar a su amigo y a las hadas.

En ese instante Grundin aceleró su marcha de tal manera que Samuel lo perdió de vista en un pestañeo. Trató de alcanzarlo pero fue en vano, en cuestión de segundos este desapareció por completo del camino, así que el joven quedó solo, en la mitad de lo que podría catalogarse como un laberinto verde, sin ningún punto de referencia que le pudiera indicar la dirección correcta a la laguna de Novelen.

Mientras decidía qué hacer y creyéndose sin compañía, pudo sentir voces que murmuraban entre la maleza. Agudizó sus ojos con la intención de detectar su procedencia, pero fue inútil. Percibió cómo las voces se esparcían haciendo ruidos entre el monte en direcciones distintas, y se alejaban de su posición a una velocidad sorprendente. La única opción que tenía era seguir hacia adelante. Aunque quisiera regresar, Grundin lo había conducido por tantos senderos que no podría saber la ruta de vuelta al pueblo. La brisa sopló con fuerza golpeando su espalda. Samuel se estremeció del frio. Recordó en ese momento las palabras de Horacio: «...pierde el miedo al lugar, a sus oscuridades y a sus peligros y llevarás ventaja sobre tus adversarios». Este pensamiento lo hizo ponerse en marcha sin perder más tiempo.

A pesar de que parecía no haber nadie en los alrededores, persistía en el joven Todd la sensación de que lo observaban fijamente. Tenía miedo, pero no iba a permitir que aquel hombrecillo, que lo abandonó allí y suponía que era quien lo vigilaba, se aprovechara de eso.

Pero Samuel no estaba exagerando su percepción, Dorgen y sus secuaces lo seguían desde una distancia prudencial, con gran desprecio y al mismo tiempo con regocijo por lo que le depararía aquel camino.

Fayette batía sus alas mientras sus ojos, que expresaban sorpresa, se enfocaban en la puerta abierta de la bodega. También observó a los dos guardianes que yacían aún en el suelo. Trató de despertarlos, pero fue inútil, era evidente que se encontraban bajo un poderoso efecto de alguna clase de magia que los mantenía en un profundo sueño. Giró su varita un par de veces sobre cada uno de ellos y voló con rapidez en dirección a la cabaña de Dag, perdiéndose entre la neblina.

La aldea de Árminas despertaba con los primeros rayos del alba. Sus calles aún permanecían vacías, todo transcurría de modo habitual. Sin embargo, en la cabaña de Isil y Rosen el día comenzó con gran conmoción. La noticia de la desaparición de Samuel consternó a los que ahí se encontraban. Dag, Fayette y Tenanye se dirigieron hacia la salida del pueblo, mientras Rosen corría hacia la cabaña de Balakur.

En su hogar, el hermano de Isil disfrutaba de una taza de chocolate caliente y panecillos, sentado con placidez en el comedor, cuando escuchó los acelerados pasos de Rosen antes que este pisara los primeros escalones de la cabaña y golpeara con ímpetu la puerta. «Algo urgente debe estar pasando», pensó de inmediato, incorporándose de un salto hacia la puerta.

Minutos después Balakur y Rosen llegaron al granero escoltados al menos por una docena de guardianes. Al llegar al portón observaron cómo los dos guardianes trataban de incorporarse en sus posaderas, sujetándose la cabeza entre las manos. Cruzaron la entrada hasta acercarse a ellos. Sus ojos estaban clavados en la puerta abierta de la bodega, tratando de entender de qué forma pudo el prisionero abrirla desde el interior y neutralizar a los dos guardianes. Sabían, sin dudar, que debió haber recibido ayuda externa. Balakur con gesto inquisitivo volteó su mirada hacia Rosen.

—¡Espero que esto no sea obra de Dag! —exclamó con tono seco y agrio, era evidente que tras sus palabras se ocultaba la duda sobre la posible intervención de Dag.

—Si crees que Dag está detrás de esto, te equivocas —exclamó Rosen con voz firme y con un ligero tono de indignación—. Incluso él mismo salió en búsqueda del muchacho junto a las hadas.

Roin irrumpió en el lugar en ese preciso momento.

—¿Puedes explicarme que ha ocurrió aquí, Balakur? —inquirió Roin mientras se acercaba a la bodega.

Se plantó frente a los guardianes quienes se apresuraron a incorporarse para dar paso a una serie de excusas sin sentido.

—¡Silencio! —gritó Roin, mientras observaba el interior de la bodega y los guardianes inclinaban ligeramente la cabeza mirando al suelo, sin entender en realidad qué les había ocurrido.

—¿Supongo que no vieron ni recuerdan nada? —preguntó Balakur extrañado al ver a los guardianes aturdidos.

—Señor, en realidad no puedo recordar nada de los sucedido

—respondió uno de ellos, mientras el otro a duras penas balbuceaba tratando de emitir una frase coherente.

—Jefe Balakur, nos sentimos muy apenados por haber permitido que el prisionero huyera, pero estuvimos muy alertas —continuó el guardián—. Algo nos hizo entrar en un sueño incontrolable, profundo y aunque tratábamos de evitarlo, perdimos el conocimiento, señor.

—Esperemos poder encontrar a Samuel antes que sufra algún percance —dijo Balakur mirando a Rosen con ojos de preocupación—. El bosque de Núrisil no es un lugar seguro para un joven del tercer mundo. Además, hay algo fuera de lugar en todo esto, alguien de la aldea está obrando de manera individual.

—¡De nuevo con tu suspicacia, Balakur!, viendo intrigas y confabulaciones por todos los rincones de Árminas —exclamó el jefe Roin, al tiempo que se dirigía hacia la puerta del granero con rumbo a la plaza principal para informar de lo sucedido a los aldeanos—. ¡Claro que alguien está obrando por su parte, ese es tu sobrino Dag! Anoche lo escucharon decir que ayudaría a escapar a este muchacho. Esto le traerá repercusiones ante el Consejo, al igual que a ustedes dos. Anoche se tomó una decisión muy clara con respecto al prisionero. Yo personalmente me encargaré de que todos ustedes paguen las consecuencias si esta criatura logra escapar y ponernos en peligro —agregó con cierta satisfacción.

—Pues esta suspicacia es la misma que nos ha salvado de muchas situaciones desagradables en el pasado —respondió Balakur impávido ante el ácido y sorprendente comentario del jefe Roin—. Y me refiero a lo sucedido a Muki —añadió en tono más alto para que pudiera escucharlo sin dificultad desde la entrada del granero—, sigo creyendo que alguien de Árminas sabe lo que sucedió en la vieja mina y lo quiere mantener oculto por alguna razón. La muerte de Muki fue obra de Pheranto, pero no hay duda de qué fue manipulado para que cometiera ese crimen. No es tan simple como lo quieren hacer ver. Eso no fue un encuentro accidental. De eso estoy seguro.

Roin se volteó con violencia y clavó su mirada en Balakur.

—Creo que en este momento es más importante encontrar al prisionero. Además, anoche quedó muy claro que ustedes quieren responsabilizar a Dorgen de ciertos hechos, y aunque estamos de acuerdo que es un personaje repudiado en el pueblo, no tenemos las pruebas que lo vinculen con la muerte de Muki. Tu sobrino ha estado metiéndoles historias en la cabeza a todos ustedes. Aconséjale que se aleje de él. Dorgen tiene el derecho de defenderse de las acusaciones y del acoso del que es sometido. Dag podría tener algún accidente.

—¿A qué te refieres con eso? —inquirió Rosen en ese momento.

—Solo digo que mantengas a tu hijo alejado de ese druida...todos sabemos que es muy peligroso. Balakur, habla con tus hombres, hasta ahora han cometido una serie de errores. Procura que los guardianes del bosque hagan bien su trabajo, o todos pagaremos las consecuencias.

Para cuando Roin terminó de hablar, ya su figura había desaparecido de sus vistas. Balakur volteó hacia Rosen y los guardianes que estaban en el lugar y dijo:

—Tengo la sensación de que lo sucedido aquí está relacionado con lo ocurrido en la vieja mina, por eso debemos encontrar de inmediato al muchacho. Podría estar en un inminente peligro. —Enseguida giró dirigiéndose a los guardianes—: La mitad de ustedes saldrán de Árminas en búsqueda del muchacho, de inmediato.

»¡Rinfen! —ordenó —. Toma a cinco de los guardianes y dirígete hacia Novelen, si encuentras al prisionero, no le hagan daño alguno, por el contrario, deben protegerlo a toda costa... y procura que el jefe Roin no los vea.

—¡Así se hará, señor! —respondió en el acto Rifen, al tiempo que escogía a los guardianes que lo acompañarían en la misión encomendada.

—Iré con ellos si me lo permites, Balakur —dijo Rosen.

—Solo porque eres un veterano de los guardianes del bosque

te lo concedo, Rosen, además, eres el esposo de mi hermana y es tu hijo quien está involucrado en este escabroso asunto que tiene en vilo a nuestra aldea.

—Mi hijo tiene una gran deuda con ese muchacho.

—Lo sé, pero tu hijo puede terminar en graves problemas si pone al pueblo en una delicada situación, o peor aún, si el que está detrás de todo esto logra su cometido. Eso hay que evitarlo —agregó al tiempo en que colocaba su pesada mano sobre el hombro de Rosen en señal de apoyo y daba la orden a su guardia principal—: ¡Rinfen!, Rosen los acompañará. Y ustedes dos terminen de recuperarse para que ayuden en la búsqueda, ya me encargaré de ustedes más tarde —añadió el jefe de los Abardam empujando con su lanza a los guardianes víctimas del ataque de Dorgen.

Dag y las hadas llegaron hasta el puente en pocos minutos. No podían saber la dirección exacta que Samuel había tomado, por lo que decidieron separarse. Cada uno tomó una ruta distinta. Les resultaba extraño no encontrar huellas frescas, pero en su lugar observaron marcas que indicaban que el suelo había sido rastrillado, al parecer las habían borrado para despistar a cualquiera que tratara de seguirlo. Eso aumentó los niveles de alarma en cada uno de ellos. Fayette tomó el sendero junto al río, mientras los otros dos tomaron los caminos que se internaban en el bosque en dirección al sur. Detrás de ellos, varios guardianes decidieron hacer lo mismo. Todos sabían que debían llegar hasta él lo más pronto posible, la situación no admitía pérdida de tiempo.

Lejos de ahí, Samuel continuaba su camino con la esperanza de poder encontrar la laguna que lo devolvería a su hogar. Una y otra vez se dio vuelta para mirar a su alrededor, con el mayor sigilo que su agitado cuerpo le permitía. Se halló en minutos entre la oscura maraña arbustiva del bosque. Los grandes árboles sobre su cabeza estaban por entero cubiertos de niebla. Su ruta era incierta, pero tenía que alejarse del poblado a como diera lugar. De pronto le pareció reconocer un sendero y, como sentía que el peligro lo acompañaba cual sombra, comenzó a correr. No se oía más que el rumor del riachuelo a un costado. No tenía dificultades en cuanto a la orientación y el camino que debía tomar para retornar a la laguna, ya que a todo lo largo de la trayectoria de ida, había tenido el arroyo a su izquierda y este lo llevaría directo a ella. Mientras proseguía aligerando el paso, imágenes confusas recorrían su cabeza sin cesar; reflexionando sobre todo lo ocurrido en los últimos dos días.

Comenzaba a bajar una pendiente, alcanzando ya medio camino a la gran laguna, cuando su atención se centró en un extraño ruido a sus espaldas, disipando toda imagen o recuerdo y haciéndolo consciente de su actual situación.

Era un sonido entre ronquido y gruñido profundo, en extremo, amenazador. Sin duda, alguna extraña criatura seguía sus pasos, pero no lograba ver nada entre la espesura de la maleza y el camino que dejaba tras él.

Samuel continuó su marcha con mayor rapidez, había avanzado una decena de metros cuando escuchó el mismo rugido, siempre detrás de él, pero más fuerte y amenazador que antes. Sin que pudiera verlo aún, comenzó a temblar pensando qué podría ser aquello que se encontraba a su acecho. Su corazón pareció detenerse cuando le asaltó la idea de que alguna criatura, fuera la que fuese, lo estaba siguiendo. Sintió un escalofrío que le recorrió el cuerpo, erizando su cabello, ya que la idea de ser la presa de cualquier bestia de este bosque era un hecho aterrador. Volvieron a su mente los recuerdos de aquellas siluetas deformes ocultas en la maleza y detrás de los troncos que había visto con la tenue luz de las lámparas de sus captores, cuando lo llevaban al poblado.

Se detuvo un instante con las piernas temblorosas. Decidió ocultarse entre la maleza tratando de evitar algún movimiento que lo delatara. Su corazón palpitaba en su pecho como un tambor. Apartó ligeramente con sus manos las ramas que impedían ver el sendero y clavó su mirada hacia atrás, pudo ver un claro del camino alumbrado por los primeros rayos del alba, en completa quietud, como un paisaje de fábula. Claros de luz blanquecina y manchas oscuras en los arbustos, nada más pudo ver. Entonces surgió, de nuevo, en el silencio profundo de aquel fantástico enclave, el inquietante rugido, ahora más próximo y más fuerte que antes. Tenía la certeza de que aquella criatura venía siguiendo su rastro y se acercaba segundo a segundo.

El atemorizado Samuel quedó inmóvil, mirando todavía con fijeza el camino que había atravesado y de pronto hubo un movimiento entre los arbustos en el recodo más distante del camino que acababa de pasar; una gran sombra se desprendió de las demás, saltó en medio de aquel claro y apareció ante sus ojos.

Aquella bestia tenía un tamaño enorme y se podía intuir una fuerza similar, su apariencia era por completo aterradora; medía más de dos metros de alto. Su piel tenía una tonalidad gris-azulada y una gran cresta de protuberancias puntiagudas color cobrizo se extendían desde su voluminosa espalda hasta la enorme cabeza que culminaba en dos grandes cuernos curvos. Se movía con suma agilidad, a pesar de su corpulencia, por lo que Samuel pensó que podía tratarse de un enorme primate, algún tipo de «mono» o «gorila» de este extraño mundo, pero no tardó en advertir su equivocación.

Al erguirse, la enorme criatura dejó ver con claridad su cruel aspecto: sus dos largas extremidades inferiores terminaban en tres cortantes y descomunales garras y sus brazos, también largos y desproporcionados, finalizaban en gigantescas manos con cuatro dedos armados de afiladas y largas uñas, como las garras exageradas de un enorme felino.

Sus orejas, así como su nariz, eran en extremo grandes y puntiagudas. Su feroz grito, la terrible energía que ponía en su persecución y la enorme hilera de colmillos que albergaba entre sus fauces, persuadieron al joven Samuel de que se trataba de una de las bestias más terribles, aquellas que Dag le había comentado que habitaban en estos parajes.

La figura monstruosa que detalló con gran terror, no era producto de su imaginación, ni la pesadilla de un mal sueño del cual aún no había podido despertar. Cruzó por su mente una sensación de arrepentimiento por haber dejado aquella bodega en el pueblo y, con ella, su relativa seguridad. Al fin y al cabo, en ese cautiverio se encontraba en una posición más ventajosa que la que tenía en ese preciso momento.

Nunca se había enfrentado al hecho de que podía perder su vida. Comenzó a sentir el valor de su propia existencia y la posibilidad de que terminara en aquel lugar. De lo que sí podía estar seguro en ese instante era que la muerte se abalanzaba sin remedio sobre él.

Con la frente cubierta de sudor y sintiendo que el miedo se adueñaba de su cuerpo miró a sus alrededores en busca de un rincón más oculto que sirviera de escondite, pero era muy tarde; sea lo que fuese aquel animal, tenía muy bien ubicado su rastro. Su única oportunidad era huir *ipso facto*.

A pesar de su impulso de correr, decidió permanecer agazapado entre los bejucos y matorrales a un costado del camino con la esperanza de que aquella criatura desviara su ruta. Volvió a dirigir su mirada al lugar donde yacía la diabólica figura, pero esta había desaparecido. Su cuerpo se paralizó mientras buscaba desesperadamente con sus ojos al monstruo, de extremo a extremo del sendero. Fue entonces cuando notó el repentino y profundo silencio del bosque. Sabía que algo no estaba bien. Escuchó un sonido muy leve detrás de él, casi imperceptible. Giró de inmediato, sin hacer ruido, para observar con detalle entre la maleza, miró hacia donde pensó que había provenido el ruido, pero solo veía hierbas enmarañadas, arbustos que componían la espesura de aquel paraje. Por instinto, su mirada se detuvo a escudriñar y detallar un punto en particular a unos cuantos metros frente a él. Entonces se dio cuenta de los dos enormes ojos inyectados de sangre que lo observaban fijamente. Aquella criatura lo había encontrado. Samuel, se impulsó hacia atrás con tanta fuerza que cayó sentado a orillas del camino. Se encontraba en extremo cansado por el trajinar desde el día de su captura, pero la descarga de adrenalina en ese momento fue tan grande, que se incorporó en un abrir y cerrar de ojos y corrió como nunca antes en su vida lo había hecho. Percibía que las piernas le propinaban un dolor agudo, aun así, no podía dejar de correr, sentía dolor en su pecho, jadeaba incesante buscando afanosamente el aire que necesitaba para llenar sus pulmones, sentía que el corazón latía en cada poro de su cuerpo, retumbando en sus oídos. Le parecía que su garganta iba a estallar por falta de aire y cuando creyó encontrarse lejos de peligro, hizo un alto para tomar desesperado bocanadas de aire. Apenas podía moverse.

Miró hacia atrás y contempló que el sendero estaba tranquilo, pero, de pronto, un crujido y unos desgarramientos de arbustos, acompañados con un rígido y pesado andar de pies gigantescos y un jadeo de pulmones monstruosos, reveló que la fiera estaba otra vez sobre sus pasos. Samuel sentía que estaba perdido, percibía la mirada de aquella criatura clavada sobre él; desde el otro extremo del camino el enorme troll no lo perdía de vista.

Emprendió de nuevo la huida. Una curva le dio ventaja y comenzó a dar grandes zancadas para poder aventajar a su perseguidor, que profirió un estruendoso alarido tras él. Corrió sin detenerse por el interminable sendero, pero, a pesar de su veloz carrera, la respiración espesa y jadeante de aquella bestia sonaba cada vez más fuerte. Sus pesados pasos se marcaban a los pocos segundos sobre las recientes huellas dejadas por Samuel, quien escuchaba como las patas golpeaban el suelo detrás de él. Esperaba sentir en cualquier momento que alguna de las largas y enormes garras lo apresara por la espalda.

De pronto sintió que las piernas comenzaron a fallarle perdiendo por un momento el equilibrio, pero pudo manejarlo con destreza, logrando evitar una peligrosa caída. A pesar de todo su esfuerzo, sintió poco a poco como una parte de él comenzaba a resignarse, a ceder ante la furia de aquel animal. Sintió que su vida había llegado a su fin en ese recóndito rincón del bosque. Sintió la muerte en ese camino solitario, al alba, lejos de la protección de todas las personas que lo habían amado y cuidado desde que tenía memoria. En fracciones ínfimas aparecieron en su mente una avalancha de viejos recuerdos, así como las imágenes de sus abuelos, su madre, su padre y hasta de Elenor. Dejaría de escuchar la voz de aquella hermosa chica que ocupaba su pensamiento todos los días, desde que entró por primera vez por la puerta de la cabaña de su padre. Ahora, cuando descubría el significado de estar enamorado y se sabía afortunado por lo ocurrido en este extraordinario viaje, todo se acabaría.

Samuel comenzaba a aferrarse a ilusiones y recuerdos que poco a poco se desvanecían y dejaban una terrible sensación de vacío, de sueños e historias que aún no se habían cumplido. Sus últimos instantes de vida transitaban por el laberinto oscuro y frío de la ansiedad y el miedo.

Exhaló su último aliento al tiempo que daba una zancada antes de sentir que había perdido por completo sus fuerzas cayendo de boca contra el suelo. Samuel soltó un aullido de dolor mientras su cuerpo se estrellaba contra el húmedo sedimento del sendero. El repentino impacto en el estómago hizo que perdiera el poco aire inhalado, arrastrándolo a un estado de desesperación, al tiempo que trataba de evitar que el barro siguiera entrando por su boca, impidiendo recuperar el aliento.

Esperaba, con los ojos cerrados, las ultimas pisadas del troll, cuando comenzó a sentir las puntiagudas garras penetrando con fuerza y ejerciendo una presión inaguantable en su cuerpo, al tiempo que sentía como su enemigo lo alzaba con ligereza, fue inevitable abrir los ojos cuando detalló con horror, la furia voraz de sus enormes colmillos comenzando a morder su pierna izquierda, infringiendo un agudo dolor que lo obligó a dar un grito desgarrador. Percibía muy cerca el aliento caliente y fétido del animal, al tiempo que este lanzaba un alarido que lo hizo estremecer más allá del dolor que sentía. En ese instante y entregándose ya sin fuerza alguna a su destino, percibió el zumbido a un costado muy cerca de su oído. De pronto sintió como las garras se desprendían de sus costillas infringiéndole de nuevo un dolor extremo que le hizo perder casi el sentido. Percibía como la sangre caliente bajaba por sus costados, pero no se atrevía abrir los ojos, cuando escuchó unas voces.

—¿Está muerto?

—¡No, aún respira, pero está muy mal herido!

—¡Haz lo que sea Fayette! —urgió Tenanye con firmeza— ¡Solo tengo unos segundos para mantener paralizado a Pheranto! ¡Es una criatura muy fuerte!.

Samuel sintió que el alma volvía a su cuerpo tras escuchar esas pequeñas y dulces voces. Su cuerpo saltaba en el aire y comenzaba a girar en espiral cuando decidió abrir los ojos. Para su sorpresa, estaba remontando las alturas, la neblina se abría de par en par a su paso, podía apenas observar cómo las copas de los árboles comenzaban a ganar distancia bajo sus pies. Estaba absorto, pero el dolor causado por las profundas heridas y la pérdida de sangre lo estaba debilitando mortalmente.

«¿Estaré soñando? ¿Habré muerto?». Aquella vista, la sensación de ingravidez y el choque del viento helado en su rostro, era lo único que lo reconfortaba en ese momento. Abajo, a lo lejos, logró ver el sendero cada vez más pequeño, así como a su feroz cazador, furioso revolcándose y golpeando el suelo, en un frenesí de desesperación por haber perdido a su presa. Samuel seguía sin entender cómo estaba remontando esas alturas. La excitación que experimentaba le había hecho olvidar, durante un breve momento, el ardiente dolor causado por las profundas heridas.

Samuel no podía salir de la sorpresa que le producía verse volando sobre el bosque, ni por lo cerca que estuvo de ser devorado por aquella espantosa criatura. Aún escuchaba los ecos de sus espeluznantes rugidos apagándose poco a poco por la distancia. Ladeó un poco más su cabeza y fue cuando pudo observar a Fayette a un costado agitando sus pequeñas alas, con su iluminada cabellera que, gracias a los rayos matutinos del sol, parecía ser más plateada que nunca. En ese momento, Samuel pudo entender lo que ocurría. Miró absorto el bello rostro del hada, mientras surgía una profunda sensación de ternura y afecto por aquel diminuto ser a quien, desde ahora, le debía su vida.

Ambos comenzaron a descender. Fayette fue llevando al debilitado Samuel sobre la fresca y húmeda yerba con suavidad colocándolo boca arriba. A medida que pasaban los segundos, la chispa de vida de Samuel se apagaba. Fayette observaba con detalle todas las heridas que aquel troll había dejado en el cuerpo de su joven amigo. Samuel sentía que el mundo a su alrededor se desvanecía lentamente, ya no sentía sus piernas ni el resto de su cuerpo hasta que quedó en la más profunda inconsciencia. Lo último que pudo observar fue el hermoso pero angustiado rostro de Fayette junto al de Tenanye, quien le habló en ese momento.

—Samuel...por favor resiste.

Inmóvil, el cuerpo ensangrentado de Samuel contrastaba sobre el verde pasto, en un claro del frondoso bosque. Junto a él, las dos criaturas aladas luchaban por no dejar escapar su último aliento de vida. Entonces, Fayette, una de las hadas más poderosas de aquel fantástico mundo comenzaba a girar en torno al cuerpo moribundo de su joven amigo, conjurando sus infinitos poderes a través del círculo mágico de energía. Desde ese instante, una centellante luz fue proyectándose sobre Samuel cubriéndolo como un manto de intenso color plata. Solo algunas criaturas ocultas tras arbustos y árboles eran testigos de aquel extraordinario suceso, ninguna de ellas fue capaz de turbar lo imperturbable.

CAPÍTULO XV

ZAROT. LA GEMA DE LA OSCURIDAD

Apenas podía percibir la voz que provenía desde el exterior, pero fue suficiente para poder regresar del profundo sueño en el que se encontraba. Cuando Samuel abrió sus ojos aún se sentía mareado, el dolor en su cuerpo iba desapareciendo poco a poco. Fayette, por su parte, inspeccionaba con detenimiento mientras cicatrizaba las profundas heridas.

El joven Todd podía sentir cómo ella presionaba en varios puntos del dorso y los costados, junto a un ligero cosquilleo que recorría de un extremo a otro los enormes surcos llenos de sangre causados por las afiladas garras de la siniestra bestia. A pesar de percibir un gran alivio, le era casi imposible hablar y menos aún moverse. Mientras el blanco velo que cubría su mente en ese momento empezaba a disiparse, podía distinguir una diminuta silueta volando a su alrededor que surgía de entre la brumosa visión. Poco a poco la figura se hizo más nítida y pudo detallar a la hermosa Tenanye asistiendo a su compañera, quien mantenía una fuerte mirada y movía su pequeña y plateada cabeza de un lado a otro, evaluando la magnitud de las heridas y dándole los últimos cuidados que Samuel requería.

—Hay que dejar que descanse un poco —dijo Fayette extenuada por el gran esfuerzo que requirió para salvar a Samuel y recostándose, largo a largo, en el césped junto a su amiga.

—Tú también descansa, Fayette, yo aprovecharé para cambiar la ropa de Samuel, está ensangrentada y hecha un desastre —dijo Tenanye mientras movía su varita sobre el cuerpo del fatigado joven.

Cuando Samuel recorría con su mente las escenas de aquel ataque, su cuerpo se estremecía. Algunas lágrimas lograron escapar de sus ojos, sollozó en silencio recordando a sus padres, a sus abuelos y a todos aquellos que estaban muy lejos de él en ese instante. Entonces cayó de nuevo en un profundo sueño. Se vio de pronto cubierto por una espesa neblina que se fue disipando poco a poco mientras dos siluetas se acercaba hacia él. Samuel reconoció en ese instante las figuras de su padre y de su madre quienes lo miraban fijo sin emitir ninguna palabra. Quiso incorporarse, pero algo lo detenía. Deseaba con todas sus fuerzas poder abrazarlos, pero su cuerpo no reaccionaba. Observó cómo su madre volteó hacia Roberto haciendo un ligero gesto de aprobación con la cabeza. Entonces la figura de su padre comenzó a caminar en dirección a él. Sus ojos comenzaron a buscar con desespero los de su padre. Trató de hablar, pero difícilmente podía salir de su boca algún sonido. Solo con un gran esfuerzo pudo pronunciar algunas palabras entrecortadas, el tono de su voz era distinto, desconocido. Sus palabras se perdían en la lejanía dejando tras de sí un eco que retumbaba en sus oídos hasta que su padre llegó junto a él.

—Perdóname, papá, siempre te he culpado por abandonarme y por la muerte de mamá. Es ahora que he podido comprender lo que has vivido y el dolor de la perdida que has tenido todos estos años —murmuró Samuel con lágrimas en los ojos.

Roberto sonrió suavemente y acarició con su mano el cabello de su hijo. De pronto su madre se encontraba a su lado y acercó su cara. Samuel pudo observar los detalles de su rostro... tal y como la recordaba. Comenzó a sentir una gran alegría cuando ambas figuras se inclinaron para abrazarlo. Así estuvieron los tres por un tiempo hasta que la figura de Amaya comenzó a desvanecerse. Cada vez se hacía más difícil reconocer sus rasgos. Finalmente desapareció. Roberto, erguido ante él, le dijo:

—Samuel, no hay nada que perdonar. Todo lo ocurrido tenía que suceder de esa manera. Esa ha sido la historia de tu madre y mía. Esa no te pertenece. Así que levántate y regresa a casa. Ahí estaré para ti. Tienes que escribir tu propia historia...

Roberto giró sobre su eje y comenzó a alejarse. Por un momento se detuvo, volteó hacia Samuel quien no dejaba de mirarlo y le esbozó una gran sonrisa hasta que desapareció por completo tras la densa neblina.

Poco tiempo después de media mañana los sueños que mantenían a Samuel en una profunda recuperación empezaban a disiparse. Lentamente logró abrir los ojos para darse cuenta de que Dag, Fayette y Tenanye se encontraban sentados junto a él con el reflejo de una gran alegría en sus rostros.

—Ya despertó —exclamó Dag con entusiasmo.

Samuel intentó ponerse de pie, pero Fayette le pidió que no lo hiciera aún. Cualquier movimiento brusco podría perjudicar su proceso de curación.

—Mi querido Samuel, aunque la magia de Fayette sea muy poderosa, debes permitir que haga efecto sobre las heridas —dijo Tenanye, mientras terminaba de tomar algún brebaje de una diminuta botella.

Samuel, aún sintiendo signos de mareo, tardó unos segundos en reconocer el lugar donde se encontraba y recordar el violento episodio que había vivido esa mañana.

—¿Qué...qué era esa cosa que me atacó? —murmuró—. No puedo dejar de recordar su monstruosa cara... y ese olor.

La brisa fría de la montaña recobró fuerza y Samuel sintió su cuerpo estremecerse.

—Tuviste mucha suerte, querido amigo, ese era Pheranto, uno de los más feroces trolls que habitan los bosques de Núrisil —respondió Dag.

—Es el troll que te mencionó Dag cuando estuvimos en el árbol —añadió Tenanye.

—¿Es el mismo que mató al jefe de los mineros? —preguntó Samuel mientras deslizaba sus manos con cuidado por todo su cuerpo buscando minuciosamente las heridas causadas por Pheranto.

—Así es —respondió Dag—. Hasta ahora los guardianes del bosque no han podido capturarlo. Es muy escurridizo.

—O quizás... lo tengan oculto —añadió Samuel mientras observaba el bosque.

—¿Ahora podrías explicarnos por qué huiste? —preguntó Fayette.

—¿Sí, me gustaría saber en qué estabas pensando cuando tomaste la decisión de escapar del granero? —Inquirió Dag.

—En un principio pensé que habías sido tú quien habías hablado y abierto la puerta de la bodega. Pero... —respondió Samuel mientras señalaba a Dag.

—Pero no fui yo, Samuel —interrumpió Dag sorprendido mientras cruzaba miradas con Tenanye y Fayette—. Nosotros nos encontrábamos reunidos con mis padres y Balakur después de la junta del Consejo de los venerables. Pensamos en un posible plan para ayudarte a escapar. Fue entonces cuando Fayette decidió ver cómo estabas, y se encontró con la sorpresa de que habías logrado escapar.

—¡Eso fue muy imprudente de tu parte, jovencito! —exclamó

Fayette—. Núrisil es un lugar muy peligroso para quienes no pertenecen a este mundo.

—Lo sé, Fayette. Ahora estoy consciente de eso. Solo que para cuando me di cuenta de que algo estaba mal... ya no podía regresar. Realmente pensé que eran ustedes...

—De no ser por Fayette y Tenanye, no estarías contándolo, amigo —aseveró Dag.

—Yo solo ayudé a retener a Pheranto, Fayette fue quien evitó que murieras —dijo Tenanye—. Más allá de su simpatía, ella posee la determinación y el gran poder de la magia heredada de su madre, la gran reina Mebd, el hada más poderosa de todos los tiempos. Nosotras fuimos asignadas para representar, en esta parte del planeta, la grandeza de su real linaje.

Pues les estaré eternamente agradecido por lo que hicieron... a ambas. Les debo mi vida —les dijo Samuel mientras hacia un gran esfuerzo por contener las lágrimas.

—Jamás dejaré que te hagan daño, al menos mientras yo esté a tu lado, Samuel —recalcó Fayette—. A nosotras la amistad nos fortalece, con las cualidades halladas en un amigo y las experiencias que compartimos. Para nosotras, las hadas, es la fusión de dos almas individuales para formar un espíritu completo, con un lazo de amor y grandeza que dura toda la eternidad.

Samuel se sintió profundamente conmovido con las hermosas palabras que su pequeña salvadora había pronunciado en ese momento. No lo podía creer, ahora era amigo de dos hadas que lo acompañarían por siempre. En ese instante se percató de que portaba otra ropa y buscó con su mirada a las dos hadas.

—Idea de Tenanye —dijo sonriendo Fayette.

—Gracias, Tenanye.

—Por nada, me gusta cómo te luce.

—Debí haberlo imaginado cuando no vi a ninguno de ustedes al salir del granero. —Samuel hizo una pausa, por unos instantes, mientras ordenaba las ideas en su cabeza—. Estoy seguro de que ese viejo que me esperaba en el puente en las afueras de Árminas tiene que ver con ese monstruo. ¡Prácticamente me condujo hasta él!

—¿Sería Dorgen? —preguntó Dag mirando a las aladas amigas.

Los cuatro quedaron por unos segundos en silencio.

—Sigo sin entender. ¿Por qué Dorgen está detrás de mí? —preguntó Samuel—. ¿Crees que lo que me ocurrió esté relacionado con lo sucedido a Muki en las minas?

—La verdad, no lo sé. Pero es evidente que Dorgen quiere atraparte, cueste lo que cueste —respondió Dag.

—Yo opino igual —añadió Fayette—. Samuel hubiese muerto de la misma manera que Muki, solo que esta vez pudimos estar ahí para impedirlo.

—Pero... ¿Por qué? ¿Qué interés puede tener en mí? —se preguntó Samuel a sí mismo, tratando de hallar alguna explicación. En ese momento dirigió su mirada a Dag—. Háblame un poco más de Muki.

—Pues la verdad le tenía un gran aprecio. Era uno de los mejores amigos de mi padre —respondió Dag—, él era el guardián de los tesoros de Árminas, su trabajo era velar por el resguardo de las rocas cristalinas y los metales preciosos que nuestra comunidad ha ido acumulando a lo largo del tiempo.

—¿Crees que estén detrás de las riquezas de tu pueblo? —interrumpió Fayette.

—Los cazadores hablaron de oro —añadió Samuel.

—Sí, eso lo escuché de esos hombres, es lo que esperaban a cambio... Pero de Dorgen no lo creo. Al fin y al cabo él conoce los yacimientos de Núrisil y aunque no estaría autorizado a hacerlo, sé que tiene suficientes servidores bajo su mando para poder extraer lo que quisiera. Es... es algo más.

Dag continuó hablando sobre el viejo minero mientras Samuel prestaba toda su atención a cada palabra.

—Los mineros de Golgork encontraron a Muki tendido en el suelo, sin vida, en uno de los pasadizos hacia la bóveda principal de la vieja mina. Durante varios meses había trasladado los tesoros del pueblo hacia bóvedas ocultas, lugares que solo él conocía, tratando de garantizar su resguardo; creo que sospechaba que alguien de la comunidad estaba planificando robar el oro y las piedras preciosas quizás para cambiarlas en el tercer mundo... o al menos eso creía —explicó Dag, dirigiendo su mirada hacia el horizonte.

—En nuestro mundo, estos tesoros tienen un valor especial, son las ofrendas que la tierra nos da por nuestros cuidados hacia ella y todas sus criaturas. Nosotros le damos un sentido muy distinto al que ustedes le dan —añadió Tenanye.

—Comprendo... En mi mundo hasta pueden llegar a matar por ellos —respondió Samuel con tristeza.

—¿Crees que puedas continuar? —interrumpió Dag repentinamente, recordando la movilización que causó su escape del poblado—. Tenemos que llegar hasta Novelen, la situación no puede ser peor, todos los guardianes del bosque están tras de ti. Por desgracia mi intento anoche ante el Consejo para evitar tu cautiverio fue inútil.

—Hay que llevarlo de inmediato a la tierra de los hombres, él corre mucho peligro en Núrisil —exclamó Fayette un tanto alterada.

—Pero eso quebrantaría las leyes de Árminas, Fayette, y sabes que no podemos involucrarnos de esa manera —respondió exaltada su compañera.

—Tendremos que hacerlo, Tenanye. No hay otra salida, asumiré las consecuencias —exclamó con determinación la hija de la gran reina Mebd.

—Yo también tendré que responder ante el Consejo... pero debemos sacar a Samuel de acá —intervino Dag para bajar un poco la tensión que comenzaba a sentirse entre ambas hadas—. Sé que Balakur y mi padre...

—Ya no es tan sencillo, Dag —interrumpió de nuevo Tenanye dejando escapar tensión en su voz—, Balakur está muy comprometido como comisionado de la seguridad de los habitantes de Árminas y de Núrisil. Para el Consejo Samuel representa en este momento un peligro potencial, una amenaza para todos los momoys que habitan en el bosque de Núrisil y más allá. No me entiendas mal, Samuel, yo también quiero ayudarte, pero el costo que esto representa para nosotros es muy alto. Debemos buscar otra manera de...

—¡Pero se equivocan, yo no haría nada que fuese en contra de ustedes! —exclamó Samuel interrumpiendo a la pequeña hada.

—Nosotros lo sabemos, Samuel, pero ellos no —dijo Tenanye.

—¡Está decidido, seguiremos hasta Novelen para cruzar el portal y llevarlo de vuelta a casa! ¡Es una orden! —exclamó Fayette mientras observaba a su amiga.

—Temía que dijeras eso... —dijo Tenanye luego de un profundo respiro y moviendo ligeramente su cabeza de un lado a otro, mientras cruzaba sus brazos y dirigía su mirada a Fayette con reproche—. Entonces debemos salir de aquí de inmediato.

—Levántate con cuidado, Samuel, apenas te estás recuperando de la profunda herida que tenías —le indicó Fayette.

—¿Por qué no volamos a la laguna como lo hicimos al escapar de Pheranto? —preguntó Samuel con ingenuidad.

—Lo lamento pero debemos reservar con celo nuestros poderes, ya que podemos llegar a debilitarnos y volvernos vulnerables hasta recuperarlos y eso puede tomarnos algún tiempo, sobre todo utilizando nuestra magia en criaturas tan grandes como ustedes —explicaba Fayette al tiempo que agitaba sus alas para elevarse a nivel del rostro de joven amigo.

—¿Les parece si partimos? —preguntó Tenanye inquieta—, no sería conveniente que nos volviera a encontrar.

—Seguiremos por este sendero, creo que es lo más prudente —dijo Dag mientras se adelantaba al resto—. Vamos, Samuel, debemos seguir, pero esta vez estaremos todos contigo, ¡dense prisa!

—No debes inquietarte, a partir de ahora no estarás solo —murmuró Fayette al oído del joven Todd.

Con lentitud y gran esfuerzo Samuel logró incorporarse y emprender la jornada hasta Novelen. Poco a poco, sintió cómo las fuerzas volvían a su cuerpo. Partieron los cuatro internándose en el denso bosque en dirección a la laguna. Comenzaron a esbozar un plan, pero no podían confiarse por completo de ninguna persona o criatura de Núrisil. Por alguna razón, aún no lograban comprender el interés de Dorgen por Samuel; sin duda alguna, lo había liberado de la bodega de la aldea, para exponerlo en el bosque, fuera de la protección de Árminas. Solo que ahora, ni el poblado momoy podía ofrecerle seguridad.

El sol, poco a poco, tomaba posesión en el cenit del firmamento, irradiando una gran luminosidad sobre todo el bosque. Podían observarse con claridad las enormes montañas como un gran cinturón rocoso expuesto ante las ráfagas de fríos vientos que silbaban entre los acantilados. Entre ellas, se imponía la montaña de Nímirsin, guardián permanente de la laguna de Novelen. A pesar de la hora y el imponente sol la laguna estaba poseída por una neblina densa que pocas veces dejaba apreciar la totalidad de sus aguas, y que se cernía majestuosa entre las montañas, rodeada por un bosque antiguo y misterioso. En ese momento, cuatro figuras irrumpieron la tranquilidad de los alrededores, emergiendo de la espesura.

—Solo unos pasos más y estaremos en la laguna —murmuró Dag mientras apartaba unos matorrales que interrumpían el pequeño sendero hasta llegar, de forma inesperada, hasta la orilla.

La extensa ribera de arenas en tonalidades ocres rodeaba, en su totalidad, la gran laguna de Novelen.

—Iré por el bote —informó Dag—, Tenanye, asegúrate de que no haya nadie siguiéndonos, hay que detener a cualquiera que venga por el sendero. Fayette quédate con Samuel —finalizó, al tiempo que se dirigía a buscar el bote que se hallaba oculto entre la densa maleza.

En sus mentes pensaban que aún tenían el tiempo a su favor. Tenanye se elevó y desapareció con rapidez para hacer un reconocimiento en los alrededores. Sin embargo, no pudo darse cuenta del peligro que les aguardaba a los dos compañeros que dejó atrás a orillas de la laguna.

El silencio podía tocarse con la mano, sin embargo, Fayette comenzó a sentirse inquieta y volaba alrededor de Samuel observando hacia la maraña de matorrales que se hallaban al borde de la ribera. Ambos tenían la sensación de que eran observados, que seguían sus movimientos muy de cerca. Fue en ese momento cuando una figura cubierta por una capa negra surgió de las inmediaciones de la arboleda sorprendiendo a ambos.

—¡Dorgen! —exclamó Fayette.

Al mismo tiempo, a unos cuantos metros detrás de ellos, surgían otras figuras amenazantes que cortaban el paso hacia la embarcación. Se trataba de Bofur y varios de los secuaces de Dorgen.

El hechicero caminaba despacio, balanceándose por el desgaste de sus piernas, mientras sus compañeros permanecían inmóviles blandiendo sus enormes cuchillos. Dorgen avanzó unos pasos y se detuvo en un claro amplio entre el bosque y la laguna. Su actitud no aparentaba ansiedad, por el contrario, se mantenía tranquilo.

—¡Veo que has logrado escapar del troll! —exclamó Dorgen—. Pero claro, no me sorprende teniendo a la entrometida de la hija de Mebd a tu lado.

Avanzó con lentitud hacia Samuel y Fayette con una parsimonia peligrosa, mientras acariciaba con su mano derecha la empuñadura de un cuchillo de cacha plateada que aún permanecía en su funda de cuero. «Debo asegurarme qué muera. No puedo permitir que Árminas, se entere de lo que tramo por boca de este intruso del tercer mundo», pensó.

Pero antes debía recuperar el valioso talismán.

—¿Qué quieres de mí? —preguntó en voz alta Samuel mientras observaba a la pequeña figura de ojos fulminantes que se acercaba con lentitud.

—Tienes algo que me pertenece y no dejaré que abandones estas tierras sin que me sea devuelto —replicó con odio.

—¿A qué te refieres? —preguntó Samuel sorprendido por las palabras de Dorgen—. Yo no he tomado nada del pueblo —añadió—. Yo...

En ese momento fue interrumpido por Dorgen.

—No trates de engañarme, mocoso, sabes muy bien a lo que me estoy refiriendo. ¿Dónde está? ¡Tú no tienes ni idea de lo que tienes en tus manos! —gritó en tono amenazador.

La brisa matutina movía la hierba y chocaba en sus rostros. La feroz mirada de Dorgen no dejaba de posarse en los ojos de Samuel. El repentino trinar de las aves y el zumbido de los insectos parecía dominar aquel lugar. Mientras tanto, a unos cuantos metros de altura sobre la cabeza de Samuel, Fayette observaba con espanto como estaban siendo rodeados

—¡No te atrevas a hacerle daño! —advirtió Fayette.

Con lentitud, el acucioso Dorgen desvió su mirada y observó directo a la pequeña hada.

—Veo que has podido finalmente conseguir un amigo del tercer mundo. Me pregunto, ¿qué pensaría la reina de su hija si pudiera verla en este momento colaborando con esta criatura para que escape con todos nuestros secretos? —Su mirada, se posó de nuevo en Samuel—. Deberías agradecerme también a mí, yo colaboré con tu escapatoria de aquella bodega en Árminas —exclamó dejando ver su ennegrecida dentadura.

—Sabíamos que fuiste tú —dijo Fayette colocando sus manos en la cintura.

—¡Vamos, intruso! Si no me lo entregas sentirás la punta de mi cuchillo en tus entrañas y esta vez nadie te podrá salvar —sentenció Dorgen ignorando a Fayette y dirigiéndose a Samuel.

—¡No lo permitiré, Dorgen, te lo advierto, aléjate de Samuel! —gritó desde lo alto con voz aguda y retumbante la pequeña Fayette.

Samuel sintió que su corazón latía con fuerza. Sus manos comenzaron a temblar al ver cómo la mediana figura se acercaba amenazante. Ya no podía escuchar las palabras que provenían del exterior, la única voz que escuchaba era la de él mismo tratando de entender lo que su enemigo estaba exigiendo. Observó cómo la silueta de Fayette voló ante él y movía su boca, sin duda trataba de comunicarle el terrible peligro que se aproximaba, pero él no podía escuchar. Sintió una descarga que recorrió todo su cuerpo. Por un momento le pareció sentir que la brisa se detuvo, las gotas de sudor comenzaron a rodar por su rostro. Trató de controlar su agitada respiración y comenzó a concentrarse. Ante sus pensamientos, la única imagen que comenzó a detallar en su mente era la de Dorgen.

—Lo ves, pequeña molestia alada, el muchacho ni te escucha. Está paralizado por el miedo —dijo Dorgen mientras terminaba de sacar su arma.

Bofur y el resto de los secuaces, por su parte, avanzaban hacia ellos desde la retaguardia. Samuel permaneció sin moverse mientras Fayette agitaba sus alas manteniéndose frente a su amigo.

—Fayette, ¿puedes encargarte de los que están detrás? —murmuró Samuel con voz casi imperceptible.

—Sí... pero... Dorgen...

—Yo me encargo de Dorgen. Tú, procura que aquellos no se nos acerquen.

—Él es muy peligroso, no lo subestimes.

—No lo hago, pero creo que él sí lo está haciendo y esa será mi ventaja.

Dorgen no estaba dispuesto a dar más explicaciones. Su rostro se contrajo mientras arrojaba, en un fugaz movimiento, una nube de polvos rojizos que sorprendió a Fayette haciéndola cerrar los ojos y apartarse con rapidez del lugar. La pequeña hada tuvo que recurrir a sus extraordinarios poderes para lograr contrarrestar los efectos letales de aquella poción. En ese instante, Dorgen avanzó sobre el joven Samuel quien aprovechó la distracción del malvado druida para tomar con gran rapidez y habilidad una piedra del tamaño de una manzana. Mientras el viejo avanzaba corriendo para atacar con toda su furia al joven Todd, este arrojó con gran precisión la piedra estrellándola con fuerza contra el rostro de Dorgen deteniéndolo en seco y haciéndolo caer por los aires sobre su espalda.

—¡Fayette! —gritó Samuel mientras buscaba con su mirada la mortífera nube roja que envolvía por completa a su amiga quien luchaba por disipar el hechizo.

—¡A él! —gritó Dorgen desesperado mientras se llevaba las manos al rostro, tratando de parar la sangre que emanaba desde su frente.

Samuel volteó de inmediato hacia el grupo que venía por detrás. Para su sorpresa habían detenido su paso al observar como su jefe cayó, largo a largo, sobre la arena. Samuel miró detenidamente en búsqueda de algún madero o algo que pudiese utilizar como arma, pero no se percató que otro de los secuaces saltó desde los matorrales cercanos, sorprendiéndolo por la espalda. Ambos cayeron hacia adelante. El momoy sujetó a Samuel con fuerza rodeándolo con sus brazos.

—¡Ya lo tengo! —gritó el secuaz que lo sujetaba— ¡Ayúdenme!

Samuel giró con todas sus fuerzas quedando boca arriba y su perpetrador debajo de él. Entonces inclinó la cabeza hacia adelante calculando la posición del otro y con exactitud la echó hacia atrás con rapidez hasta que sintió el impacto en la cara de su adversario. Este emitió un estrepitoso grito que debió escucharse a una buena distancia.

De inmediato, Samuel quedó liberado mientras el momoy se revolcaba del dolor llevándose las manos a la cara que estaba cubierta con la sangre que brotaba por su nariz y su boca. En el segundo que tardó en pararse observó al resto de los ayudantes de Dorgen, a pocos pasos de caerle encima, hasta que un fuerte golpe en su cara le hizo precipitarse de espaldas. Giró sobre sí mismo y se incorporó de nuevo en posición de ataque, recordando sus arduos entrenamientos en las artes marciales. Bofur y cuatro momoys lo tenían rodeado. Uno de ellos trató de acercarse por un costado, pero, a una velocidad sorprendente, Samuel lanzó una patada lateral que pegó de lleno en el estomago de su atacante, dejándolo por completo sin aire y haciéndolo caer sin sentido de cara a la arena. Otros dos decidieron atacar al mismo tiempo, cuando, en su avance, una repentina nube de arena los envolvió con tal furia que buscaban desesperados librarse de ella perdiendo completamente el control. Fayette había llegado en ese momento a apoyar a su compañero.

—¡Fayette, necesito una *katana* o un *bo*! —gritó Samuel esperando poder armarse de inmediato con la magia de su amiga. Pero había un detalle...

—¿Qué es eso? —preguntó intrigada Fayette.

Samuel entendió enseguida que su amiga no conocía los nombres de las armas en japonés.

—¿Y cómo iba a saberlo? —se preguntó Samuel a sí mismo murmurando entre dientes.

En ese momento un grito irrumpió muy cercano

—¡Dale una lanza! —gritó Dag, quien se acercaba para apoyar el contraataque.

En ese instante una larga lanza similar a las de los guardianes del bosque apareció entre las manos del joven de la tierra de los hombres. Bofur y Grundin aún permanecían blandiendo sus enormes cuchillos frente a Samuel, quien reconoció de inmediato al personaje que lo condujo por el sendero esa mañana, pero fueron los primeros en doblegarse bajo el imponente silbido de aquella lanza que giraba en círculos a una extraordinaria velocidad.

El primer impacto de uno de los extremos lo recibió Bofur en el estómago; en el movimiento de retorno, el otro extremo golpeó a su compañero, quien solo tuvo tiempo de escuchar el estallido dentro de su cabeza, nublándosele la vista y observando estrellas que estallaban como fuegos artificiales. Grundin cayó sin sentido sobre sus rodillas un par de segundos después del golpe. Bofur, a pesar de su dolor trató de lanzar un ataque con la intención de atravesar a Samuel con su daga y matarlo, sin embargo el joven reaccionó con prontitud y, ladeando su cuerpo con extraordinaria precisión y velocidad, logró arrebatar la empuñadura del cuchillo y golpear con ella el rostro de su agresor, que cayó de espalda rodando varios metros y quedando inconsciente mientras su sangre brotaba en grandes cantidades.

Samuel manejaba aquella lanza como solo los experimentados en artes marciales y guerreros podían hacerlo. Pero la demostración se volvió aún más sorprendente cuando se acercó, en un gran salto, apoyando la lanza contra el piso y formando un arco perfecto hasta caer frente al grupo de los secuaces de Dorgen que se encontraban llenos de arena, derribándolos uno por uno entre un torbellino de patadas impactadas en las costillas y seguidas de movimientos certeros con la lanza de madera de roble.

De pronto, Tenanye apareció volando a gran velocidad a escasa distancia del suelo, rozando la hierba y esquivando los cuerpos tendidos de los atacantes, interceptando a Dorgen, quien pudo recuperarse e intentaba atacar a Samuel por la espalda con su larga daga impregnada de veneno. El hada se interpuso entre él y su objetivo. El druida miraba a Tenanye con ojos de fiera salvaje, mientras trataba de atinar con el filoso instrumento sobre ella. Sus esfuerzos fueron en vano, Tenanye esquivaba con destreza aquella hoja metálica. Dorgen hurgó con su otra mano dentro de su túnica, hasta dar con un objeto de cristal púrpura en forma de diamante. Cuando expuso aquella llamativa gema, Fayette, quien se aproximaba para ayudar a su compañera, parecía asustada. Al acercarse cada vez más, su miedo se convirtió en terror. Sus ojos no podían dar crédito a aquello, su rostro reflejó impotencia y pánico a la vez. Su grito fue desgarrador al ver la gema de Zarot siendo invocada.

—¡NOOOO... TENAAANYE!

Pero ya era tarde, tras el murmullo de unas palabras del siniestro momoy, el cristal comenzó a iluminarse con un tono intenso, emanando en segundos un haz de luz rojiza que atravesó el diminuto cuerpo de Tenanye. Fue entonces cuando la hermosa figura alada quedó inmóvil y su frágil cuerpo fue arrojado, con una fuerza sorprendente, contra un árbol a unos cuantos metros de distancia.

Agotado por el esfuerzo del conjuro de la gema, pero aún enfurecido, Dorgen, con el cuchillo en mano se disponía a enfrentar al joven Todd y a todo aquel que impidiera obtener lo que buscaba. Su odio, alentado por la ira irremediable hacia ellos, se reflejaba en su rostro.

Dag corrió hacia donde se encontraba el cuerpo inmóvil de Tenanye, mientras Fayette, invadida por el dolor y la ira, hacia frente al peligroso momoy. Arrojó una especie de hechizo sobre una soga que hizo aparecer en una fracción de segundo. La soga salió disparada hacia la figura de su adversario quien no se lo esperaba. Le sujetó con violencia sus piernas, haciéndolo precipitarse de manera aparatosa contra el suelo. De pronto, la soga se transformó en una descomunal serpiente envolviendo su cuerpo con gran fuerza hasta hacerle perder por completo el aire de sus pulmones e impidiendo cualquier movimiento, al tiempo que rozaba, de modo amenazante, el rostro del momoy con su viperina lengua y sus cuatro puntiagudos colmillos repletos de veneno. Sin embargo, Dorgen logró neutralizar al enorme reptil tras un conjuro, incorporándose de nuevo para atacar.

Fayette se sentía debilitada por el enorme esfuerzo que había realizado durante el rescate de Samuel y luego neutralizando la nube mortífera con la que fue atacada, pero decidió continuar su enfrentamiento contra el malvado druida, sin importarle si su destino era morir.

Dorgen sabía que no podría usar de nuevo a Zarot, por lo que recurrió a su daga envenenada. Se preparaba para darle la estocada final a la pequeña Fayette cuando la hoja de su larga navaja se detuvo en seco produciendo un ruido metálico al chocar contra la lanza de Samuel. Los ojos del malévolo momoy se abrieron de par en par, sorprendido. El joven se abalanzó con violencia sobre él, pero, desesperado al ver a Tenanye en el suelo inmóvil y a su salvadora Fayette a punto de morir, perdió concentración y rigurosidad en sus movimientos, convirtiéndose en una presa vulnerable y fácil para Dorgen, quien logró evadir el ataque.

Debido la velocidad de la arremetida y el ligero descontrol, Samuel cayó largo a largo sobre la arena; en ese instante, sintió el cansancio que se apoderaba poco a poco de sus extremidades inferiores. Cuando quiso incorporarse, sus piernas no respondieron. Volteó velozmente para no perder de vista el ataque de su enemigo, que, en efecto, se echó sobre él. Con la lanza pudo frenar el pesado cuerpo del momoy, quien soltó su puñal con el impacto del arma de Samuel. Este logró mantenerlo a pocos centímetros de su cuerpo, pero sabía que en cualquier momento tomaría la daga. Dorgen aprovechó el peso de su corpulencia para mantener a Samuel contra el suelo mientras ubicaba con desespero su letal arma hasta que dio con ella y la tomó. En ese momento, Samuel soltó la lanza para agarrar los brazos de su enemigo quien empuñaba la daga con ambas manos ejerciendo una gran fuerza con su cuerpo para apuñalarlo.

El joven comenzó a ver cada vez más cerca la puntiaguda hoja del arma que comenzaba a abrirse paso entre la tela de la chaqueta y su pecho. Miró con horror la malévola expresión del rostro lleno de sangre de Dorgen y vio en sus ojos la oscuridad de la maldad. En ese preciso momento el insidioso momoy sintió una gran fuerza que lo tomó por la espalda y lo arrojó por los aires, lanzando su pesada osamenta sobre un grupo de rocas cercanas a la orilla de la laguna. Dag había arremetido con todo su poderío contra el encorvado cuerpo del momoy.

«No hay duda de que eres un hueso duro de roer», pensó Dag, mientras observaba a Dorgen tratando de levantarse luego de su aparatoso impacto sobre las piedras de la orilla.

Samuel se incorporó con ayuda de su amigo y tomó de nuevo su lanza. Ambos se prepararon para un nuevo ataque de Dorgen, pero este, repentinamente, había escapado.

En ese preciso momento, los primeros guardianes del bosque al mando de Rinfen hacían su aparición siendo testigos de los últimos vestigios de enfrentamiento entre Dorgen, Samuel y Dag. Para cuando llegaron hasta ellos, todos los secuaces yacían tendidos en el suelo, unos revolcándose aún del dolor y otros completamente sin sentido. Todos, excepto Dorgen. El druida había desaparecido sin dejar rastro alguno.

Samuel y Dag corrieron hasta donde se encontraba Fayette quien trataba de ayudar a su amiga con desespero. Pero todos los esfuerzos eran en vano. Tenanye no respondía.

—¡TENANYE! —gritó Samuel— ¡TENANYE!

—No podemos hacer nada, Samuel —respondió Dag con voz abatida y con pesada resignación, consciente de que su amiga no volvería a despertar.

—¡Vamos, Fayette, puedes ayudarla como hiciste conmigo!

—Es demasiado tarde, Samuel, se ha ido.

Fayette sabía que no tenía el poder suficiente para poder traer de vuelta la chispa de vida de su fiel amiga. Samuel sintió como se entrecortaba su respiración y sus latidos golpeaban cada vez más su pecho, no pudo evitar dar un grito de dolor y caer de rodillas mientras sus lágrimas rodaban por sus mejillas cuando vio sobre la hierba a la hermosa Tenanye sin vida.

CAPÍTULO XVI

La Dama De Novelen

Balakur y Rosen se abrieron paso rápidamente entre los guardianes, tras escuchar aquel grito de dolor, encontrándose con las tres figuras postradas ante Tenanye. Todo había ocurrido muy rápido. Demasiado como para que el grupo de avance de los guardianes pudiera hacer algo. Esta vez, el sollozar de Samuel y Dag era lo único que se podía escuchar en la ribera de Novelen. Fayette, de rodillas frente a su compañera, mantenía sus ojos cerrados y ambas manos sobre el cuerpo de Tenanye. Su llanto era silencioso, en su interior, en lo más profundo de su ser. En ese instante todos los guardianes del bosque se arrodillaron e inclinaron su cabeza para rendirle homenaje a la bella hada de las tierras de Aunura quien sacrificó su vida por ayudar a sus amigos. Tanto Fayette, como Samuel y todos los momoys de Árminas presentes, permanecieron en silencio mientras veían cómo del cuerpo de Tenanye emanaba una resplandeciente luz de un profundo tono azulado, mientras se desvanecía lentamente, al tiempo que Fayette recitaba unas palabras:

Eidella, hada protectora
amiga de las hadas caídas
vengo a entregarte a la guerrera del fulgor azul
para que parta contigo.
Tenanye, mi alma sangra en pena y debo arrancarte de ella
para que mores en un lugar más seguro
en el palacio de oro y de cristal
el lugar que siempre te esperó

Samuel y los guardianes observaban a la princesa Fayette, hija de la reina Mebd, soberana de las tierras de Aunura, dando su último adiós a su protectora y amiga sin una lágrima, ni llanto, pero con el corazón oscurecido mientras el último rastro de Tenanye desaparecía ante sus ojos.

Poco a poco, los presentes fueron incorporándose entre murmullos. Rosen abrazó a su hijo mientras Balakur se acercaba a Samuel.

—¿Te encuentras bien, muchacho? —preguntó el jefe del clan Abardam.

—Sí, estoy vivo gracias a ellas —respondió Samuel buscando con su mirada sobre la hierba donde yacía aún Fayette sin moverse—, y gracias a tu sobrino.

Samuel cerró los ojos mientras luchaba por reponerse del dolor y aclarar de nuevo su mente para todo lo que estaba por venir y que, estaba seguro, debía afrontar.

Dag comenzó a narrar lo ocurrido desde el ataque del troll hasta el feroz encuentro en la ribera de la laguna de Novelen. Los guardianes lograron reunirse alrededor de Dag y Samuel, para escuchar aquel relato, mientras algunos se cercioraban de que los que se encontraban en la orilla de la laguna, no abandonasen el lugar sin antes ser interrogados. Luego de unos minutos Balakur se acercó a sus lugartenientes:

—¡Rinfen, que arresten a los que están en la ribera!, ¡Anúnfalas, vi a Bofur tomar ese camino, ve con dos guardianes más y lo traes de vuelta! —ordenó Balakur.

—Sí, señor —respondieron al unísono ambos guardianes y partieron de inmediato.

En la medida que pasaban los minutos, fueron llegando más y más habitantes de Árminas. La voz había corrido por toda la aldea. La noticia del escape del joven de la tierra de los hombres y el enfrentamiento en la laguna de Novelen voló por los cuatro vientos. Los jefes y otros representantes de los seis clanes llegaron junto con varios curiosos, así como la gran mayoría de los miembros más viejos del Consejo. Los rostros expectantes de los jefes de los clanes y de los venerables denotaba sorpresa y al mismo tiempo preocupación.

Balakur tomó la palabra:

—Miembros del Consejo y habitantes de Árminas, hoy ha ocurrido un lamentable suceso en tierras de Núrisil. Una de nuestras aliadas... y amiga, Tenanye, protectora de la princesa Fayette de Aunura, fue víctima del mayor representante del mal en estas tierras... Dorgen.. Debemos organizar un grupo para investigar qué ha llevado a este exmiembro de la orden de los duidras a realizar un acto tan atroz. Esto confirma mis sospechas de que se está gestando una amenaza sobre todos nosotros y este reino.

Se escucharon murmullos por todo el lugar, difícilmente se podía escuchar la intervención de Balakur. En ese momento, un pequeño grupo se abría paso entre la multitud hasta que surgió el jefe Roin.

—¿Alguien puede decirme los detalles de lo que ocurrió acá? —preguntó a Balakur, mientras posaba su mirada en Samuel y Dag—. Llegó a mis oídos el enfrentamiento que han tenido acá en la laguna al parecer con miembros de la banda de Dorgen.

—Creo que te han informado a medias, Roin, el mismo Dorgen estuvo dirigiendo la emboscada y acabo con la vida de...

—Sí, no tienes que repetirlo, Balakur. Lamento lo ocurrido —interrumpió Roin bajando su cabeza y cerrando levemente los ojos.

—Aun desconocemos las razones que motivaron a Dorgen y a sus secuaces a tomar estas acciones —comentó Rosen—. Esta mañana intentaron acabar con Samuel, utilizando de nuevo a Pheranto, el troll. Por suerte la hija de Mebd y Tenanye, pudieron salvarlo en el último instante.

Roin, junto al viejo Márin escuchaban con detalle lo narrado por Rosen, cuando los cómplices de Dorgen, liderados por el mismo Bofur, exigían a gritos su liberación y la captura de Samuel como prisionero de Árminas. Con gran cinismo, argumentaban que fueron atacados por el joven de la tierra de los hombres de una manera brutal, mostrando las marcas en sus cuerpos como producto de las golpizas propinadas durante el enfrentamiento.

El objetivo de Bofur fue logrando escalar con éxito. Las protestas del perverso grupo comenzaron a generar comentarios, malestares y exclamaciones entre los presentes. El momento iba tornándose en un ambiente hostil y enloquecedor, hasta que Roin mandó hacer silencio.

—¡Silencio! ¡Es importante escuchar lo que tienen que decir estos miembros de nuestra comunidad! ¡Debemos llegar al fondo de todos esto!

—¡Ellos han quebrantado nuestras leyes al ayudar al intruso! —exclamó Bofur en su defensa—. ¡El culpable es tu hijo, Rosen! ¡Sí, tu hijo! Por estar husmeando en lugares que están prohibidos en el tercer mundo. No podemos permitir que nuestro pueblo se

MOMOY. La laguna del trueno

vea amenazado y delatado por el humano. Su raza podría venir tras nosotros y destruir todo lo que durante siglos nos ha costado preservar y...

—¡Silencio, Bofur! —interrumpió Roin—. Pero si en algo tienes razón, es que nada de esto habría pasado si Dag no hubiese estado incursionando en el tercer mundo. Sin embargo, también es cierto que tú y tu gente han atacado al joven humano, a las hadas de Aunura y a Dag, un miembro de Árminas, ¡a tu propia sangre!

—Nosotros no hemos atacado al hijo de Rosen, ni a las hadas. Por el contrario, fuimos atacados por aquella hada y el mocoso del tercer mundo sin razón alguna. Solo estábamos acompañando a Dorgen quien...

—¡Mientes! —la voz imponente de Balakur hizo palidecer el rostro de Bofur y callar a los pocos que aún murmuraban en voz baja—. ¡No creas que no sabemos lo que hicieron esta mañana al engañar al joven y liberarlo para luego tenderle una trampa!

En ese momento intervino el viejo Márin:

—Hasta ahora, solo he escuchado excusas para justificar lo sucedido en este lugar. No puedo entender la razón por la que a estos momoys les interesaría dejar escapar al joven que llaman Samuel. Tampoco puedo entender la razón de este muchacho de querer huir de esa manera, sin antes conocer las conclusiones del Consejo. Bofur, es bien sabido por todos los que habitan Núrisil que nuestras leyes condenan este tipo de acción y en especial contra los humanos, pero, además, han apoyado a Dorgen en cometer uno de los mayores crímenes jamás acontecido en las últimas centurias en nuestra región. El haber acabado con la vida de la representante de la isla de Aunura es algo imperdonable. De haber sido la hija de Mebd, nuestra situación sería mucho más delicada. Ella, con un solo trinar de sus dedos, haría desaparecer de la faz de la tierra todo rastro de los momoys.

Ante las palabras del venerable, llenas de reflexión y sabiduría, hubo un silencio profundo, tan solo podía sentirse el sonido del viento rozando sus rostros y la superficie de la laguna, hasta que continuó:

—Y dudo que Dorgen lo ignorara. Él sabe perfectamente lo que significa enfrentar a Mebd o a alguien de su casta. Ellas han sido nuestras aliadas desde el origen de nuestros tiempos. —El venerable Márin volteó hacia Roin—: Dorgen tiene que pagar por su crimen, jefe Roin, sugiero que resuelva qué hacer con estos momoys y tome una decisión con respecto al joven humano. —Luego dirigió su mirada a Balakur—: jefe Balakur, sugiero que inicie una búsqueda exhaustiva de Dorgen y lo haga compadecer ante el Consejo.

Dag iba a intervenir en ese momento, pero su padre lo detuvo, indicándole que no dijera ni una palabra. Fue cuando nuevamente Balakur tomó la palabra.

—Con todo el respeto que se merecen los miembros del Consejo y usted venerable Márin, pero creo que el joven Samuel debe ser llevado de inmediato a su mundo, junto a su familia. Mantenerlo en Núrisil definitivamente es atentar contra su vida.

—¡Creo que el venerable Márin ha sido muy claro Balakur! Seré yo quien tome la decisión. Es la primera vez que un incidente de esta naturaleza se ha presentado en los bosques de Núrisil. Además, has permitido que la situación se saliera de control y creo que ya no puede ser peor.

Tras esas palabras Fayette voló hasta colocarse frente al rostro de Roin.

—¡Pues se equivoca! ¡La situación puede llegar a ser cada vez peor! —interrumpió con violencia la pequeña hada—. El verdadero problema de Árminas está aún libre escondiéndose en los bosques de Núrisil. Está manejando poderes que ni ustedes mismos entenderían. Dorgen tiene consigo la gema de Zarot. Esa gema es la que mató a Tenanye y, por lo que me ha enseñado mi madre, es la llave para algo más grande y desconocido.

—Entiendo tu preocupación, además puedo entender el dolor por la pérdida de tu compañera, pero...pero nosotros podremos encargarnos de nuestros propios asuntos... pequeña Fayette. Además...

—De nuevo se equivoca, Roin —dijo Fayette con una voz que hizo reaccionar con temor al jefe momoy—, a partir de ahora es nuestro problema también. Partiré para informar a la reina de lo que ha sucedido. Ya sabrá de nosotras. Ah... y por cierto..., para usted: princesa Fayette de Aunura, y que sea la última vez que se le olvide, jefe Roin.

Samuel observaba con detalle como el rostro de Roin pasó del tono más pálido al rojo intenso ante la rabia contenida tras las palabras de Fayette. Balakur y el viejo Márin se abstuvieron de emitir algún comentario en ese momento. El jefe de los guardianes del bosque por unos instantes esbozó una sonrisa, mostrando su agrado por lo sucedido. Fayette, se volteó por completo para darle la espalda a Roin y se dirigió a Samuel y Dag:

—Samuel, Dag, debo marchar a mi tierra a comunicar la muerte de Tenanye, aunque ya deben saberlo. Debo informar a mi madre lo que está ocurriendo en Núrisil. La gema de Zarot no debiera estar libre y menos en manos de un individuo como Dorgen. Ya vieron lo que le hizo a Tenanye, pero sé que esa gema puede ser aún más poderosa. Samuel —murmuró la princesa dirigiendo su mirada hacia su joven amigo—, no puedo ayudarte a salir de aquí, pero toma esta medalla y mantenla siempre contigo. —Fayette colocó la diminuta y resplandeciente medalla en la mano de Samuel y tras un giro de su varita la pieza creció hasta el tamaño de una moneda. Por una cara tenía la silueta de una figura femenina con alas y un símbolo que no pudo reconocer. Por la otra cara tenia grabada una palabra: *AGLA*—. Cuando vuelvas a estar en peligro o realmente necesites hacer contacto, repítela tres veces en voz baja y ahí estaré. ¡Ustedes dos, cuídense!

Miró a Samuel por unos segundos directo a sus ojos, le esbozó una dulce sonrisa mientras rozaba su diminuta mano sobre la mejilla derecha de su amigo y giró sobre sí a una velocidad sorprendente, desapareciendo frente a los rostros de todos.

—Creo que debemos volver a Loin, señores venerables del Consejo. Dejemos que los jefes Roin y Balakur se encarguen de sus deberes —exclamó el viejo Márin con voz firme—. Y a todos ustedes, miembros de la comunidad de Árminas, creo que tienen labores más importantes que realizar que estar murmurando toda la tarde.

El viejo Márin se acercó a Bofur y al grupo de prisioneros para dirigirles unas palabras.

—El verdadero valor, Bofur, no es saber cómo quitar una vida, sino saber cuándo perdonar y esto va para todos nosotros, incluyéndome —dijo Márin, el jefe de los venerables, mientras miraba a cada uno de los presentes—. Nosotros mismos hemos cometido errores tomando decisiones equivocadas desde el Consejo. Situaciones como la que ha ocurrido hoy aquí, y que le ha costado la vida a una valiosa aliada de Árminas, han sido consecuencia de esas decisiones erradas. Esto nos enseña, una vez más, que no debemos apresurarnos al tomar resoluciones y dictaminar basándonos en el miedo.

—Sin embargo, Márin, opino que el Consejo tendría que reunirse de nuevo y determinar qué podremos hacer con todos los involucrados, incluyendo al muchacho, quien es la causa de todo el disturbio ocasionado en Árminas —dijo otro de los miembros de los venerables.

—¡Ya no hay tiempo para eso, venerable! ¡Muchacho, acércate! —exclamó Roin, observando directo hacia a Samuel.

Este obedeció acercándose con cautela, cruzando su mirada con la del jefe momoy, sabía que no sería fácil lo que le esperaba. Miró por un instante a Dag, a Rosen y a Balakur con el rabillo del ojo.

—Has roto demasiadas leyes y ocasionado serios problemas en el poco tiempo que has estado aquí —dijo Roin.

—Lo siento, pido disculpas si he causado problemas, pero les recuerdo que yo no fui quien decidió venir a estas tierras —respondió Samuel con firmeza.

—¿Quiero saber quién ayudó a que escaparas del encierro a que fuiste destinado? —preguntó Roin con tono inquisitivo—. ¿Quién de tus amigos aquí presente fue?... ¿O fueron ellos: Bofur y su grupo? —preguntó de nuevo observando y señalando a los prisioneros. Balakur lo miró con sorpresa e ira.

—Roin creo que mencione que fue obra de...

—Jefe Balakur, por favor, deje que el muchacho responda —interrumpió el viejo Márin interesado en lo que Samuel iba a decir.

—Ni Dag, ni las hadas —respondió en seguida sin titubear—. Al principio pensé que Dag había abierto la puerta de la bodega, pero al ver a los guardias tendidos en el suelo, comencé a sospechar que algo no estaba bien.

—Sin embargo, no dudaste en huir —dijo Roin.

—Así es, la verdad quería salir de ahí. No había garantías de que volvería con mi familia.

—Aún no me has respondido —dijo Roin— ¿Quién ayudó?

—Han sido ellos —respondió Samuel mientras señalaba con el dedo a Bofur y a sus compañeros.

—¡Esto es ridículo! ¡Miente! —gritó Bofur.

En ese momento Rinfen golpeó la cabeza de Bofur con el extremo de la lanza para que no interrumpiera.

—Por alguna razón me querían fuera del pueblo. Aquel de allá —señaló Samuel a Grundin sin titubear— me esperaba en el camino, después del puente y luego desapareció en el medio del bosque, aunque pude oír como reían entre la maleza. Luego apareció ese troll... Pheranto.

En ese momento, las miradas se posaron en aquellos individuos, que trataban de ocultar cualquier gesto en el rostro que pudiera delatarlos.

—¡No es cierto! ¿Cómo puedes atreverte a mentir de esa manera?

¡Insolente! —gritó de nuevo Bofur.

—¡Calla! —intervino esta vez el jefe Balakur—, deja que el muchacho termine de hablar.

—¡Pero si incluso nos ha atacado con la intención de matarnos, no tiene derecho a palabra! —respondió de nuevo el prisionero.

En ese momento Dag intervino con ímpetu.

—¡Eso es falso y tú lo sabes! Han sido ustedes los que lo han liberado y han estado esperándolo acá en la laguna al darse cuenta de que Pheranto falló.

Bofur trató de acercarse a Dag con intención de amenazarlo, pero Rosen le cortó el paso plantándose frente a él.

—No te atrevas a acercarte de nuevo a mi hijo, Bofur, ni a Samuel —dijo Rosen con firmeza y determinado a tomar cualquier acción en contra del agresor.

—Eres tú, el culpable —volvió a decir Bofur mientras señalaba con la boca a Dag—, has permitido que este humano conozca los secretos de nuestra aldea. Él maneja información importante que...

—No creo que Dorgen y ustedes hayan causado todo este espectáculo tan solo por nuestra seguridad —interrumpió Balakur con tono sarcástico—. Sé que detrás de todo esto hay algo que nos estás ocultando. Además, veo con claridad que su mayor preocupación era que llegáramos al muchacho antes que ustedes.

—Solo queríamos detener al muchacho. ¿qué podría querer Dorgen con este muchacho más que impedir su escapatoria de Árminas?

—Y entonces, ¿cómo explicas que Dorgen terminara matando a Tenanye? —preguntó Roin en ese momento.

—Eso fue seguramente un accidente, Dorgen no tenía intención de hacer daño a nadie —respondió Bofur, quien observaba directo hacia Samuel, evadiendo la mirada de Roin y Balakur.

—Así es —añadió Grundin apoyando las palabras de su secuaz—. ¿Dudas de nosotros? —preguntó con rostro compungido mientras echaba un vistazo a los miembros del Consejo.

—¿Le crees más a un extraño del tercer mundo que a tu propia estirpe, Balakur? —preguntó Bofur.

—¡Suficiente! —exclamó Roin.

—Con respecto a ustedes —dijo Roin observando a Bofur y sus secuaces—, agredir a uno de nuestros miembros es el mayor delito que se pueda cometer ante las leyes de Árminas. Nuestros preceptos no nos permiten ni el castigo, ni la violencia en contra de una criatura y mucho menos en contra de los miembros de nuestra raza. Nuestras vidas han recorrido los siglos en estas tierras en total tranquilidad, dentro de la seguridad de Núrisil.

»Nuestra ley es tan simple que no tenemos prisiones ni apresamos a ningún miembro de nuestra comunidad puesto que, hasta ahora, hemos sido un pueblo pacífico. Tan solo cuando ha sido necesario —continuó Roin— hemos tenido que retener a intrusos del tercer mundo y reubicarlos en otros lugares, cuando han estado muy cerca del portal, pero esta medida ha sido solo para mantener protegida nuestra aldea y todo lo que es importante para nosotros en los bosques de Núrisil.

»¡Bofur, Grundin y el resto de ustedes! —exclamó el jefe Roin dirigiendo una dura mirada hacia las figuras ubicadas frente a ellos—. Mi decisión ya ha sido tomada y por el bien de Árminas sé que el Consejo de los Venerables estará de acuerdo conmigo, los condeno al exilio hasta el fin de sus días. Deben salir de las tierras de Núrisil ahora mismo con la amenaza de que si osan pisar de nuevo nuestros dominios, les aseguro que será la peor decisión que hayan tomado y nuestra benevolencia no será la misma. Podrán regresar a Árminas solo para tomar sus pertenencias más importantes y salir de estas tierras de inmediato —finalizó Roin al tiempo que ordenaba a Balakur nombrar a guardianes que los escoltaran hasta la aldea y luego hasta las fronteras de Núrisil.

—¡Te arrepentirás, Roin, y todos ustedes! —gritó Bofur desesperado mientras uno de los guardias lo empujó con su larga lanza, para que emprendiera la marcha junto a los otros, desapareciendo entre la espesura del bosque escoltados por media docena de guardianes.

—En cuanto a ti, muchacho, volveremos a Árminas para...

En ese mismo instante, sobre la superficie serena del agua una turbulencia se acercaba como una ola hacia la orilla. Frente a los ojos de todos, una espesa niebla comenzó a formarse sobre la laguna, ocultándola casi que por completo. De pronto, la neblina se rasgó en dos y un resplandor comenzó a brotar de entre las aguas. La brisa cobró fuerza en un instante golpeando con fuerza. Samuel tuvo que bajar la cabeza, entrecerrar sus ojos y ofrecer resistencia para no caer. Luego de unos segundos, los vientos bajaron su intensidad.

En medio de aquella luz, y procedente de las profundidades, empezaba a distinguirse una silueta que emergía sobre las aguas de Novelen. La energía emanada era sutil, etérea y traslúcida. Poco a poco, su corporeidad comenzaba a definirse. Samuel, con todos sus sentidos concentrados en aquella figura, observó cómo la radiante silueta bajaba su intensidad y comenzaba a definirse; adoptando por último una bellísima figura femenina vestida con un ropaje brumoso de color blanco, sembrado de puntos centelleantes.

La sutil forma de su rostro comenzó a parecerle muy familiar al abrumado Samuel, quien permanecía impávido junto a los inmóviles momoys que estaban junto a él en la orilla observando aquel asombroso y fenomenal suceso. La brisa hacía danzar, con gracia y suavidad, la larga cabellera plateada que cubría la espalda de aquella enigmática presencia. Bajo su luz brillaban las aguas de Novelen. Su rostro finamente delineado, trasmitía paz y bondad.

—¿De dónde ha salido? —murmuró casi sin voz el joven Samuel, al mismo tiempo que todos los presentes se inclinaron apoyando una rodilla en el suelo. Incluso los venerables reverenciaban con gran vehemencia a la hermosa dama de la laguna de Novelen.

De pronto, un encantador aroma invadió la atmosfera,

apoderándose de todos los sentidos de los que allí se encontraban.

Entre las manos de la figura empezó a formarse un círculo, desde donde surgió poco a poco una esfera brillante de color blanco, rodeada por un halo plateado que resplandecía como las estrellas. Aquella silueta extendió las manos frente a ella dejando a la vista la esfera líquida transparente, cuyos reflejos y luces giraban a su alrededor sin detenerse. Los presentes se fueron incorporando de su reverencia, uno por uno, sin poder apartar la mirada de este extraordinario acontecimiento. Samuel no dejaba de mirar directo a los ojos de la dama de la laguna, quien también lo miraba. Fue entonces cuando se escuchó una dulce voz, una voz que el joven Todd nunca antes había escuchado.

—Samuel, acércate, no tengas miedo —dijo con suavidad la dama de la laguna.

La reacción de sorpresa fue general, incluso para los jefes de los clanes y venerables, así como los pocos aldeanos que aún quedan rezagados en el lugar. Desde ese instante, no dudaron que entre la dama de la laguna y el joven del tercer mundo existía un vínculo. Todos quedaron boquiabiertos mientras Samuel avanzaba con lentitud dentro de las aguas en dirección a la divina presencia, sin quitarse la mirada. Lo que ahí ocurría iba más allá de la comprensión de los habitantes de Árminas, en especial, del viejo Márin. Samuel se detuvo a escasos centímetros de la brillante dama, advirtiendo, con curiosidad, que su cuerpo parecía flotar sobre la superficie del agua.

La dama se dirigió a él con una voz dulce que simulaba un canto.

—Aunque ves, quizás, el rostro de tu madre reflejado en mí ha sido tan solo para poder tener una conexión más directa y familiar contigo. El espíritu de tu madre forma parte del universo desde hace mucho tiempo, desde el preciso momento en que fue llamada a dejar este plano terrenal. Ella me ha pedido traerte las palabras que estoy a punto de decirte y que debes saber.

En ese momento, la brillante esfera comenzó a proyectar en

su interior múltiples imágenes en movimiento. Imágenes que mostraban al estupefacto Samuel en tiempos remotos, cuando era niño y compartía su vida al lado de su joven madre Amaya y su padre Roberto. Durante varios minutos, Samuel pudo observar toda su infancia y recorrerla con detalle. Ella se encargó de mostrar el mundo de Samuel desde su nacimiento, pasando por el duro momento de la pérdida de Amaya, su solitaria infancia y adolescencia y la distante relación con su padre. Mostró como Roberto se autocastigó creando una barrera a su alrededor, de aislamiento, preguntándose, con ira y frustración en su interior, la razón por la cual su esposa tuvo que morir en la plenitud de su juventud.

Samuel podía sentir a través de la dama de la laguna y las imágenes de su madre, la energía del espíritu de Amaya, el espíritu de todo lo que alguna vez fue la esencia del amor para aquel niño y su joven padre. Sin embargo, él no pudo controlar el dolor profundo que lo invadía por completo en ese momento, a medida que las reminiscencias de su madre se afianzaban en su alma.

—Hay ciertas heridas, querido Samuel, que llegan a echar raíces muy profundas, pero solo nosotros mismos podemos cortar esas raíces y decidir curar las heridas. Es importante vivir los momentos que compartimos, recordarlos y llevarlos con nosotros cuando terminen. Descubre y dale valor a los afectos más importantes que encuentres en tu camino por la vida, aquellos nacidos de tu propio corazón. Todos estamos inmersos en un instante muy importante para el universo, se aproximan tiempos donde la luz que lleves en tu corazón será el verdadero farol que iluminará tu camino. Yo y muchos otros te acompañaremos en ese camino. Pero tú serás tu propio guía. Tú iluminarás tu verdadero sendero.

Los momoys continuaban escuchando, sin hacer movimiento alguno, las palabras que resonaban con solemnidad en el ambiente. Samuel parecía escuchar cada vocal en un estado de concentración tan profundo, como si no estuviera presente.

—El verdadero propósito de que estés aquí es para alcanzar la verdadera luz, para ubicarte en verdad donde deseas coexistir.

—¿Cómo es posible que puedan existir estas tierras? ¿Cómo es posible que haya otra dimensión? —preguntó Samuel.

—La creación de espacios en diversas dimensiones no se realiza a través de tu mente. Esto solo es posible a través del espíritu. Viajamos en esencia no en raciocinio. Por eso es tan fácil, tan ligero llegar hacia ustedes, porque es a través de la luz, a través del amor y de las almas, donde podemos concretar esa realidad.

La dama de la laguna volteó con sutileza hacia el resto de los presentes y con suave tono les dijo:

—Sin fe no podrán abrir la verdadera puerta del universo, la verdadera puerta del conocimiento, la verdadera puerta hacia el amor. La fe es la verdadera montaña que todos deben alcanzar en su vida, una montaña que no cesa de crecer, que no tiene límites, una montaña que es el infinito. Así es la fe. En ella sus corazones palpitan, se iluminan; son los tiempos de probar cuán grande es su fe, son los tiempos de saber que ustedes y todos los seres de la tierra, son los resultados de su propia fe.

Luego observó en dirección a los venerables y a los jefes allí presentes y les dijo:

—Ustedes, amadas criaturas de estas tierras, me conocen como Naida, la dama de la laguna, y les digo que este joven de la otra dimensión será un gran maestro para todos ustedes. El tendrá la sabiduría para vincular, a través del amor, a ambos mundos. Por lo tanto, acéptenlo como un amigo y permitan su retorno al lado de los suyos. Su misión en ambas tierras apenas comienza. Será escoltado por ustedes en la tercera dimensión, hasta llegar a tierras seguras, y les digo que no será la primera ni la última vez que sus vidas se volverán a entrelazar. ¡Este es mi mensaje, este es mi legado de hoy para ustedes! —exclamó en un tono más alto.

Luego de esas palabras, volvió la mirada hacia Samuel quien, tras un breve lapso, preguntó:

—¿Puedes enviarle un mensaje a mí mamá?

—Eso no será necesario Samuel. Ella te escucha. Habla con ella en tus sueños.

—Te pareces tanto a ella —dijo Samuel con una mirada profunda.

—Utilizo esta imagen para canalizar la energía que soy en este momento contigo, mi querido Samuel, pero puedo tomar muchas formas —dijo la dama al tiempo que colocaba una de sus manos al ras de la cabeza del muchacho haciéndola brillar, mientras sostenía en el aire, con la otra, la brillante esfera—. En tu mundo me conocen por varios nombres.

Luego de estas palabras que dejaron al joven muchacho en una profunda admiración y sosiego, la brillante figura comenzó a desaparecer tras un incandescente brillo que obligó a todos, a excepción de Samuel, a cerrar los ojos. Cuando decidieron abrirlos solo encontraron la figura de Samuel dentro del agua, este aún permanecía con los ojos abiertos y en un estado de profunda paz. Dag fue hasta él para traerlo de nuevo a la orilla.

—¿Samuel? ¿Samuel? ¡Ya se ha ido! —exclamó Dag, dándole una sacudida, pero Samuel no respondía.

Sus ojos estaban fijos en el punto donde había desaparecido la dama de Novelen. No oía.

—¿Crees que volveré a verla? —preguntó Samuel casi en estado hipnótico, sin escuchar lo que su amigo le decía, ni tampoco parecía sentir la presión de los dedos de este sobre su brazo.

—No podría decirlo, amigo —respondió Dag mientras lo llevaba de la mano y salían del agua.

Cuando ambos llegaron junto al grupo de momoys. Márin se acercó a Samuel y lo tomó por el brazo con suavidad.

—Existen misterios en este universo que aún nosotros no comprendemos, por mucho que estemos unidos a los elementos. Nuestras leyendas hablan de seres prodigiosos, conectados con la divinidad del creador, del arquitecto de todas las cosas que conocemos y aún...las que no —dijo el venerable Márin gran conocedor de los misterios, mientras su mirada recorría todo aquel paraje, y prosiguió—: Los espíritus de las lagunas son poderosos, pero nada supera a la dama de Novelen. Ella nos alivia de males que no entendemos, nos enseña y nos muestra misterios y realidades más allá de nuestro mundo, así como también nos ha ayudado a destruir nuestros propios monstruos, aquellos que duermen en lo más profundo de nuestra mente. Lo que hoy ha ocurrido contigo ha sido extraordinario. La dama de Novelen te ha revelado algunos de los más fantásticos secretos que guarda la divinidad del universo con respecto a nuestra propia existencia y la red vital que une a todas las criaturas de este planeta, sin importar en cuál dimensión se encuentren —concluyó y procedió a retirarse del lugar. Se detuvo por un momento y añadió:

—Lamento todas las calamidades que te hemos hecho vivir en Árminas. Espero podamos ser dignos de tu presencia en algún momento, joven Samuel. Las puertas de Árminas siempre estarán abiertas para ti. Jefe Balakur, en sus manos está encomendada la tarea de que este joven llegue sano y salvo junto a los suyos.

Luego de sus palabras, el resto de los venerables y los jefes de algunos clanes hicieron reverencia ante el joven Todd, en señal de respeto, y comenzaron a retirarse del lugar.

—Gracias, señor —respondió Samuel con timidez.

—Lamento los malos entendidos, muchacho. Buena suerte —dijo Roin al tiempo que le daba la mano en señal de respeto—. Nos cercioraremos de que llegues con bien a tu hogar. El jefe Balakur estará honrado en hacerlo. Al fin y al cabo, era lo que él había propuesto en un principio —finalizó mirando por el rabillo del ojo al jefe del clan Abardam al tiempo que tomaba junto a un gran grupo de momoys el camino de vuelta a la aldea.

—Frérin, Lantazán, elijan a un puñado de guardias y escoltemos a nuestro joven amigo hasta su hogar. Hay que darnos prisa, aún nos queda buena luz —dijo Balakur.

—Por alguna razón creo que nos volveremos a ver, muchacho, pero espero que sea en otras circunstancias —dijo Rosen, acercándose a Samuel mientras le extendía su mano.

—Igual espero, Rosen, y por favor envíele mis saludos a Isil y que sepa que siempre estaré agradecido por lo que hizo por mí —respondió Samuel, mientras estrechaba la mano del padre de Dag.

Miraba a sus nuevos amigos sintiéndose en ese instante parte de ellos. El joven del tercer mundo comprometió su palabra con respecto a nunca revelar a nadie su fantástico secreto.

—Creo que ha llegado el momento de partir, querido Samuel —dijo Dag—. Una vez me dijo un amigo que la vida está hecha de ciclos y creo este ha llegado a su fin. Es hora de que ambos encontremos nuevos caminos por donde necesitamos transitar para vivir las nuevas etapas que la vida nos brinda.

Esas palabras reconfortaron al joven, pero al mismo tiempo una especie de nostalgia comenzó a recorrer sus pensamientos: cada recuerdo, cada palabra pronunciada, cada gesto, cada momento que vivió en estas tierras.

—Jamás olvidaré lo que juntos hemos vivido —dijo Samuel mientras observaba a Dag—. Los voy a extrañar. Ha sido una experiencia intensa —dijo, mientras pensaba en aquellas criaturas, en sus luchas, los peligros, las frustraciones y los logros de semejante aventura, pero, sobre todo, valoraba la experiencia de conocer una tierra fabulosa, habitada por seres singulares y de profundos sentimientos.

—Estos son momentos donde las palabras pierden su significado, Samuel —dijo Dag—, pero cada vez que estés en el bosque, mi buen amigo, encontraras señales que te harán recordar nuestra amistad, señales que permanecerán hasta que la vida nos permita encontrarnos otra vez y escribir nuevas historias aún más maravillosas e intensas que las de este inolvidable encuentro.

Las figuras de Dag y Rosen, parados en la orilla de la laguna, apenas podían ya percibirse desde la barca. Samuel, dio su último saludo a padre e hijo, mientras retornaba al otro lado del portal. Poco a poco la embarcación se fue fundiendo entre la densa neblina hasta que el estremecedor rugido del trueno estalló sobre ellos, resonando a todo lo largo y ancho de la laguna de Novelen.

—Vaya...cuantas cosas han ocurrido en estos tres días —dijo Dag.

—Así es, por cierto, eso me recuerda que mamá y yo tenemos una conversación pendiente contigo, jovencito.

Ambos sonrieron mientras sus figuras se perdieron en la densidad del bosque de Núrisil, tomando el camino de vuelta a casa.

CAPÍTULO XVII

EL TALISMÁN DE NIN-ILDU

D esde una de las colinas en dirección al noreste, Samuel, escoltado por Balakur y media docena de guardianes de Núrisil, podía ver la extensión del profundo bosque a sus pies. En el horizonte divisaba las montañas que rodean al poblado de La Azulita, indicando la dirección a tomar, mientras Balakur le señalaba con su lanza el camino que seguirían. A sus espaldas, con un leve brillo por el paso de la niebla, estaba la gran laguna de Novelen dándole su adiós. La brisa soplaba contra su rostro y un aire fresco, renovador, agitaba con desorden su cabello y su gruesa chaqueta que lo protegía del frio. Samuel se dio la vuelta y todos se internaron en la arboleda, hacia el sendero que los conduciría hacia el hogar del joven Todd.

El tiempo pasó con lentitud, había transcurrido prácticamente la tarde cuando Samuel ya había salido de los predios de Novelen en dirección a la cabaña de su padre. Cada paso que daba iba dejando atrás la experiencia más intensa y fantástica que jamás había tenido en lo que llevaba de vida. Sin embargo, también cargaba en lo más profundo de su corazón, un gran dolor por la muerte de Tenanye. Decidieron descansar en un claro junto al arroyo y aprovecharon para tomar un pequeño refrigerio que les ayudara a recuperar fuerzas; luego continuaron su jornada con el joven Samuel encabezando la columna.

El sol estaba comenzando a ocultarse tras las lejanas montañas cuando se escucharon voces que provenían de más adelante en el camino; de pronto las figuras de un grupo de personas fueron saliendo del recodo del sendero, se trataba de Roberto, Horacio, Richard, Benjamín y dos campesinos de la zona. La sorpresa y alegría de Samuel no se hicieron esperar, corrió hacia ellos gritando sus nombres. Aquel encuentro fue intenso para Samuel y su padre, ambos permanecieron en un profundo y mágico abrazo, sintiendo su verdadera y más pura vinculación: la energía que familiarmente los une como padre e hijo.

Samuel volvió su mirada hacia el camino que había dejado atrás para darse cuenta, con pesar, de que Balakur y sus guardianes habían desaparecido sin dejar rastro alguno como si nunca hubiesen estado allí. No obstante, sabía en lo más profundo de su ser, que ahí, en algún lugar de ese bosque, se encontraban muy ocultos como solo ellos saben hacerlo, observando con detalle lo que ocurría. Samuel sintió pesar de no haber podido despedirse del jefe de los guardianes que tanto lo defendió ante el Consejo.

Luego de fraternales abrazos y muestras de cariño, además de una gran ola de preguntas y reproches producto de la excitación por el hallazgo del joven desaparecido durante tres días, emprendieron el regreso a la cabaña. Solo la mirada indagadora de Horacio, que por un instante se cruzó con la de Samuel, delataba lo que podía estar imaginando en ese momento, recreando lo que pudo haberle ocurrido a su joven amigo. Poco a poco aquel paraje volvió a recuperar su permanente quietud mientras los ecos de las voces se perdían en la distancia.

Samuel respiró muy hondo y se sentó en el mullido suelo desde donde observó el interminable dosel arbustivo que se hallaba sobre su cabeza, cuando un cegador destello lo obligó a cerrar los ojos por unos instantes. Por segundos quedó grabada en su retina aquella centellante imagen y un miedo profundo comenzó a apoderarse de su cuerpo. Se incorporó a duras penas y comenzó a correr por laberintos que lo sumergieron cada vez más en la oscuridad.

De pronto, tras sus huellas, la enorme figura de un troll infernal avanzaba cada vez más hacia él. Desorientado y mirando todo a su alrededor sintió cómo, de pronto, cayó a un profundo pozo, viéndose de nuevo entre muros de lúgubres bodegas. En la oscuridad de aquel lugar la malévola figura de Dorgen surgía entre las sombras, avanzando hacia él con un afilado cuchillo en una mano y el cuerpo inerte de Tenanye en la otra. Buscó con inquietud la medalla en su bolsillo, pero no la halló. La escalofriante circunstancia le hizo dar un grito de desesperación, pero no pudo escucharse a sí mismo. Súbitamente despertó, agitado, en la seguridad de su dormitorio.

—Tranquilo, hijo —dijo Roberto acercándose de inmediato junto a él y acariciando su cabello—. Estas en casa....

—¡No!...¡no! ¿Dónde está? —gritó Samuel quien se sentó y observaba de un lado a otro sin reconocer su habitación.

—Cálmate, Samuel, estas a salvo, estoy acá contigo.

—¡Me persiguen! ¿Dónde...dónde está la medalla?

—¿Quién, Samuel? ¿Quién te persigue?

Su hijo tardó un poco en reconocerlo y darse cuenta de donde estaba, hasta que lo abrazó con fuerza.

—¡Papá!, tuve una horrible pesadilla.

—Me imagino… y por un tiempo volverán, pero estaré a tu lado para ayudarte. Por ahora cálmate, o tu abuela vendrá de nuevo a darte de sus bebedizos… Y aquí está la medalla hijo, en la mesa de noche.

Ambos hicieron un gesto con sus bocas y sonrieron. Samuel buscó con su mirada la medalla que estaba junto a la lámpara de la pequeña mesa y volvió a recostar su cabeza en la almohada.

Pasaron dos días y Samuel descansaba en un profundo sueño recuperando sus fuerzas, recibiendo toda clase de cuidados por parte de su abuela Úrsula, así como de su padre, quien permanecía día y noche a su lado, vigilando la recuperación de su hijo. Cuando volvió a abrir sus ojos, de nuevo y por un momento, tuvo la sensación de estar en un lugar desconocido, pero luego comenzó con su mirada a toparse con la familiaridad de su habitación. Despertó sobre la vieja pero acogedora cama y observó el resplandor de la luz de la tarde que atravesaba el cristal de las ventanas, desde la que se veían algunos árboles meciéndose al compás del viento. Escuchó una voz familiar a un costado y volteó con rapidez su mirada, encontrándose con la figura de su padre sentado a un lado de la cama, ambos sonrieron al verse y se perdieron en un profundo abrazo. Durante unos minutos permanecieron en silencio. Los dos comenzaron a secarse las lágrimas que corrían por sus mejillas, sintiendo la fortuna de poder tener ese encuentro tan anhelado entre padre e hijo, a pesar de que días atrás ambos habían perdido las esperanzas de volver a verse.

—¿Cuánto tiempo llevo en cama, papá?

—Con hoy van a ser tres días, hijo.

—Finalmente, he regresado.

Luego de una conversación muy amena, como no la habían tenido en años, Samuel se incorporó e hizo el propósito de ponerse de pie. Sus piernas le fallaron por un momento y sintió en su cuerpo el maltrato de su travesía. Cuando logró pararse con ayuda de su padre, se dirigió a la puerta del baño.

—¿Crees que puedas solo? —preguntó Roberto.

—Seguro —respondió sonriente Samuel—. Tomaré una ducha para recuperarme, mientras tanto, ¿podrías decirle a la abuela que estoy hambriento? En este momento podría devorarme cualquier cosa que se atravesara en el camino.

—¡Claro que sí, hijo! —exclamó Roberto observando con alegría como regresaba el ímpetu en su hijo—, espero por ti allá abajo, hay personas que han estado preocupadas, en especial Elenor. Todos están ansiosos de verte. —Roberto se disponía a salir del cuarto cuando se detuvo y giró hacia su hijo—. Ah, por cierto, hijo, ¿de dónde sacaste esa ropa?, y esa curiosa medalla, la que tenías en tu bolsillo, ¿dónde la encontraste?

Tras sus preguntas hubo un profundo silencio.

—Bueno, no importa, luego podrás hablarme de eso. Te esperamos.

Samuel se mantuvo en silencio y pensativo. No sabría qué responder ante esas preguntas si Roberto hubiese insistido. Al menos no en ese momento. Abrió el grifo y se dio una larga ducha con agua bien caliente y a toda presión. Tenía una gran necesidad de sentir de nuevo las comodidades que ofrecía su mundo. Buscó con su mirada la ropa que traía desde Núrisil. Supuso que la abuela la tendría en alguna cesta o la habría tirado a la basura. «Sería una lástima —pensó—, esa ropa fue lo último que le había obsequiado Tenanye». Por un momento sintió un dolor en el pecho.

—No —murmuró en un tono casi imperceptible viendo su reflejo en el espejo— el último obsequio...fue su vida.

Las lágrimas comenzaron a brotar de sus ojos. Los cerró y recostó su cabeza en el espejo sobre el lavamanos. No dejaba de meditar acerca de todo lo acontecido aquellos días en el bosque de Núrisil, incluso en ocasiones se preguntaba si en realidad todo había ocurrido. Chequeó con minuciosidad el armario para seleccionar la ropa que usaría ese día, se paró frente al espejo largo que estaba detrás de la puerta de la habitación y volteó para comprobar si tenía alguna cicatriz que hubiese quedado del incidente con el troll, pero su pálido cuerpo tan solo mostraba las marcas dejadas por las costuras de la camisa del pijama utilizada esos días.

Unas voces conocidas llegaron hasta sus oídos desde la estancia en la planta inferior de la cabaña. Se trataba de Horacio y Elenor. Samuel sintió la fuerza de cada pálpito en su corazón, no cabía en sí de la emoción. Cuando bajó las escaleras y llegó a la sala, estaba llena de gente. Amigos y vecinos que ayudaron en la búsqueda compartían esa tarde chocolate caliente y panecillos. Buscaba entre la gente hasta que su mirada logró por fin encontrar la de Elenor junto a la chimenea de la sala.

Cuando todos se percataron de su presencia hubo un gran murmullo y comenzaron a saludarlo al mismo tiempo. Sus abuelos y Roberto se adelantaron para darse un abrazo los cuatro. Poco a poco las personas se fueron acercando para saludarlo y presentarse. Luego de abrazos y estrechadas de mano, Samuel se dirigió hasta la chimenea. El resplandeciente centelleo del fuego encendido a espaldas de Elenor formaba una aureola brillante alrededor de su figura. Samuel la contempló con detenimiento por unos instantes, olvidando en ese momento, todo lo que estaba a su alrededor. No existía nada más que el deleite de encontrarse cara a cara con la persona que ocupaba sus pensamientos y su corazón. Pero algo había cambiado en su interior. Todavía no lo identificaba, pero lo percibía, advertía que su relación con Elenor ya había tomado su propio rumbo.

Poco a poco se acercaron hasta que las manos de Samuel se encontraron con las de Elenor. Acercó su cara y le murmuró:

—Hola —mirándola directamente a sus ojos.

—Hola —respondió Elenor. Esbozando una hermosa y radiante sonrisa.

—Aún sigo vivo —le dijo al oído en forma jocosa.

—Qué gracioso —murmuró—. Me has tenido al borde de la locura —respondió Elenor, al tiempo que golpeaba el brazo de él.

En ese momento interrumpió Horacio:

—Vaya contratiempo, mi querido muchacho —exclamó, mientras se acercaba y le colocaba su mano en el hombro.

Samuel le dedicó una dulce sonrisa y una mirada profunda, como queriendo contar todo con ella, y lo estrechó en un fuerte abrazo.

—Cómo me habría gustado que mi padre y tú hubieran estado conmigo, Horacio, sé que lo habrían disfrutado... bueno en su mayor parte.

—Lo sé, lo sé, hijo, pero esa experiencia estaba destinada a ser vivida solo por ti. Ya podrás contarnos con detalle tu historia. Claro, hasta donde se te haya permitido por supuesto. —En ese momento Horacio guiñó el ojo, dejó salir una pequeña sonrisa de complicidad y agregó—: Por ahora creo que ustedes tienen mucho de qué hablar, así que... con permiso.

Horacio notó en la profundidad de la mirada de su joven amigo, que el Samuel que había dejado días atrás, ya no era el mismo que había regresado. Se dio vuelta para dirigirse al otro extremo de la sala y terminar su taza de chocolate caliente junto a la familia Todd y unos colegas de la universidad.

El joven por un momento quedó pensativo ante el comentario del profesor, pero por otra parte sintió paz tras sus palabras. El conflicto que lo atormentaba desde que salió de Núrisil era hasta dónde contar o no lo sucedido. Tenía aún los recuerdos muy frescos. Pero por momentos, dudaba de que en realidad hubiese ocurrido.

Samuel y Elenor se dirigieron a la cocina para apartarse un poco del bullicio y la gente. Mientras tomaban chocolate caliente y degustaban unos panecillos de queso sentados en la mesa de la cocina, Elenor notó la mirada perdida de Samuel por un instante, pero prefirió no interrumpirlo.

—¿Sabes si pudieron ver a alguien más por los alrededores del lugar donde me encontraron? —preguntó Samuel sin dejar de mirar la ventana.

—Creo que no. Mi abuelo lo hubiese mencionado. Estabas absolutamente solo —respondió Elenor—. De hecho, según lo que comentó Benjamín, el explorador, nadie anda por esos lugares —añadió.

En ese momento entro la abuela Úrsula a la cocina acercándose hasta ellos.

—Esto ha sido una locura —dijo en voz baja, mientras con disimulo, terminaba de secarse las lágrimas —. Estuviste desaparecido por tres días hijo, no imaginas nuestra preocupación sin saber nada de ti, y luego te encuentran deambulado por el bosque a punto de desmayarte. Tienes que contarnos qué te sucedió, hijo. Come algo más, estás muy delgado, necesitas recuperarte.

Las palabras de la abuela resonaron en su cabeza, mientras se incorporaba para abrazarla. Entonces hizo su aparición el abuelo Felipe.

—¡Úrsula! —intervino el abuelo interrumpiendo a su esposa.

—Ya mi nieto podrá decirnos en algún momento qué le ocurrió, mientras tanto ¿podrías hacer más chocolate y poner más panecillos, por favor? —dijo el abuelo Felipe al tiempo que guiñaba el ojo a su joven nieto.

Al terminar de comer, Samuel y Elenor salieron por la puerta de la cocina en dirección al jardín a un costado de la cabaña. A solas se sentaron al borde de un pequeño muro.

—¿Cuéntame qué te ocurrió? ¿Dónde estuviste estos tres días? ¿Cómo pudiste perderte?

Por unos instantes Samuel la observó fijamente e hizo un pequeño gesto con la boca.

—Como dijo un amigo hace poco...no sabría por dónde empezar. Solo espero que no pienses que me he vuelto loco.

—Pues empieza desde el principio —murmuró Elenor mientras acercaba sus labios a los de Samuel.

Él la tomó de los brazos con suavidad tras un largo y cálido beso. No cabía duda de que ambos deseaban ese momento. Sus sentidos parecían haberse nublado, un cosquilleo recorrió en fracciones de segundo sus cuerpos. Los rostros de Samuel y Elenor se juntaron en una caricia, y solo se distanciaron en el momento en que se miraron a los ojos, dejando que sus sentimientos hablaran.

Durante esa tarde Samuel se dedicó a contar lo ocurrido en su aventura por el bosque y los acontecimientos que lo habían hecho perder el camino. Hizo prometer a Elenor que nunca divulgaría lo que estaba a punto de contarle. Samuel sentía la necesidad de narrar cada detalle de lo vivido. Sabía que podía confiar en ella. Además, de alguna manera deseaba compartir el dolor que sentía por aquella hada que le salvó también su vida.

—Jamás... jamás la olvidaré —murmuró—. Nunca.

La tarde transcurrió hasta caer el sol y ocultarse detrás de las montañas de La Azulita. Ambos entraron a la cabaña, sus siluetas desaparecieron tras el umbral. Un cúmulo de niebla fue cubriendo poco a poco los jardines. Sobre la rama de un árbol de roble, una enorme lechuza desplegaba sus alas para partir. Testigo silente de aquella fabulosa historia contada por el joven que viajó a otras tierras, en otra dimensión, para conocer el verdadero valor del amor y la amistad.

Samuel al pasar los días invito a su padre a un día de pesca, el pasatiempo favorito de Roberto. Esa mañana, muy temprano, tomaron rumbo a la laguna de La Fuente donde pasarían parte del día. Ambos recorrieron el habitual camino hacia el hermoso enclave, saltando obstáculos e internándose en el bosque. Era la primera vez que Samuel regresaba al bosque después de su experiencia en Núrisil y fueron estos los recuerdos que le invadieron en cada paso que iba dando. A veces su mirada se dirigía a rincones del bosque donde le parecía estar viendo a su entrañable amigo Dag y sus bellas amigas las hadas. En uno de esos momentos pensó: «Ellos son seres muy especiales y muy importantes en mi vida, su amistad es uno de mis mayores tesoros. Todo lo que hoy vivo y quiero disfrutar se lo debo a ellos. Tuve el privilegio de poderlos conocer. Espero poder volver a verlos en algún paraje de estos bosques; solo deseo que con el pasar de mi juventud, no deje de ver estos mágicos rincones, llenos de seres fantásticos como Fayette y Tenanye, de criaturas inimaginables como Makubar y Kercus. Solo ansío que esto no suceda y que no pierda jamás el don de vislumbrarlos, que no se conviertan tan solo en un recuerdo».

Mientras caminaba, Samuel introdujo su mano derecha en el bolsillo y rozó con sus dedos la medalla que Fayette le había obsequiado. Esbozó una gran sonrisa y continuó su paso junto a su padre.

—Hemos llegado, hijo —dijo Roberto luego de tomar una bocanada de aire para llenar sus agotados pulmones—. Has venido muy callado la última media hora.

—Sabes, papá. Desde que volví he querido buscar el momento apropiado para decirte algo importante.

—Pues aquí estoy, hijo, tienes toda mi atención.

—Lo que viví esos tres días me hicieron ver la realidad de muchas cosas. Para empezar, quiero...quiero pedirte perdón por haberte culpado de la muerte de mamá, y por haberte alejado de mí en el momento que más te necesitaba, a pesar de haberme dejado en las mejores manos. Ahora entiendo lo que las pérdidas pueden causar, un daño profundo y a veces irreparable. Sobre todo, durante la juventud...por eso te pido me perdones.

—No hay nada que perdonar, hijo. Soy yo quien debo pedirte perdón. No tuve la fuerza para enfrentar la muerte de Amaya y poder criarte como lo merecías. En ese momento sentí que todo mi mundo se había derrumbado. Y para no arrastrarte conmigo tomé la más dura decisión de mi vida: separarme de ti. Al menos saber que estarías con mis padres, era la única luz de tranquilidad que existía en todo el caos de mi vida en ese momento —dijo Roberto mientras observaba la laguna y secaba las lágrimas que caían por sus mejillas—. Te doy las gracias, hijo, por haber tomado la iniciativa de esta conversación...creo que necesitaba oír eso de tu parte. Yo cometí mis errores y he pagado por ellos. Pero también he entendido que esa es la historia que tu madre y yo escogimos para vivir. A partir de ahora tú escribirás tu propia historia. Me siento muy orgulloso de ti Samuel, y tu madre sé que lo está también.

—Yo también estoy muy orgulloso de mi familia, papá. De ti, de mamá...de mis abuelos.

En ese momento padre e hijo se fusionaron en un profundo abrazo. Samuel se sorprendió en silencio, al darse cuenta de que esas últimas palabras de Roberto, fueron las mismas que escuchó en aquel sueño en el bosque.

—Y en esa historia estarás a mi lado, papá —dijo sonriendo Samuel.

Por su parte Roberto, haciendo un gran esfuerzo, afirmó con su cabeza esbozando también una sonrisa. Pero, en el fondo, sabía que no estaría mucho tiempo junto a él. Guardaba un secreto que acabaría con las ilusiones de su hijo. Pero aún gozaba de algún tiempo. No era ni el momento, ni el lugar.

—¡No es fácil encontrar lugares como este, cada vez están más aislados y escondidos en el mundo! —exclamó Roberto observando la laguna de un extremo a otro, tratando de alejar la tristeza que había comenzado a nublar su pensamiento—. Creo que este lugar es ideal para comenzar a pescar, veamos cómo está tu suerte de principiante hoy, Samuel —comentó mientras colocaba en el suelo su mochila y reía a carcajadas.

—¿Principiante? Jajaja. Pues, papá, prepárate para llevarte una sorpresa.

—El que pesque menos, le toca preparar la cena de hoy.

—¡Trato hecho! Creo que la abuela estará encantada con la idea jajaja.

En ese mismo momento, en una cabaña abandonada y derruida —en el otro extremo de la Sierra, en el Paso de Zea, un camino antiguo y olvidado entre dos grandes formaciones rocosas— un encuentro se llevaba a cabo en su interior. Dorgen se reunía en secreto con un personaje vestido con una capa negra y una gran capucha que le cubría por completo la cabeza y el rostro.

—...todos nos quedamos paralizados al ver a la dama de Novelen dirigirse al muchacho. Eso no me gusta para nada, Dorgen, pareciera que los dioses lo protegen, además, por tu imprudencia de querer eliminar a ese muchacho en Árminas estuvieron a punto de descubrirnos a todos. ¿En qué estabas pensando? —dijo con una voz ronca el personaje de la capa negra.

—Lo sé, pero ya no volverá a ocurrir. Y no creo que ninguna deidad esté protegiendo a ese muchacho, eso debió haber sido un truco de la hija de Mebd. Ahora debo ir hasta las tierras profundas de Mull. Debemos reunir más aliados si queremos continuar con el plan.

—¡Pero aún no has recuperado el talismán, Dorgen!. ¡Y sin él, no podremos saber dónde está el Grimorio!

—¡Tranquilízate! Será más sencillo recuperarlo en la cabaña de su padre, en su dimensión. Ahí no estará tan vigilado. Sé que está en su poder y en algún momento se descuidará, ese será el momento de quitárselo y acabar con él.

—¿Así como acabaste con aquella hada? Ese fue un error estúpido, Dorgen...lo que menos nos interesa es que la reina Mebd envíe una legión de criaturas tras de ti. Eso sí pudiera acabar con los planes.

—Igual llegará un momento en que tendremos que enfrentarlos y aniquilar a los líderes y a todos aquellos que no quieran someterse. Es solo cuestión de tiempo. De eso me encargaré yo —dijo Dorgen—.

Pero tú debes encargarte de ese entrometido de Dag. De alguna manera debes hacer que desaparezca antes de que se convierta en un problema mayor.

—Eso... eso es muy difícil y lo sabes. Ese mocoso estará a partir de ahora muy vigilado por Balakur y Rosen.

—Rosen es un lisiado, no te preocupes por él. Haz lo que te digo, busca la manera de eliminar al mocoso. Ahora...de Balakur... de Balakur me encargaré yo personalmente.

Samuel abrió su mochila y al hurgar en su interior sus dedos sintieron un objeto frio y pesado, lo extrajo para saber de qué se trataba cuando con asombro reconoció aquella pieza de roca lisa y oscura que había recogido en el camino, la tarde que vio, a lo lejos, un misterioso hombre que huyó hacia el interior del bosque.

—Lo había olvidado —comentó Samuel en voz alta, mientras su padre observó, con detenimiento, el objeto que su hijo tenía entre las manos.

—Déjame verlo, hijo —le dijo Roberto mientras estiraba la mano para tomar el extraño objeto—. ¿Dónde lo hallaste? —preguntó al tiempo que trataba de aplicar cierta fuerza en puntos estratégicos del artefacto—. El labrado es muy antiguo. Esta roca es de ónix. Una pieza muy curiosa. No estoy seguro, pero creo que esta imagen es la de la diosa protectora del bosque, Ninildu.

Samuel se acercó a su padre para ver cómo intentaba abrir la pieza cuando, en ese instante, la parte superior de la figura giró como una tapa de rosca y se separó del resto del objeto. Al abrirlo, el interior de la piedra dejó resaltar un pequeño pergamino, áspero y amarillento, atado por un fino cordón dorado que sujetaba el pequeño rollo. Roberto lo extrajo del contenedor y lo desató con sumo cuidado, no sin antes detallar minuciosamente los acabados de los materiales.

Al hacerlo, y a medida que lo desplegaba, sus ojos brillaron con asombro. Con dificultad podían asimilar la información que aquel trozo de papel estaba develándoles en ese momento. Se trataba de un mapa que indicaba con precisión la ruta hacia una caverna oculta en alguna parte de aquellas montañas. La ilustración, hecha a mano, indicaba un pequeño punto dorado en lo que, sin duda, era el interior de una montaña.

—Creo que dice Alccor...

Buscó rápidamente sus lentes en el bolsillo. Los nombres ahí escritos, eran por completo ajenos al padre de Samuel, ya que estaban escritos en una lengua que él desconocía. Reconoció algunos símbolos que antes había estudiado en los petroglifos de la zona. Sorprendido ante semejante hallazgo, no entendía a cuál región podría estar haciendo referencia ese pergamino.

—No lo sé, pero no creo que sea de esta región—murmuró entre dientes—. Samuel, ¿Dónde encontraste esto? —inquirió de nuevo Roberto, pero esta vez con un tono de preocupación—. Creo que se trata de un mapa, hijo.

Samuel tenía la mirada fija en aquel mapa, pero su mente estaba viajando en el tiempo. Un torbellino de sentimientos comenzó a aflorar en él. La ansiedad crecía en su interior, una sensación nada grata que fue opacando la curiosidad y la alegría por aquel hallazgo. Poco a poco Samuel entró en razón, de pronto todo empezó a hilarse, dándole sentido a lo ocurrido en el bosque de Núrisil. Todo encajaba como un rompecabezas: los temibles encuentros y persecuciones del malévolo Dorgen y su insistencia por capturarlo a cualquier precio. Era evidente que este mapa fue elaborado por Muki y por el cual fue asesinado.

Todo se fue aclarando en la mente de Samuel. Incluso aquel encuentro con el hombrecillo en el camino aquella tarde, no cabía la menor duda de que se trataba de Dorgen, quien huyó de repente desapareciendo en la espesura del bosque. Lo que nunca previó fue la pérdida del mapa que, con seguridad, cayó por accidente de su bolso al saltar del tronco. Todo este tiempo trató de recuperarlo, desde el primer momento; la figura que se encontraba en el porche tratando de entrar a la cabaña la noche de la tormenta y todo lo ocurrido luego en su habitación. Un escalofrío recorrió su cuerpo de arriba abajo. Él sabía que su obstinado enemigo no descansaría hasta recuperar el mapa.

Una bandada de aves alzó el vuelo en dirección a la laguna irrumpiendo la tranquilidad de aquel momento y obligando a Samuel a mirar hacia el cielo, mientras percibía que todos sus sentidos se ponían alerta.

Roberto, observando a su hijo por completo paralizado y en espera de una respuesta, le dijo:

—Es obvio que este mapa le pertenece a alguien y sin duda alguna, hijo, debe estarlo buscando y...

—Y sabe que yo lo tengo —interrumpió Samuel observando fijamente la laguna.

—Y... ¿a quién le pertenece?

En ese instante Samuel miró a su padre directo a los ojos. Una mirada que Roberto nunca antes había observado en su hijo, una mirada que reflejaba la experiencia del desafío, la furia y la muerte.

En ese instante, el sonido de un trueno retumbó en la distancia.

—Papá, esa es una larga historia que creo que debo contarte. Y sospecho que aún... no ha terminado.

GLOSARIO

LA TIERRA DE LOS HOMBRES

PERSONAJES

Samuel Todd: personaje principal

Amaya Sánchez: mamá de Samuel

Alder: cazador

Benjamín: amigo de Roberto y Horacio, montañista

Elenor Coll: nieta de Horacio

Felipe Todd: abuelo paterno de Samuel

Horacio Coll: el viejo de la colina

Richard: vecino de Roberto

Roberto Todd: papá de Samuel

Úrsula Todd: abuela paterna de Samuel

Zenzo: cazador

LOCACIONES

Ciudad de Caracas: capital de Venezuela

La Azulita: poblado al noroeste de Mérida

Mérida: capital del Estado Mérida

LA TIERRA DE NÚRISIL. ALDEA DE ÁRMINAS

PERSONAJES

Dag: compañero de Samuel

Anúnfalas: guardián de los bosques

Arek: guardián de los bosques

Balakur: comandante de los guardianes del bosque, jefe del clan Abardam

Bofur: secuaz de Dorgen

Dorgen: druida malévolo de Árminas

Fayette: princesa heredera de Mebd.

Frérin: viejo guardián del bosque

Grundin: secuaz de Dorgen

Isil: mamá de Dag

Lantazán: guardián de los bosques

Liunkas: guardián de los bosques

Márin (el viejo Márin): jefe de los venerables de Árminas

Mebd: reina poderosa de las hadas de la isla de Aunura

Muki: jefe minero y guardián de los tesoros, del linaje de los Mordreg

Naida: el espíritu de la laguna de Novelen

Nin-Ildu: diosa de los bosques

Penmar: venerable, jefe interino del Nimirzor

Rinfen: guardián de los bosques

Roin (jefe Roin): jefe civil de Árminas

Rosen: papá de Dag

Rowan: momoy mujer, prima de Isil

Rundin: momoy mujer hermana de Rowan y prima de Isil

Tavhay: jefe del clan Nimirzor, gran druida de Árminas

Tenanye: hada protectora de la princesa Fayette

LINAJES

Clan Abardam: los guardianes y protectores del bosque de Núrisil

Clan Brór: los comerciantes de Árminas

Clan Felagund: los jefes civiles de Árminas

Clan Mordreg: los guardianes de las minas y tesoros de Núrisil

Clan Nímirzor: los grandes druidas y hechiceros de Árminas

Clan Vélanthir: los carpinteros y constructores

Clan Vorvagor: los agricultores de Árminas

LOCACIONES

Alccor: montañas azules de Núrisil

Árminas: aldea momoy

Doin: aldea momoy cercana al sector de Tovar

Gábburz: comisaria de los guardianes de Árminas

Golgork: montañas mineras de Núrisil

Gruta de Nímirsin: gruta druida o de hechiceros

Iarkris: centro de abastecimiento de víveres de Árminas

Isla de Aunura: reino de las hadas

Laguna de Novelen: portal dimensional en los bosques de La Azulita o bosque de Núrisil

Núrisil: bosque zona andina de La Azulita y alrededores

Taberna de Loin: taberna de la aldea de Árminas

Valle de Dundúlin: valle escondido donde se encuentra Árminas

BESTIARIO

Burzkul: ciervo blanco de los bosques de Núrisil

Búrzthak: aves reptil de la gruta de Nímirsin

Kercus el sabio: roble parlante

Makubar: viejo oso frontino parlante

Pheranto: troll asesino

OTROS TÉRMINOS

Adugurth helkadal: paralizar / dormir

Aradil: ejército de momoys

Kubrenthil: matar

Mundin: chimó

Muzág: cerveza

MOMOYS, CARACTERÍSTICAS GENERALES

Años de vida: de 350 a 600 años

Varones:

Estatura: 90 a 95 cm

Peso: 19 a 21 Kg.

Hembras:

Estatura: 90 a 93 cm

Peso: 15 a 19 Kg

ÍNDICE

ACERCA DEL
AUTOR

Juan Carlos
Jácome Sánchez

Nació en Caracas, Venezuela. Dedicado esposo y padre. Fundador de COIDIGRA Internacional, organización que generó durante varios años en Latinoamérica uno de los eventos más relevantes a nivel mundial en las áreas de diseño gráfico, diseño industrial, diseño de moda, animación 2D y 3D; catalogado así por International Council of Graphic Design Associations (ICOGRADA) y la Asociación Latinoamericana de Diseño (ALADI).

Su pasión por las artes visuales lo llevó a convertirse, durante las décadas de los ochenta y noventa, en uno de los mayores exponentes de las bellezas naturales de Venezuela y algunos países de América del Sur, a través de innumerables documentales para cine y televisión, así como libros y revistas en Venezuela y a nivel internacional; publicaciones que fueron galardonadas dentro y fuera del país.

Su trabajo ha sido exhibido en tres continentes, tanto en medios impresos como audiovisuales. *National Geographic Magazine, Geo Magazine, Geomundo*, la revista *América* (órgano informativo de la OEA) asi como varios medios divulgativos de la industria petrolera venezolana.

Como director, productor, director de fotografía y guionista, realizó varias producciones para Sokol Film, Expedición (RCTV Broadcasting), Lagoven y Corpoven, en Venezuela. Como conservacionista, escritor, fotógrafo y editor de libros de lujo y revistas de lujo, ha publicado doce títulos y más de ciento cincuenta artículos, obteniendo con ello importantes reconocimientos internacionales en ferias del libro en Alemania, Colombia y Venezuela. Como apasionado investigador, expedicionario y documentalista, pionero de las filmaciones submarinas en Venezuela, realizó innumerables expediciones científicas dentro y fuera de su país.

Ha sido miembro de instituciones internacionales como la World Wildlife Fund, Sociedad Venezolana de Ciencias Naturales, Fundación La Salle, FUDENA, la Sociedad Cousteau y Audubon. Asimismo, Juan Carlos Jácome, ha ocupado el cargo de Vicepresidente para Venezuela de la ACM SIGGRAPH profesional chapter.

En la actualidad, su pasión lo lleva por el camino de las creaciones de novelas de ficción para adolescentes y adultos, además de ser un gran apasionado por el estudio y divulgación de la física cuántica, conocimientos que aplica como terapeuta sistémico.